U0028902

空之境界
THE GARDEN of SINNERS
中

空之境界
THE GARDEN OF SINNERS
中
奈須蘑菇

空之境界 中

THE GARDEN OF SINNERS

o-dou.
5/ Paradox P ligm.

4／伽藍之洞「　　　」

境界式

4:garan

5／矛盾螺旋　Enjoh Tomoe

解說　菊地秀行

……is nothing id,nothing cosmos

Kinoko Nasu

Cover Design/Veia　Illustration/Takashi Takeuchi (TYPE-MOON)

4/伽藍之洞 garan-no-dou.

—— and she said.

如果接受一切，
就不會受傷。
無論是與我不合的、
我討厭的、
我無法認同的，
如果毫不抗拒地選擇接受，
就不會受傷。

如果抗拒一切，
便只會受傷。
無論是與我合拍的、
我喜歡的、
我能夠認同的，
如果毫不接受地選擇抗拒，
便只會受傷。

兩顆心是伽藍洞，
唯有肯定與否定兩個極端。
兩者之間，空無一物。
兩者之間，只有我。

／伽藍之洞

／0

「妳聽說了嗎？三樓單人病房那個患者的事。」

「當然囉，這種大消息昨天早就傳遍了。連腦外科那位平常不苟言笑的芦家醫師都感到訝異，我怎麼可能會不知道。真不敢相信，那名患者居然甦醒了。」

「不不，我指的不是這件事。不過的確和那個女孩有關，那之後還有新的發展。妳知道她從昏睡中醒來後做了什麼嗎？聽完可別嚇到，她居然想弄瞎自己的眼睛。」

「——搞什麼，這是真的嗎？」

「嗯。雖然醫院裡下了封口令，不過我是從陪芦家醫師看診的護士那邊聽來的，不會有錯。聽說她趁著醫師沒注意，以掌心從眼皮上壓迫眼球，真恐怖。」

「等等，那女孩不是昏睡了兩年嗎？照理說身體應該會不聽使喚才對。」

「話是沒錯，但她家不是很有錢嗎？自從她住院以來一直由我們細心復健，關節沒有僵硬的問題。不過復健行為畢竟不是由她本人進行的，因此身體還無法順利活動。幸虧如此，她弄瞎雙眼的企圖才沒有成功。」

「——就算沒成功也夠厲害了。我們以前有學過吧，臥床照護雖然輕鬆，但身體卻很容易變得衰弱。如果足足睡上兩年，人體大多數的機能應該都不管用了。」

「所以醫生才會一時大意啊。對了，那種眼白出血的症狀叫什麼？」

「球結膜下出血。」

「對對對，這種症狀一般而言會自然痊癒，那女孩卻把眼球壓迫到差點造成青光眼的程度，現在看不見東西。據說她本人要求纏上繃帶把雙眼遮住。」

「喔~也就是說，那位患者自從醒來之後連一次都沒見過陽光嗎?……從黑暗再到黑暗，聽起來不太正常呢。」

「豈止有點而已。那女孩還有別的問題，好像得了什麼失語症?無法與別人正常交談，醫生還找了認識的語言治療師來看診。誰叫我們醫院沒有這方面的專家。」

「因為荒耶醫師上個月辭職了嘛。

不過——這樣一來，那位患者目前應該是謝絕訪客了吧?」

「好像是。在她的精神狀態恢復穩定之前，就連父母的會面時間也很短。」

「是嗎，這麼一來那男孩還真可憐。」

「什麼男孩?」

「妳不知道嗎?自從那位患者送到我們醫院之後，有個男孩每週六都會前來探病。他的年紀或許不適合再稱作男孩了，真想讓他見見她。」

「啊，妳說忠狗小弟嗎?他還有來啊，這份真情時下很少見了。」

「對呀。這兩年來，只有他一直守候著那位患者。我總覺得——她從昏睡中甦醒的奇蹟，有幾分之一是那男孩的功勞……在這邊工作都已經幾年了，還說得出這麼夢幻的話，我自己也覺得很奇怪啦。」

／1

◇

那裡無比漆黑，底部一片昏暗。

發現自身周遭只有黑暗後，我接受了自己死去的事實。

我漂浮在無光無聲的海洋中，一具名叫兩儀式的人偶渾身赤裸、毫無遮掩地逐漸沉沒。

黑暗沒有盡頭。不，或許我打從一開始就不是在墜落，因為此處空無一物。不是沒有光，是連黑暗也沒有。由於空無一物，我什麼都看不到，連墜落的意義也不成立。

連「無」這個詞彙，恐怕也不可能形容。

即使是形容也毫無意義的「　」之中，只有我的軀體逐漸下沉。赤裸的我帶著令人忍不住想別開目光的刺眼色彩，這裡「存在」的一切全都蘊含強烈的毒素。

「——這就是死亡。」

連這聲呢喃，都像是夢一樣。

我僅僅觀測著類似時間的事物。

雖然「　」甚至沒有時間，我卻觀測得到。

如流動般自然、如腐敗般難看，我僅僅數著時間。

空無一物。

我一直注視著遠方，但什麼也看不見。

我一直等待著什麼，但什麼也看不見。

十分安穩，十分滿足。

不——因為沒有任何意義，這裡僅僅「存在」即已完美。

這裡是死亡。

一個唯有死人才能抵達的世界，活人無法觀測的世界。

然而，卻只有我還活著——

我快發狂了。

兩年以來，我在這裡接觸死亡的觀念。

其過程並非觀測，反倒近乎一場激戰。

◇

清晨來臨，醫院內漸漸嘈雜起來。

走廊上護士的腳步聲與患者們起床後活動的聲響交疊在一起，和深夜的寂靜相比，早晨的忙碌散發出祭典般的熱鬧氣氛。

對於剛剛清醒的我來說，太熱鬧了。幸好我住的是個人病房，雖然外頭吵吵嚷嚷的，在這個箱子內依然安靜又平和。

不久之後，醫生前來看診。

「身體感覺怎麼樣，兩儀小姐？」

「——我也……不太清楚。」

聽到我不帶感情的回答，醫生困惑地陷入沉默。

「……是嗎。不過，妳看來比昨晚冷靜多了。聽這些話對妳而言或許很難受，但我得談談妳目前的狀況。萬一有感到不快之處，請儘管告訴我。」

我對早就知曉的事不感興趣，用沉默作為答覆，他好像誤以為我同意了。

「我簡單的說明一下。今天是一九九八年六月十四日，妳——兩儀式小姐在兩年前的三月五日深夜遭遇車禍，被送至本院。妳在行人穿越道上遭汽車衝撞，還記得嗎？」

「……」

我沒有回答——我不知道那些事。

我能夠從記憶抽屜裡取出的最後影像，只有呆立在雨中的同學身影。我不記得自己為何會碰上車禍。

「喔，即使想不起來也不必感到不安。妳似乎在即將被撞上之前發覺來車，往後跳了一步。多虧如此，身體方面的傷勢並不嚴重。

可是妳的頭部反而受到劇烈撞擊，送達本院時已呈現昏睡狀態。妳之所以想不起來，多半是長達兩年的昏睡使意識暫時陷入混亂，昨晚診察時也沒發現腦波有異狀。妳的記憶日後應該會逐漸恢復，但我不敢打包票。畢竟，過去從未出現過昏睡中甦醒的案例。」

即使他說我已昏迷了兩年，我也沒什麼真實感。對於沉睡的兩儀式來說，這段空白幾近於無。

對兩儀式此人而言，昨天想必還是兩年前的那個雨夜吧。

不過，對如今的我來說卻非如此。

在如今的我眼中，昨天正等於「無」。

「此外，妳兩眼的傷勢也不嚴重，壓迫造成的傷害在眼球障礙中算是較輕微的，幸好昨天在妳身邊沒有什麼利器。繃帶很快即可拆下，只要再忍耐一星期，妳就可以看見外面的景色了。」

醫生的臺詞透著責備之意。我企圖戳爛自己雙眼的行為，給他添了麻煩吧。昨天他也追問我為何要這麼做，但我沒有回答。

「從今天起，請妳上午和下午分別做復健，與家人的會面時間先限定在一天一小時比較適當。等身心恢復均衡後，妳就能立刻出院。這段期間雖然難熬，請多加油。」

他不出意料之外的臺詞令人掃興。

我連開口諷刺都嫌累，試著挪動自己的右手……身體的每一部位彷彿都不屬於我似的。不僅移動起來很花時間，關節與肌肉也傳來撕裂般的疼痛。既然長達兩年沒活動過，這或許是理所當然的狀況。

「今早的診察就到此為止。看來兩儀小姐已恢復冷靜，我就不派護士看守了。若有什麼需要請按枕邊的叫人鈴，隔壁房間有護士待命。就算只是些瑣事也無妨，請儘管通知。」

醫生說得很委婉。

如果眼睛看得見，我大概正看著他應付的笑容。

醫生離開前似乎想起什麼，補上最後一句話。

「對了，從明天起會有位心理治療師過來，是與兩儀小姐年齡相近的女性，請跟她輕鬆地談談吧。對現在的妳來說，交談是恢復不可或缺的一環。」

他們離開後，病房裡又剩我一個人。

帶著一雙自行閉上的眼眸，我躺在病床上朦朧不定地存在著。

「我的名字——」

我張開乾澀的嘴唇說道。

「兩儀、式。」

可是，那個人不在此處。兩年的虛無殺死了我。

兩儀式的生活回憶全都歷歷在目，但這又代表什麼?對於死過一次又復生的我來說，這些記憶有何意義?

兩年的空白，完全切斷了昔日的我與現今的我之間的連結。

我無庸置疑地是兩儀式，除了式以外什麼都不是——卻無法親身感受到從前的記憶屬於我。

在復甦後的我眼中，兩儀式這個人的一生只不過是一段段影像。我並不認為那電影裡的角色是我。

「簡直像映在底片上的幽靈一樣。」

我咬住下唇。

我不明白我自己，甚至連是否真的身為兩儀式都模糊不清。

我彷彿是個來歷不明的人。體內空蕩蕩的像座洞窟，連空氣也如風一般穿透而過。

雖然不知理由何在，我的胸口彷彿真的開了個大洞。這讓人十分不安——十分寂寞。

胸中欠缺的那塊拼圖是心臟，輕飄飄的我無法忍受空隙的存在。

我太過空洞，找不到生存的理由。

「這是——怎麼回事？式。」

我試著說出口，結果並未發生什麼。

不可思議的是——這股令人忍不住抓撓胸膛的不安與焦躁，沒讓我感到痛苦或悲傷。

不安、痛苦確實存在，但這些感情終究屬於過去的兩儀式。

我沒有任何感觸，也對長達兩年的死亡中復甦一事不感興趣。

僅僅漂浮不定地存在著，對於自己活著的事實極度缺乏真實感。

／2

時間來到第二天。

看不到光線的我也能察覺清晨來臨，是個小小的發現。

這無關緊要的小事令我格外高興。晨間看診在我思考自己為何高興時開始，不知不覺之間結束了。

這個上午過得並不寧靜。

母親和哥哥前來探病，和我聊了一下。談話內容就像雙方素昧平生一般牛頭不對馬嘴，我只得無可奈何地按照式記憶中的態度應對，好讓母親安心回去。

我簡直像在演戲，滑稽得令人沮喪。

◇

時至下午，心理治療師來訪。

這名據說是語言治療師的女子，態度活潑得不得了。

「嗨，妳好嗎？」

我不曾聽說過有哪個醫生像這樣對病人打招呼的。

「我本來以為妳會很憔悴，但肌膚還是很有光澤呢。聽人轉述的時候，我把妳想像成像是站在柳樹下的女鬼之類的，不怎麼想接這份工作。嗯，是我偏好的可愛女孩，我真走運！」

從音色聽來年約二十七八歲的女子，在我床邊的椅子上坐下。

「初次見面，我是來協助妳治療失語症的語言治療師蒼崎橙子。我不是這間醫院的員工，沒有相關證件，反正妳看不見，這也無所謂吧。」

「——是誰跟妳說我有失語症的？」

當我不禁回嘴，女醫生似乎連連點頭。

「妳會生氣是很正常的。失語症給人的印象不太好，更何況這是誤診。芦家活像教科書般一板一眼，不擅長處理妳這種特殊案例。不過，妳也有錯喔。因為懶得開口就什麼都不說，才會被人懷疑有這種問題。」

她非常親切地格格發笑。

——儘管這完全是偏見，我自顧自地認定她一定有戴眼鏡。

「他們以為我得了失語症啊。」

「沒錯。畢竟妳的腦部在那場意外受創，他認為語言迴路可能受損了。不過這是誤診，妳不說話並非出自肉體的障礙，而是精神上的影響吧？因此這不是失語症，是無言症。如此一來，我也沒有用武之地，但我可不想剛上班不到一分鐘就被解雇啊。我的本業工作上碰巧有空，就陪妳一陣子好了。」

……多管閒事。

我伸手想按叫人鈴，卻被女醫生迅速地一把搶走。

「——妳……」

「好險好險，萬一妳將剛才那番話告訴芦家，我恐怕得立刻走人。讓他們誤會妳得了失語症有什麼關係，妳也不必再回答無聊的問題，不是很划算嗎？」

……她說得確實沒錯，但把這點明白說出口的她究竟是何來路？

我包著繃帶的雙眼轉向來路不明的女醫生。

「妳並不是醫生吧。」

「沒錯，我的本業是魔術師。」

我傻眼地吐出一口氣。

「我對變戲法的傢伙沒興趣。」

「哈哈，的確如此。妳胸口的洞靠魔術師根本填補不起來，只有一般人才有辦法填補。」

「——胸口的洞——？」

「沒錯，妳應該早就察覺了吧？妳已經是孤單一人了。」

女醫生輕輕一笑，從座位上起身。

傳入我耳中的只有她擺放椅子的聲響，與離去的腳步聲。

「現在說這些似乎還太早，今天先到此為止。明天再見囉，Bye～」

她突然地現身，又突然地離開。

我舉起不聽使喚的右手摀住嘴巴。

我已經是孤單一人。

胸口的洞。

——啊，怎會有這種事。

我竟然忘了。

他不在。無論往何處呼喚，都找不到他。

兩儀式體內的另一個人格，兩儀織的氣息徹底消失無蹤——

◇

式是內在擁有不同人格的雙重人格者。

兩儀的家系，遺傳上有機率生出具備兩個人格的小孩。這種一般的家庭當作忌諱的特殊孩子，在兩儀家反倒被尊為超越者，視為正統的繼承人看待。

……式繼承了這個血統。她的父母之所以跳過長子選擇身為女性的她當繼承人，也是出自此一理由。

然而，這種事本來不該發生的。

兩個人格——陽性的男人格與陰性的女人格之間，以男性的主導權較強。至今以來為數不多的「正統」兩儀繼承人全都生為男性，內在擁有女性人格。只有式不知出了什麼差錯，與過去的例子正好相反。

身為女性的式體內，包含男性的織。

擁有肉體主導權的是女性的式——也就是我。

織是我的負面人格，承擔我壓抑的感情。

式藉由抹殺織這個負面的黑暗一路活到現在，無數次殺掉等於自身的織，偽裝成普通人度日。

織本人似乎對此沒什麼不滿。他大多數時間都在沉睡，當我為了應付練劍一類的場面叫醒他，他會一派無聊地答應下來。

……我們的關係有如一對主僕，但本質上並非如此。式和織到頭來都是一體的。式的行動就是織的行動，抹殺自身的嗜好也是織本人的意願。

……沒錯，織是殺人魔。據我所知的範圍內，他沒有實際下手的經驗，卻渴望殺害人類這種同類的生物。

主人格式無視這個願望，一直禁止他動手。

即使互相忽視對方，式和織對彼此都是不可或缺的存在。因為還有織這另一個自我，式雖然孤立卻不孤獨。

可是，這段關係破裂的時刻到了。

兩年前式讀高一時，從前沒有支配肉體慾望的織，在那個季節開始期望主動現身——從那時候開始，式的記憶變得模糊不清。

如今的我，想不起式從高中一年級到遭遇車禍為止的記憶。

我記得的——是自己撞見命案現場的身影。

我看著流動的暗紅色血液，喉頭咕咕作響。

比起這一幕，還有別的影像更加鮮明。

被如燃燒般赤紅的暮色籠罩，傍晚時分的教室。

摧毀了式的同班同學。

Siki 想殺的一名少年。

Siki 想保護的一個理想。

我明明應該從很久以前就知道他是誰了，但從長眠中醒來的我，怎麼也想不起他的名字。

◇

入夜之後，醫院內安靜下來。只有拖鞋偶爾踏過走廊的腳步聲，讓我察覺自己還醒著。

即使在黑暗中——不，正因為置身於黑暗中，什麼也看不見的我才痛切地感受到自己是孤獨的。

從前的式沒嚐過這種感覺吧。

式的體內原本還有另一個自我，可是織已經消失了。不——我甚至分不清自己是式還是織。

我的心中沒有織，僅僅憑藉這個事實認定自己是式。

「哈……真矛盾。若非其中一方消失，竟然無法判斷哪一個才是自己。」

我發出嘲笑，卻一點也無法填補胸中的空虛。如果至少能感到悲傷，這顆毫無感觸的心應該也會產生某些變化的。

難怪我無法判斷。因為我誰都不是，才無法實際感受到兩儀式的記憶屬於自己。就算有兩儀式這具軀殼，一旦內容物被沖走也沒有意義可言……這座伽藍洞，究竟該放入什麼東西?

「——我、要進、去了。」

突然間，我聽到一個聲音說。

空氣一陣流動，病房的門好像打開了。

大概是錯覺吧?我緊閉的雙眼轉向門口。

物體就在——那裡。

一團白色的霧氣緩緩地搖曳著。我應該看不見的雙眼，卻獨獨捉住了那團霧氣的形狀

——

那團霧形似人類，不，只能比喻成人類像水母般抽掉骨骼後隨風飄動的樣子。

噁心的迷霧呈一直線靠近我。

身體還不聽使喚的我，就這麼茫然地等待著。

即使那是幽靈，我也不怕。

真正可怕的東西沒有形體。無論外形多麼怪異，凡是有形的事物都無法讓我畏懼。

白霧若是幽靈的話，就和現在的我差不多吧。沒有生命的它，與沒有生存理由的我並無太大的不同。

霧氣觸摸我的臉頰。我全身迅速凍結，如鳥爪般銳利的惡寒竄過背脊。

感覺雖然不快，我卻一直茫然地注視著它。觸摸我一會兒之後，霧氣如同碰到鹽的蛞蝓般溶化了。

至於理由很簡單。霧氣觸碰我的時間是五小時左右，時刻即將走到清晨五點。既然天色已亮，幽靈大概也得溶化。

我決定從現在開始補眠，把沒睡的份補回來。

／3

我迎向甦醒後不知第幾度到來的清晨，雙眼依然包著繃帶什麼都看不見。

這是個無人打擾的靜謐早晨，宛若漣漪般的寂靜過於健康，讓我迷茫。

——我聽見小鳥的啼叫聲。

——感覺到陽光的暖意。

——清新的空氣充滿肺葉。

——與那個世界相比，這裡非常美。

然而，我卻一點也不為此欣喜。

每當透過氣息即可察覺的清晨空氣包圍我，我就心想。

——明明如此幸福。

人卻又如此孤獨。

孤獨明明比任何狀態更加安全，人為何會無法忍受?從前的我很完整，只要孤獨一人就夠了，不需要任何人。

可是現在不同，我不再完整。

我在等待自己缺少的部分，一直默默地等待著。

不過，我究竟在等誰……?

◇

自稱是心理治療師的女醫生天天都會出現。

不知不覺間，我似乎把與她談話當成空虛一天的依靠。

「喔~原來如此。織不是沒有肉體主導權，而是沒有使用罷了。你們真是讓我覺得越聽越有趣。」

她一如往常地將椅子拉到病床邊，愉快地開口。

不知道為什麼，她對我的資料知之甚詳。無論是只有兩儀家知情的雙重人格，還是我與兩年前的連續殺人案有關她都清楚，這些本都是必須瞞著外人的秘密，對我來說卻無關緊要。

無意之間，我開始配合心理治療師俏皮的口吻搭腔。

「雙重人格哪裡有趣了。」

「嘖嘖嘖……你們的情況才不是雙重人格那麼單純。聽好了？同時存在，各自擁有明確的意識，而行動又獲得統合。如此複雜詭異的人格並非雙重人格，該說是複合個別人格才對。」

「複合……個別人格——？」

「對，不過我仍有些不解。若是如此織根本不需要沉睡，但妳又說他總是在沉睡，這一點讓我有點……」

織為何總是沉睡……大概只有我才知道這問題的答案。

因為織比式——更喜歡作夢。

「那麼，他目前也在沉睡嗎？」

我沒有回答女醫生的問題。

「這樣啊，織果然死了。兩年前發生車禍時他當了妳的替身，因此妳的記憶才有所缺陷。也是出於這個理由，妳對織承擔的那場意外才會記得模糊不清。既然失去了他，記憶的空白將找不回來……兩儀式與兩年前的連續殺人案有著怎樣的關連，這下可真的永無真相大白之日。」

「我聽說那起殺人案的兇手還沒抓到。」

「沒錯。自從妳遭遇車禍之後，凶手就像從沒出現過似的消聲匿跡了。」
她不知有幾分認真地說完後，哈哈一笑。
「但是，織並沒有消失的理由。他只要保持沉默，消失的應該是式才對吧？他怎麼會想要主動消失呢？」
即使她問我，我怎麼可能知道。
「不曉得。倒是妳有帶剪刀來嗎？」
「啊，他們還是不答應。因為妳有前科，他們禁止讓妳持有刀械。」
女醫生的答覆正如我所料。
拜每天的復健所賜，我的身體已恢復到勉強可以自力行動的程度。據說光靠這每天兩次短短幾分鐘的運動便恢復得如此迅速的案例，我還是第一個。
當女醫生提議想祝賀我的康復，我開口說想要剪刀。
「妳為什麼要剪刀？難不成是想插花嗎？」
「怎麼可能，我只是想剪頭髮。」
沒錯，自從身體恢復行動能力之後，我感到長達背部的頭髮很礙事，從脖子披洩到肩頭的髮絲實在煩人。
「那請美髮師過來不就好了。要是妳不方便開口，我幫妳找人吧？」
「不用了，我連想都不願意去想讓別人碰我的頭髮。」
「說得也是~頭髮可是女人的生命。妳明明保持兩年前的樣子不變，卻只有頭髮留長，看來真是楚楚可憐。」

我聽見女醫生起身的聲響。

「這個給妳代替賀禮吧。雖然只是刻了如尼符文的石頭，起碼能當成護身符。我就掛在門上，妳要注意別讓任何人拿走喔。」

她似乎站到椅子上，在門上掛了什麼護身符。

「我先告辭了。明天開始可能會換其他人來，到時還請多指教囉。」

留下一句奇怪的話後，女醫生離開了。

◇

當晚，平常的訪客沒有出現。

唯有今天，每到深夜必定現身的霧氣幽靈並未進入病房。

那團白霧每天都會進來觸摸我。即使明知危險，我卻置之不理，就算它想附身或想殺了我都無所謂。

不，幽靈若乾脆殺了我，事情該有多麼簡單。

缺乏生存實感的我甚至沒有活下去的理由，不如乾脆選擇消失還輕鬆得多。

我在黑暗中以手指觸摸包著眼睛的繃帶。

我的視力即將恢復。到時候，我大概真的會戳爛眼球。儘管現在看不見，一旦眼睛痊癒，我就會再看到那東西。與其再次目睹那個世界，我寧可捨棄雙眼。即使失明將使我再也看不見這邊的世界，總比面對那一切好上幾分。

……然而，我在視力復原的瞬間來臨之前都無意行動。

過去的式大概會毫不猶豫地破壞眼球，但如今的我得到這片臨時的黑暗之後就停滯不前。

——多麼沒出息。

我明明沒有生存意志，卻連求死的意志也沒有。在無動於衷的我眼中任何行動都缺乏吸引力，除了接納他人意志之外什麼也辦不到。

這團來路不明的霧氣若要殺我，我不會阻止。雖然死亡對我缺乏吸引力，我卻無意抵抗。

……反正，既然不論悲喜都只屬於昔日的兩儀式，如今的我就連活下去的意義也沒有。

伽藍之洞／

1

一個剛進六月的晴朗午後，蒼崎橙子聽說了兩儀式這人物。

她一時心血來潮雇用的新社員是兩儀式的朋友，事情的開端，是她為了打發時間聽他聊起往事。

依照他的描述，兩儀式兩年前遭遇車禍後即陷入昏睡，儘管仍維持生命活動，卻沒有甦醒的希望。不僅如此，據說她的肉體也停止了成長。一開始，橙子並不相信「明明有生命活動卻停止成長」這種荒唐事是真的。

「……嗯～不會成長的生物就是死了。不對，時間壓力的影響甚至也作用在死人身上。屍體不就透過腐爛這種成長回歸大地嗎？明明會動卻沒有成長的，頂多只有前陣子你不小心觸動的自動人偶而已。」

「不過這是真的。自從那一晚以來，她的年紀不像有增加過。橙子小姐，還有其他像式一樣莫名陷入昏睡的例子嗎？」

面對新社員的問題，橙子抱起雙臂沉吟道。

「我想想。外國有個著名的案例，一個新婚不久的二十多歲女子陷入昏睡長達五十年後甦醒，你不知道嗎？」

不，他聽完後搖搖頭。

「請問，那個人清醒時狀況如何？」

「聽說一切正常，簡直像中間五十年的歲月都不存在似的。她抱著二十多歲的心直接甦醒，導致她的丈夫悲傷不已。」

「——咦？悲傷？妻子能夠醒來，不是值得高興嗎？」

「因為她的心仍停留在二十多歲，肉體卻已是七十歲的衰老之身。即使當事者處於昏睡中，讓人活下去就等於衰老下去，這實在無可奈何。

於是，七十歲的太太仍以二十來歲的心態催丈夫出門遊玩。用正確方式活過七十年的丈夫還不要緊，問題出在妻子這方。不論再怎麼說明，毫無知覺地耗盡五十年時光的她都無法接受現實。她並非不願承認事實，而是真的無法理解。要說是悲劇，這的確是場悲劇。據說那位丈夫含淚阻止妻子拖著佈滿皺紋的身體前往娛樂場所，同時心想：早知事情會演變到如此地步，要是她沒醒來有多好。

怎麼樣？這場如夢幻故事般的悲劇，其實早在許久以前就實際發生過了，足夠供你做為參考嗎？」

聽到橙子的臺詞，新社員嚴肅地垂下頭。

「哎呀，難道你心中有數？」

「……嗯，有一點。我偶爾會想，式是不是自願選擇昏睡的？」

「看來有什麼隱情呢。好，就當成是打發時間，你講來聽聽吧。」

當她真的為了打發時間而提議，他生氣地別開頭。

「我拒絕，妳這種沒神經的一面很有問題啊。」

「怎麼，先拋出話題的人不是你嗎？快說吧，我也不是全為了興趣才打聽的。鮮花那傢伙每次講電話都會提到 Siki 這名字，若不知道對方是什麼樣的人，我該如何答腔？」

鮮花的名字一出現，他皺起眉頭。

「我從以前就很想問，舍妹和橙子小姐是在什麼地方認識的？」

「在我一年前旅行的時候。當時我被捲入一樁獵奇凶案裡，不小心被她發現真實身分。」

「……算了，鮮花性格純真，請別向她灌輸一些有的沒的。那傢伙本來就正值情緒不安定的年紀。」

「鮮花很純真？那個樣子或許是純真沒錯。你和妹妹之間的衝突是你的問題，我不會介入。更重要的是，快來談談叫 Siki 的女孩吧。」

看著橙子興致勃勃地往桌面探身催促，他嘆口氣，開始訴說兩儀式這位朋友的性格，以及她特殊的人格。

他和兩儀式是高中時代的同學。

在入學之前就與兩儀式這名字有緣的他和她分發到同班，之後成了朋友。據說，他是不太結交朋友的兩儀式唯一親近的對象。
然而，自從那起連續殺人案在他們高中一年級時發生後，兩儀式出現微妙的改變。
她向他表明自己有雙重人格，以及另一個人格有殺人癖好的事實。實際上，兩年前的連續殺人案與兩儀式有何關連是個謎團。在解開謎底之前，她就當著他的面出了車禍被送進醫院。
那是一個三月上旬的冰冷雨夜。
橙子原本只把一連串的話題當成下酒菜聽聽，但新社員越談越深入，她臉上的笑容也跟著消失。
「這就是我和式之間的來龍去脈，不過都是兩年前的事了。」
「——於是她就停止成長嗎？居然能保存生命，又不是吸血鬼。對了，那女孩的名字怎麼寫？漢字應該是一個字吧？」
「是公式的式，有什麼問題嗎？」
「式神的式嗎？姓氏還叫兩儀，未免也配得太好了。」
她將嘴邊的香菸按熄在菸灰缸裡，按耐不住地站起身。
「你說那間醫院在郊外？我挺感興趣的，過去看看情況。」
橙子沒等他回答，隨即離開事務所。
沒想到會在這種地方碰上這等異例，命運真是難測。她邊走邊咬住下唇。

2

幾天之後，兩儀式甦醒了。

目前連親人都無法輕易探望她，一般訪客想會面更是免談。

大概是受這個緣故影響，新社員像變了個人似的陰鬱起來，埋首處理文書工作。

「好陰暗啊。」

「嗯，差不多也該加裝電燈了。」

他看也不看橙子地回答。

性格認真的人若鑽起牛角尖，有時會做出超乎想像的奇特之舉。橙子想像著青年是否也屬於這一類人，對他開口。

「別太鑽牛角尖了，你看來活像今天就要非法入侵醫院的樣子。」

「不可能，那裡的警備系統和研究設施同等嚴密。」

看他輕描淡寫地回答，大概已詳細調查過警備系統。

總不能讓難得的新社員變成罪犯啊，橙子聳聳肩。

「……我本來沒打算說的，真沒辦法，還是告訴你吧。我正好代理別人的職務，從今天開始要到那間醫院工作。我會幫你打聽兩儀式的近況，你今天就安份點。」

「———咦？」

「他們招聘我擔任醫生。平常我會回絕啦，但這次又不算事不關己，既然硬從你身上問出話來，起碼也該幫這點忙。」

橙子一臉無聊地表示。

青年從座位上站起身走向橙子，握住她的雙手一起上下揮動……她不明白這動作代表感謝之意，困惑地盯著青年的臉。

「你的嗜好還真奇怪。」

「我好高興。真讓人驚訝，沒想到橙子小姐也有跟普通人一樣的溫情和道義精神！」

「……我是沒有跟普通人一樣，但這話最好還是別說出來吧。」

「沒關係，是我太膚淺了。啊，所以妳今天才穿西裝嗎？看起來好帥，真適合妳，簡直像變個人似的！」

「……我的服裝和平常沒差別啊，算了，多謝稱讚。」

橙子發現不管說什麼都沒用，迅速替對話做個收尾。

「那邊的事有我處理，別太衝動了。那間醫院本來就很不對勁，你留在事務所顧著就好，懂了嗎？」

聽到這番話，興奮的青年恢復平時的冷靜。

「——那間醫院不對勁？」

「沒錯。有人在那邊進行過鋪設結界的前置工作，看來有除了我之外的魔術師介入。不過，對方的目的應該不是兩儀式。」

這話擺明在撒謊，不過看她態度堂堂地一口咬定，青年也沒有起疑。

「……嗯，妳所說的結界，是像這棟大樓二樓張設的東西嗎？」

「對。雖然有等級之差，結界就是用來隔絕一定區域的屏障。其中有用真正的牆壁建造，也有靠肉眼看不見的牆構成的。最高級的結界和這棟大樓一樣，是明明什麼也沒做卻無人會接近的強制暗示。『沒有理由來訪者，就無法察覺此地』，下了這樣的暗示後，可讓結界不受人注意地默默存在。大張旗鼓地圈出一塊異域，提醒周遭的人這裡有異狀的結界，可是三流中的三流。」

讓人感覺不到異常的異常，正是她工房的屏障。

即使拿著地圖找路，任何人依然會錯過這個結界。誰想得到卓越魔術師的巢穴，竟是稀鬆平常的隔壁人家。

然而——這名新社員卻無意識地打破了結界，輕而易舉地發現這棟不認識蒼崎橙子就找不到的大樓。其驚人的搜尋能力，也是橙子雇用他的理由。

「……那麼，醫院的結界很危險嗎？」

「別人說的話你要聽進去啊。結界本身不會造成危害，這字眼本來是佛教用語喔。結界終究只是隔絕外界與聖域的屏障，不知從何時開始變成了魔術師護身之術的總稱。

聽著，我剛剛也說過，最高級的結界是一般人感覺不到異常的『對潛意識作用的強制觀念』。其中最頂級的是空間遮斷，不過那已超出魔術師的範圍，進入魔法師的領域。這個國家目前只有一名魔法師，因此不可能張設那種結界。

雖然不可能，但張設在那間醫院的結界相當精巧，甚至連我一開始都沒發覺。我的舊識之中有個架結界的高手，對方應該和那傢伙有同等實力……結界的專家大都是哲學家，不擅長打打殺殺的，暫時可以放心。」

沒錯，結界本身並不危險，問題是術者打算在與外界遮蔽的世界內做些什麼。那間醫院的結界並非朝外，而是朝內而設。

簡單的說，無論院內發生任何事都不會有人發覺。即使深夜有哪間病房傳出慘叫聲，也不會有任何人驚醒。

「時間也差不多了。」

橙子沒說出這個事實，看看手錶之後邁開步伐。

「橙子小姐，式就拜託妳了。」

好，她揮揮手回答。

青年對頭也不回的她拋出另一個小問題。

「對了，妳認識的那個高手是誰？」

橙子突然停下腳步……

思考一會後，轉頭答覆道。

「說到張設結界的專家，自然是僧侶囉。」

3

自從橙子以臨時醫師的身分受雇之後，六天的時光流逝。

每次向青年轉達兩儀式日漸恢復的好消息時，橙子心中都忍不住抱著某種不安。

在別人眼中，如今的兩儀式和過去的兩儀式是否仍是同一個人？

「她每天固定做兩次的復健和腦波檢查，等到出院當天應該也能會面了，你再忍耐一陣子。」

從醫院歸來的橙子鬆開橙色的領帶，坐在辦公桌上。

時值夏日將近的傍晚，夕陽的紅光將沒裝電燈的事務所染成一片深紅。

「只靠一天兩次的復健夠嗎？式可是足足昏睡了兩年耶？」

「在昏睡期間，大概有看護天天活動她的關節吧。復健可不是運動，每天能做上五分鐘就很厲害了。復健原本並非醫學用語，原意是指恢復身為人類的尊嚴。因此，只要先前一直臥床不起的兩儀式實際體認到自己是個人類就行了。至於身體狀況的恢復是另外一回事。」

橙子停頓一下，點燃香菸。

「但問題不在身體，而在精神方面。她不再是從前的兩儀式了。」

「——她失憶了嗎？」

或許是事先有所覺悟，他戰戰兢兢地說了這句傻話。

「嗯，很難講。她的人格本身應該跟從前一樣。兩儀式本身沒有變化，改變的是式，對你而言說不定是個打擊。」

「我已經習慣了，請詳細說明吧。式……出了什麼狀況？」

「說得直接點，她是個空殼。從前式的內在懷抱著另一個自我，可是織卻消失了。不，她甚至不確定自己是式還是織吧。她醒來之後發現體內沒有織，失去他，導致她的心化為一片空白。那女孩──恐怕無法忍受那個空隙……胸口空空蕩蕩的像個空洞般缺少了什麼，連空氣也如風一般穿透而過。」

「織消失了──為什麼？」

「應該是代替式喪生了。總之，兩儀式已死在兩年前那場車禍中。雖然她還勉強活著，容易讓人誤解，不過就假設她死了吧。兩儀式作為一個全新的人，於兩儀式的肉體上重生。對如今的式來說，昔日的式還有從過去衍生而成的她都只是陌生人。誰也無法對別人的歷史產生真實感，那女孩大概正抱著自己不是自己的感覺，度過漫漫長夜吧。」

「……陌生人？式不記得從前的回憶了嗎？」

「不，她還記得。如今的她確實是你所認識的式。她之所以能活下來，是因為有式和織這兩個個別的同等人格。兩儀式死於車禍帶來的精神衝擊，當時應該是織承擔了赴死的任務。這使得她雖然死亡，大腦中卻還有式在，因而精神沒有死亡。兩儀式死亡的事實令式持續沉眠，但死掉的終究只有織一個人，她還活著。這也是她昏睡兩年的理由。她明明有生命活動卻停止成長，是因為明明死了卻還活著。不過如今甦醒的她，在一些小地方上跟以前的式不同。雖然不到失憶的程度，但除了必要的時刻，她不會想起從前的記憶吧。

儘管不是不相關的外人，如今的她和過去的式不一樣。你可以當成她是式與織這兩個人格融合而成的第三人格。」

……但是，這情況其實不可能發生。式既然有兩儀的血統，就不會與作為半身的織融合，也無法獨力填補織留下的空白。

橙子沒說出事實，繼續往下談。

「然而，即使重生為截然不同的人，她依然是兩儀式。無論她再怎麼對自己缺乏自覺——仍舊是兩儀式。或許她現在連活著的感覺都沒有，但她遲早會認知到自己就是式。薔薇不論怎麼種，還是會長出薔薇。即使孕育的土壤與水份改變，也不會長成其他花朵。」

所以別為這種事煩惱，她悄聲補充一句。

「到頭來，空出來的洞穴只能拿其他東西填補。她沒辦法依靠記憶，只能透過累積當下藉以形成全新的自我。這個建造伽藍的過程誰也幫不了她，沒有旁人插手的餘地。總之，你只要以一如往常的態度對她就好。那孩子出院的日子就快到了。」

橙子將抽完的菸蒂扔向窗外，舉起雙臂伸了個懶腰，骨骼豪爽地霹啪作響。

「真是的，不該做起不習慣的事啊，連菸都變難抽了。」

她沒特別針對誰地說完後，發出一聲長長的嘆息。

／4

例行的晨間看診結束，我聽說今天是二十日，從我清醒之後已過了七天。

我的身體順利地逐步復原，明天即將出院，包著雙眼的繃帶也會在明天早上取下。

七天……一星期。

我在這段期間獲得的東西並不多。我失去太多，甚至弄不清自己缺少了什麼。

父母和秋隆大概和過去沒兩樣，然而看在我眼中已是不同的人。連身為兩儀式的我都改變了，周遭的一切事物會消失，想來也是無可奈何。

我突然碰觸遮住雙眼的繃帶。用喪失的一切，我換得了這玩意。

兩年來——我活生生地接觸著「死」，得到能夠看見這種無形概念的體質。

當我從昏睡中醒來，首先躍入眼簾的不是慌忙奔至床邊的護士，而是劃過她頸子的橫線。

無論在人體、牆壁或空氣之上——我都看得見的不祥流暢線條，朦朧的線時時變動不定，但總是確實分佈在個體的某處，線裡彷彿隨時會滲出「死」的強迫觀念束縛著我。我產生幻覺，看到正對我說話的護士從頸子的橫線開始四分五裂。

當我理解到那線條究竟是什麼時——我試圖親手壓爛自己的雙眼。

光是使力抬起兩年來從沒動過的雙臂，身體便傳來一陣劇痛，但我還是動了手。不知是幸或不幸，我的臂力還很虛弱，破壞雙眼的行為半途遭到醫生制止。他判斷這是意識混亂造成的突發性衝動行為，沒有追問我企圖弄瞎眼睛的理由。

「眼睛——就快復原了嗎？」

我不要，我不想再目睹那樣的世界。

一個空無一物的世界。「待在」那邊的時候，我感覺十分平靜而滿足。

——真不敢相信。我醒來後試著回顧，再也沒有什麼世界比那裡更恐怖了。即使那只是沉睡時的一場惡夢——我也無法忍受再掉進那片黑暗裡，還有這雙通往那個世界的眼睛。

我的指尖對準眼瞳。只要像揮落竹刀一般，把手指俐落地刺入眼球——

「慢著，妳未免也太乾脆了。」

一個聲音突然響起，我的注意力轉向房門。

是什麼人——在那裡？

有人無聲無息地走來，在我床邊停下腳步。

「直死之魔眼嗎？就這麼毀掉很可惜喔，式。再說，就算妳戳瞎眼睛，『看』得到的東西還是『看』得到。所謂的詛咒，可是企圖拋棄也會自動回來的。」

「你是——人類嗎？」

面對我的問題，那人似乎忍住笑意。

噗地一聲，我聽見打火機燃起的聲響。

「我是魔術師，我打算教妳怎麼使用那對眼睛。」

熟悉的女聲回答道……她肯定是那名心理治療師。

「使用這對眼睛……？」

「沒錯。雖然用我教的方法只會改善一點，但總比沒有的好。打從居爾特神話的神祇以來，就沒出現過僅靠目光即可具體呈現對手之死的魔眼，毀掉實在可惜。」

擁有魔眼的神祇叫巴羅爾喔。她補上一句我聽不懂的說明。

「魔眼是指對自己的眼球施行靈能手術，替視線追加特殊效果，妳的眼睛卻是自然形成的。妳本來便具備資質，這次的遭遇又使得才能開花結果。聽說式這孩子不是打從以前開始，就有能力看穿事物的核心嗎？」

……說得好像她有多懂似的。

不過正如這女子所說的一樣，式從以前開始就注視著遠方，看人時也不光只看表面，能夠捕捉到對方內在的本質。式本人大概沒有意識到吧。

「那一定是兩儀式在無意識下進行的控制，因為妳只看到表面，才會出問題。

萬物皆有破綻。完美的物體並不存在，大家都有想要破壞一切重新來過的願望。妳的眼睛能夠『看』到那些破綻，好像顯微鏡一樣。妳的靈視力太強，『看』得到我們無法辨識的線。過去長期接觸死亡的妳，腦袋也能自然理解那是什麼。於是，妳的大腦『看』到了死亡。不只如此，妳應該也碰觸得到才對。只要生物還活著，死線會不斷改變位置。可以準確『看』出死線的能力，與僅靠目光即可奪走生命的魔眼相差無幾。如果妳想毀掉這雙眼睛，乾脆賣給我吧，價錢隨便妳開。」

「……妳說即使失去眼睛，我也『看』得到那些線吧。既然如此，我也沒有理由自毀雙目。」

「沒錯，妳無法過著正常生活。要煩惱也該有個限度，兩儀式，妳該認清現實了。妳原本就是屬於我們這邊的人吧？

所以——別再夢想什麼普通（幸福）的生活了。」

「——————」

……這句話從某種意義上而言是絕對性的一擊，但我總覺得不可以承認。

我竭力反駁道。

「我根本——不想活下去。」

「喔，因為內心是空的嗎？但妳也不想死吧？因為妳已經認識了正常的世界。明明得以置身於連喀巴拉教徒都無法抵達的王冠（Kether）深處還不滿意，妳這女人真不知足。聽著，妳的煩惱很簡單。以另一個人的身分重生又怎樣？只不過是織消失罷了。式和織確實是成對的，既然織已消失，妳等於變成不同的人。即使妳正是式，我也曉得妳和從前不同。

不過，這只代表妳有所欠缺。但妳分明根本不想活下去，卻又不想死。分明完全沒有活下去的理由，卻又怕死。無法對生死做出抉擇，走在兩者交界處的鋼索上，難怪妳的心會成為伽藍洞。」

「……別說得妳好像什麼都懂——！」

我瞪著女子。剎那間——我應該看不見的眼睛確實看到了她的輪廓和黑線。「死」從她的線上延伸而來，糾纏著我。

「我沒說錯吧。正因為妳渾身是破綻，這點程度就足以讓妳失措。對於此處的雜念來說，妳的身體是個再好不過的容器。再不清醒，妳的性命遲早會葬送在它們手中。」

她是指那團白霧會殺了我嗎？

可是，它沒有再出現過。

「雜念只是生命死後殘留的靈魂碎片，它們沒有意志，僅僅飄盪著。不過那些碎片會漸漸凝聚在一起，形成完整的靈體。雖然沒有意志，它們還保有本能，想變回從前的自己，想得到人類的軀體。

醫院裡充滿雜念，化為浮游靈尋覓軀殼。因為力量微弱，一般人感覺不到也接觸不到它們。唯有感應得到它們的通靈師，才能與無形的靈接觸。以靈視為業的法師會守護自己的軀體以免遭到附身，因此被浮游靈奪走身體的案例十分少見。

然而——像妳這種內心是伽藍洞的人，可是很容易被附身。」

女子輕蔑地說。

原來如此，這就是那團白霧接近我的理由嗎？但它為什麼不附身？即使它企圖取代我的心，我也不會抵抗啊。

「——真丟人現眼。看這副德性，給妳如尼符文護身也是白費功夫。算了，我果然不適合當個保姆。接下來就隨妳的便吧。」

女子拋下一番毒辣臺詞後離開床邊，在關上房門的同時開口。

「不過，織真的是白死的嗎，兩儀式？」

我無法回答這問題。

這女的——真是專挑我逃避的問題刺人痛處。

◇

夜晚來臨。

四周一片昏暗，唯獨今晚，連走廊上也沒響起腳步聲。

躺在沉穩的黑夜中，我反芻與那女子之間的對話。

不，正確地說是她的最後一句話。

為什麼織會代替式而死？

有能力回答的織不在了。

——織已經不在了。

他是為了什麼原因消失的？為了換得什麼而消失的？

喜歡作夢的織總是在沉睡，但他甚至放棄了睡眠，選擇在那個雨夜死去。

他是我再也見不到的自己，打從一開始就無法相會的自己。

原本是我的織——

我潛入意識之中專注地追溯記憶，試圖找出他的結論。

病房的門吱呀一聲打開，一陣遲緩的腳步聲接近了我。

是護士嗎?不，現在的時刻早已超過午夜零時。

這種時候若有訪客上門，那就是——

一雙手擒住我的脖子。冰冷的手掌開始使力，想直接折斷我的頸骨。

(／5)

「啊———」

頸上的壓迫感令式發出喘息。她無法呼吸，脖子被人緊緊勒住。

式用看不見的雙眼凝視眼前的對手。

『……不是——人類。』

式緩緩地接受了眼前的異狀。

不，那個輪廓確實是人形，但壓在她身上勒著她的人早已斷氣多時。

自行移動的死人襲向病床上的式，施加在頸上的力道毫不間斷。她抓住對方的雙臂試著抵抗，雙方的力量之差卻顯而易見。

再說——死亡不正是她的期望嗎？

「————」

式停止呼吸，放開死人的手臂放棄掙扎，不在乎就此送命。

即使活下去也沒有意義可言。明明沒有活著的實感卻得存在，根本是種苦行。她甚至認為，就此消失才符合自然之道。

對手加重力道。

式被扼住的實際時間還不到幾秒鐘，卻流逝得十分緩慢，如橡皮筋般越拉越長。

死人勒著活人的脖子。屍體的手指有如不帶體溫的木材，陷入她的咽喉。

這場殺人行動毫不留情，打從一開始就沒有意志存在。

式頸部的皮膚裂開，自傷口流下的鮮血是她活生生的實證。

她將會死掉——像織一樣死掉——捨棄生命。

捨棄……？這個字眼拉回式的意識。

她突然產生疑問。

他是不是——欣然赴死的？

……沒錯，她沒想過這一點。

先不提理由，織選擇死亡是否出於自願？

織不可能想死。

因為——死亡明明是如此孤獨又毫無價值。

死亡明明是如此黑暗，讓人毛骨悚然。

死明明比什麼都來得恐怖——————!

「——我才不要。」

式瞬間鼓起力氣。

仍然受制的她以雙手抓住死人的手臂，一腳抵在對手肚子上——

「我才不想再掉進那裡了———!」

——竭盡全力狠踹這團肉塊。

死人的雙手帶著血在皮膚上一滑，鬆開她的脖子。

式從床上站起身，死人撲向了式，雙方在沒有燈光的病房裡纏鬥在一塊。

那是具成年男性的屍體，體格比她高上兩個頭，無論式再怎麼掙扎仍被對手按倒。

她被人抓著雙臂一步步地往後退，很快撞上狹小個人病房的牆壁。

當背部一抵上牆，式已做好覺悟。她早知道自己一定會被對手制住，故意朝窗戶所在的方向逃跑。

問題在於——這裡有幾層樓高。

「——別猶豫。」

她告訴自己，鬆開格擋對方的雙手。

死人朝式的頸項伸出手，但還沒碰到——她已搶先用重獲自由的手打開玻璃窗，兩人糾纏成一團向外墜落。

◇

在墜落的剎那間，我抓住死人的鎖骨將它甩到身下。位置調換成我在上，死人朝向地面之後，我僅憑著直覺縱身一跳。

地面已近在眼前。

那具屍體重重地摔在地上，我則在落地前往水平方向跳了出去。

唰唰……！我滑過醫院中庭的泥土地，以雙手雙腳著地。

屍體墜落在醫院的花圃內——而我一路滑進相隔甚遠的中庭。雖然用連在道場都沒練過的高難度動作神乎其技地著地，從三樓墜下的重力仍令我四肢麻痺。

我的周遭只有中庭栽種的樹木，以及在異變發生後依然沒傳出任何聲響的寂靜夜色。

我動彈不得，只感覺得到咽喉的痛楚。

啊——我還活著。

而且——那個死人也還沒死。

既然不想死，我該採取的行動也變得十分清楚。在被殺之前先殺了它。光是浮現這個念頭，我胸口的空虛便消失無蹤，種種感情也隨之轉淡。

「怎麼會……」

我喃喃自語。

面前的遭遇竟讓我清醒過來。

沒錯——先前煩惱的我好像笨蛋。

答案居然如此簡單——

◇

「真是嚇到我了，妳是貓嗎？」

一個辛辣的聲音自背後響起。

式沒有回頭，拚命忍受著地帶來的衝擊。

「是妳，妳怎會在這裡？」

「我判斷今晚是緊要關頭，就過來監視。好了，現在可沒時間休息。真不愧是醫院，有新鮮的屍體可用。因為保持靈體狀態無法入侵，那些傢伙改為動用武力了。雜念附身在屍體上，準備殺了妳當新軀殼再轉移過去。」

「這一切都是妳的古怪石頭害的吧。」

式依舊趴在地上開口，臉上再也看不到一絲先前的迷惘。

「哎呀，妳知道嗎。嗯，這點確實是我的失誤。我在病房佈下結界不讓靈體進入，沒想到它們為了突破結界，居然去找來軀體。一般而言，它們應該沒那麼聰明。」

呼呼……魔術師愉快地笑了。

「是嗎，那妳就給我想辦法處理。」

「知道了。」

魔術師一彈手指。

對於看不見的式來說，這一幕不知是什麼情景。魔術師用香菸的火星在半空中劃下文字後，拉長的文字投影與死人的身軀交疊。

當如尼符文這傳自遙遠的國度、遙遠的世界，只以直線構成的魔術刻印開始迴轉——倒地的屍體起火燃燒。

「嘖——用我手邊的F（Ansuz）太弱了嗎。」

魔術師發出抱怨。

被火焰包圍的死人緩緩站起來。它完全骨折的雙腳不知為何還能動，只靠肌肉拖著腳步朝式走來，身上的火焰沒多久即消散無蹤。

「喂——妳這個詐欺犯。」

「這樣算嗎？要破壞人體大小的物體難度很高的。如果還活著只要燒掉心臟就好，但對死人就行不通了。因為已經死了，就算缺了手臂或腦袋對它都沒差。妳應該知道，殺害和破壞是兩回事吧？若想要解決它，不是靠火葬場等級的火力——不然就要找得道高僧來。」

「不用解釋這麼多。總之，妳就是應付不來。」

式的發言似乎傷了魔術師的自尊心。

「即使是妳也沒辦法啊。死人已經死了，所以殺不掉。很不湊巧，憑我手邊的裝備雖然能殺人，卻無法消滅它。我們先逃再說。」

魔術師往後退，可是式沒有移動，理由並非從三樓墜落時跌斷了腳。

少女僅僅開口嘲笑。

「管他是死了還是怎樣，那依然是具『活屍』對吧？既然如此——」

式抬起匍匐的身軀，宛如一頭俯低背脊撲向獵物的肉食動物。

她觸摸自己的咽喉，皮開肉綻的傷口正流著血，上頭殘留著被勒出的指印——不過，她還活著。

這感覺讓式心醉（發顫）不已。

「——不管它是什麼，我都殺給妳看。」

式輕輕解開包住眼睛的繃帶。

直死之魔眼出現在黑暗中——

她纖細的雙腳一踏地面，猛然往前衝。

死人揮出雙臂迎擊奔來的式。她於千鈞一髮之際閃過，沿著眼睛所見的線單手撕裂敵人。

式的五爪如斜肩一斬般扎進屍體的皮肉裡，一路從右肩劃向左腰。

她的指骨因而骨折，對手所受的傷卻遠比她更重。

屍體像具斷了線的人偶般頹然倒地。它唯一還能動的手從地面爬過來，抓住式的一隻腳——被她毫不猶豫地踩爛。

「死亡的肉塊，不該站在我面前。」

她無聲地嘲笑著。

她還活著。先前的空虛心情簡直一掃而空，她真真切切地感受到自己是活生生的。

「式！」

魔術師呼喚少女，扔來一把短刀。

式拔出地面的刀子低頭望向還在蠢動的死人，一刀刺中屍體的喉嚨。死人的動作軋然而止——可是……

「笨蛋，要殺就殺本體！」

異變比魔術師的斥喝聲來得更快，白霧在式刺中屍體的瞬間竄了出來，拚命逃進式的體內。

「——」

她頹然跪倒。

雜念原本受式的意識阻擋無法附身，卻算準她沉醉於殺人亢奮感的時機趁隙侵入體內。

「最後下手太輕了嗎？蠢蛋。」

魔術師衝上前——式的身軀卻伸出一手制止她，用行動表明「別靠近我」。

她的身體以兩手握住短刀，讓刀尖對準自己的胸口。

式原本空洞的眼眸恢復強韌的意志，抿起原本發僵的嘴唇咬咬牙。

刀尖觸及她的胸口。

她的意志還有肉體——都不容一介亡靈褻瀆。

「這下你就別想逃了。」

這聲呢喃並非對任何人而發，式只是告訴自己。

她直視著在體內蠢動的物體之死。

雖然將貫穿兩儀式的肉體，但她深信刀子只會殺掉無法存在的雜質，絕不會傷害自己。

於是，她在手上使力。

「我要殺了軟弱的自己。絕對不把兩儀式——交給你這傢伙。」

短刀流暢地扎進承認自己不想死的少女胸膛。

◇

她抽出銀色的刀刃。

少女的身體沒有流血，只感受到胸口被刺的疼痛。

式一揮短刀，彷彿要淨化沾染刀身的污穢怨靈。

「……妳說過，要教我使用這雙眼睛吧。」

她的聲調漸漸穩定下來。魔術師滿意地點點頭。

「不過有附帶條件。我會教妳使用直死之魔眼，條件是妳要協助我做事。因為我的使魔沒了，正想找個好使喚的手下。」

這樣啊。式沒有回頭看她，靜靜地回答。

「幫妳做事的話，有機會殺人嗎——？」

她的呢喃，連魔術師聽了都為之戰慄。

「嗯，當然。」

「那我就答應妳，隨便妳使喚。反正除了殺人，我也找不到其他目標。」

悲哀的式直接緩緩地倒向地面，不知是受到至今所累積的疲倦——還是貫穿自身胸膛的激烈行為影響。

魔術師抱起她的身軀，注視她閉上雙眼後的睡臉。式的神態不只熟睡那樣輕描淡寫——

──根本是死者凍結的容顏。

魔術師注視著這張面容良久良久，最後喃喃開口。

「沒有其他目標嗎？這也滿悲慘的，妳還是沒搞清楚。」

她看著式安穩的睡顏恨恨地說。

「既然叫伽藍洞，意思就是可以無止境地填塞啊。妳這個幸福的傢伙，哪裡還有比這更好的未來？」

魔術師說完後，對自己竟講出肺腑之言的不成熟舉動嘖了一聲。

……真是的。什麼真心話，她明明早已遺忘多時了。

／伽藍之洞

我以為我又墜入夢中、沉入意識深處。
再也不存在的織，另一個我。
他是為了換得什麼，
為了守護什麼而消失的？
我回溯兩儀式的記憶，找到了答案。
我猜想——織守護了自己的夢。
那個同學就是他對於幸福生活的夢想嗎？
或者，那名少年是他期望成為的男性？
我已無從得知。
可是，織為了保住少年和式消失了。
留給我如此深沉的孤獨。

⋯⋯

晨光射入室內。

溫暖的陽光灑在身上，我睡眼惺忪地睜開恢復視力的雙瞳。

我躺在病床上。那個魔術師想必巧妙地掩飾了昨晚發生的狀況。

不，比起這些微枝末節，還是想想他吧。

我保持臥姿迎接清晨的空氣，連脖子也不轉一下。

不知有多久沒在晨光中醒來了。

強而有力的耀眼陽光淡淡灑落，緩緩掃去我心中的黑暗。

剛獲得的臨時生命——

與再也回不來的另一個我融為一體，逐漸消失在光亮中。

兩儀織的存在，與他的夢想一起逐漸消失。

如果哭得出來，我很想流淚，可惜眼眸一片乾涸。

我決定一生只哭一次——不該為此哭泣。

正因為失去的事物永不復返，我決定不再後悔。

他應該也盼望，

像這片在朝陽下漸漸變淡的黑暗般乾淨的逝去吧。

◇

「早，式。」

一個聲音從身旁響起。

我轉頭望向一旁，相識已久的朋友就站在那裡。

一副黑框眼鏡配上不燙不染的黑髮，他真的一點都沒變。

「妳還記得我嗎……？」

他的聲音微微顫抖。

……嗯，我知道。你一直在等待式，只有你一直在保護我。

「黑桐幹也，聽起來好像法國詩人的名字。」

聽到這句呢喃，他破顏一笑。

那尋常的笑容，就好像我們只是一天不見後又在學校重逢。

我不知道他的笑容之下藏著多少的努力。

只是——我記得和他之間也有個約定。

「幸好今天放晴，很適合出院。」

他盡可能以最自然的態度說道。

對於身懷伽藍洞的我來說，這比什麼都來得溫暖。

比起哭泣，我的朋友選擇露出笑容。

比起孤立，織選擇承認孤獨。

——但我還沒有做出選擇。

「……啊，原來有些東西並沒有消失嗎？」

我茫然地望著他臉上彷彿與柔和的陽光合而為一的笑容，一直看到厭倦為止。

——雖然知道這麼做無法填補胸口的空洞，這仍是我此刻唯一想做的事。

他柔和的笑顏，

與我記憶中的笑容如出一轍。

／伽藍之洞　完

境界式

◇

在一如往常毫無變化，也不該會有變化的病床上，她衰弱的身體正微微發抖著。
理應不會有人拜訪的門被打開了。
雖然聽不見腳步聲，但來訪的人物帶著強烈的存在感。
那訪客是男性。有著高大壯碩的體格。臉上的神情嚴肅而籠罩著陰影，彷彿一名挑戰無解難題的賢者。
恐怕──這個人有著永遠無法改變的表情吧。
男人以凶惡而嚴肅的眼神凝視著她。
那是一種，令人恐懼的閉塞感。
這束縛讓病房內產生了宛如真空狀態般的錯覺。
就連不畏懼死亡、只擔心短暫餘生被侷限住的她，都從這個人身上感覺到死亡的不安。
「妳就是巫條霧繪嗎？」
渾重的聲音，像是懷有什麼苦惱般迴響著。
她──巫條霧繪將已經喪失視力的雙眼轉向他。
「你是家父的友人嗎？」

儘管男人並未回答，不過巫條霧繪很確定。眼前這位就是幫助失去家人的自己，一直在支付醫療費用的人。

「你來做什麼？我已經什麼用處也沒有了。」

霧繪發抖地如此問道。

男人連眉毛也沒有動一下。

「我來實現妳的願望了。能夠自由活動的另一具身體，妳想不想要。」

在這句超脫現實的話語中籠罩著一股魔力。巫條霧繪暗暗感覺到。於是她莫名地毫無抵抗，便接受了男人所提出的要求。

經過短暫的沉默，她顫抖著喉嚨點點頭。

男人也點了點頭。

然後舉起他的右手。

將霧繪長久以來的夢想，

以及不斷延續下去的惡夢，同時給予了她。

而在那之前——她問了一個問題。

「你是什麼人？」

對於這個問題，男人興味索然地回答道。

◇

從已成為廢墟的地下酒吧中解放之後，她踏著虛弱的步伐走在回家的路上。

呼吸的節奏變得紊亂，頭也開始暈眩。

要是不靠著什麼東西，就沒辦法順利往前移動。

恐怕，是因為剛才所承受的暴行吧。

和往常一樣對她進行凌辱的五名少年中，其中一人不知道為什麼，拿起球棒用力往她背上揮打。

已經不痛了。不對，應該說，她原本就沒有痛覺。只是覺得很沉重。從背上傳來的惡寒折磨著她，背後被毆打的事實讓她內心變得扭曲。

即使如此，她仍然沒有流淚，她忍耐著被凌辱的時間，然後只想盡快回到自己的宿舍裡。

然而，今天這段路彷彿永無止境般地遙遠。

身體無法靈活行動。

她看到路邊櫥窗上所反射出的影子，才知道自己的臉色有多麼蒼白。

對於沒有痛覺的她，無法判斷自己到底是受了什麼樣的傷。因此雖然她知道自己背後遭到毆打這件事。但她卻無法注意到由這件事所引發出的另一個問題——她的背骨已經骨折了。

儘管如此，她還是能夠判斷自己身體是正在承擔痛苦的。

不行去醫院。瞞著父母偷偷去看的醫院又離這邊太遠，就算打電話給醫生，肯定也會被問到受傷的理由。

不擅長說謊的我，沒有把握瞞過醫生的追問。

「——怎麼辦。我該怎麼辦好——」

她喘著氣，往地面倒去。

這時——一隻男人的手將她扶住。

她吃驚地抬起頭來。

出現在面前的，是一位表情嚴肅的男性。

「妳就是淺上藤乃嗎？」

聲音隱隱透露著不容否定的感覺。

她——淺上藤乃生平第一次感受到，一種全身彷彿都被凍結住的恐懼。

「妳的背骨裂開了。這樣下去是沒辦法回家的。」

沒辦法回家，這個詞彙就像是變魔術一樣將藤乃的意識束縛起來。

這樣，不行。我不要回不了家——不要回不了宿舍。現在只有那裡，才是淺上藤乃唯一能休息的地方。

藤乃用求助的眼神看著那個男人。

雖然是夏天，那個男人卻還是穿著厚重的外套。

而且不管外套也好裡面的衣服也好，全部都是黑色。

看著像披風一般的外套和男人嚴峻的眼神，不知為什麼——讓藤乃聯想到寺廟裡的和尚。

「想要我把妳治好嗎?」

像催眠術般，他的聲音似乎帶著一股魔力。

讓藤乃連自己點頭同意的事也沒有發現。

「知道了。我這就來治好妳身體的異常。」

男人表情不變，將右手放在藤乃的背上。

然而在那之前——

她問了一個問題。

「你是誰……?」

對於這個問題，男人興味索然地回答道。

◇

不過，在那之前——他問了一個問題。

「你是何方神聖?」

穿黑色外套的男人眉毛動都沒動一下地回答。

「魔術師——荒耶宗蓮。」

那句話彷彿神的聲音，在小巷中沉重地迴響著。

5／矛盾螺旋・上 Paradox Paradigm.

小時候，這個小小的金屬片是我的寶物。
彎曲的、小小的、僅僅擁有一種機能上的美。
銀色的鐵片有點冰冷，當用力握緊時會感到一陣痛楚。
喀鏘，一天的開始把它轉半圈。
喀鏘，一天的結束把它轉半圈。
我小時候每次聽到那個聲音，心裡都會感到很驕傲。
因為，每當聽到那個聲音時的我總是抱有想要哭出來般的心情。
喀鏘，喀鏘。開始時一次，結束時一次。
一天正好能畫出一個圓形，就這樣每天重複著這樣的動作。
轉啊轉啊，不厭倦也不費力。半是歡喜半是憂傷。
不停轉動的每一天，就如同理髮店的招牌。
但是，如同無盡螺旋的日子唐突地結束了。
銀色的鐵片只是冰冷地……毫無喜悅之情。
用力緊握的手滲出血來……毫無悲傷之情。
那是當然的。鐵終究還是鐵。裡頭並不存在幻想。
八歲時知道現實以後，鐵已經不再像過去那樣耀眼的存在。
那時候我明白了。所謂的變成大人，就是明智地將幻想取代。
自以為早熟的愚昧，讓我驕傲地接受了這個事實。

／矛盾螺旋

／0

今年的秋天很短。

明明還不到十一月，感覺就好像已經要進入冬天一樣。在這個時候，警視廳搜查一課的秋巳刑警碰到了一件詭異的怪事。

由於工作的關係，在這個接觸死人數目僅次於醫院的職場上，總是免不了會流傳些奇聞怪談之類的恐怖傳說。大家通常對這種事情盡量都不去談論，已經成為一種不成文的規定。

理所當然地，即使是面對一般怪談連眉毛都不會皺一下的秋巳刑警，對於這件事情的反應也與目前為止所聽聞的故事有著明顯的差別，畢竟那可是堂皇地以怪談作結而記錄在正式報告書上了啊。至於這份原本應該沒人注意的派出所報告之所以會落到他的手中，恐怕是因為他喜好神秘事物的怪癖在署裡相當有名的關係吧。

這起事件，起初是當成說謊的竊盜案來處理。

內容相當單純。十月初，距離市中心不遠的某個住宅區一角發生竊盜案。犯人是某個專趁屋主不在時闖空門的傢伙，受害的人家共有十戶以上，而這故事是發生在其中最高級的公寓裡某一戶。

犯人是有前科的闖空門慣犯，他不是有計劃地進行犯罪的類型，而是心血來潮就會溜進附近的公寓。犯人如往常一般隨隨便便地走進第一眼見到的公寓，隨意選擇沒人在家的房間並潛入。

問題是那之後，隔沒幾分鐘犯人急忙跑到了最近的派出所來求救。雖然犯人驚嚇過度導致說話內容讓人摸不著頭緒，但大致上意思是在公寓裡頭發現那一家人的屍體。於是留守的警官便和犯人一起趕去現場。然而，跟犯人描述的完全不一樣，那一家人都還健在，而且還幸福地吃著晚飯。

犯人為此大感不解，認為他行為可疑的警官一問之下，發現對方是為了偷竊才會到那棟公寓裡，最後這件事情以闖空門未遂之罪名逮捕落幕。

「啊？什麼跟什麼啊。」

秋巳刑警讀完報告後大喊，底下的椅子被他坐得嘎吱作響。

要說奇怪也的確是件怪事，但也不是說有多特別到能夠引人注意。

根據報告書記載，犯人既沒喝酒也沒有吸毒，精神方面也毫無問題。一個闖空門慣犯突然發瘋跑去警局亂報案而被逮捕，說少見也的確是很少見。

不過這種瑣碎、而且也已經結案的事件（說起來這是否算得上事件還是個疑問），現在可沒有時間去理會。

現在的他就像三年前一樣忙碌。在巷子裡失去行蹤的人越來越多，讓人懷疑那個事件是不是再次發生了。雖然沒有公開，但十月以來已經出現了四名失蹤者。要堵住被害者家屬的口也越來越困難了。

在這種情況下可沒多餘的時間來調查這種瘋子胡言亂語的事件。儘管如此，他還是被這個事件給吸引住了。

「可惡。」

他一邊發著牢騷一邊拿起電話。打給呈交報告的派出所。對方迅速地接起電話，他便詢問這起事件的相關細節。

例如是否已經和犯人所說的「發現屍體的房間」周圍幾戶人家確認過，以及犯人對於屍體的描述有沒有什麼矛盾。

得到回答正如所預想，派出所當然向隔壁的人家詢問過。至於犯人所描述的屍體狀況，就算是瘋子的胡言亂語也未免太過於詳細了。

道謝後放下電話的同時，背後傳來了聲音。

「你在那邊幹什麼啊大輔？快點，出現第二名死者的遺體了。」

「已經發現了嗎？這麼說來今天又是吃剩下的。」

是啊，對方點頭回答。

秋巳刑警連忙從椅子上站起來，俐落地轉換思考模式。再怎麼在意這份報告書，畢竟都是已結案的事件。現在也不應該以它為優先。

於是，就連被稱為搜查一課最好事的秋巳刑警，也忘了去追究這樁詭異的事件。

／1(矛盾螺旋、1)

明明十月才剛開始，街道上卻異常寒冷。

時間接近晚上十點。

風很冷，夜晚的黑暗如刀鋒般銳利。

這時候街上原本應該還很熱鬧才對，但今晚的景象卻如此陰鬱，讓人忍不住懷疑時鐘是否慢了一個小時。寒冷的天空就算下起雪來也不意外，讓人不禁想著，冬天似乎提前來臨了。

大概因為這樣，總是人潮擁擠的車站前感覺也就不若平時那般繁華。

從車站走出來的人幾乎都拉著上衣的領子，毫不猶豫地直接往自己的家走去。說到「家」這個名詞，是無論再怎麼小也能讓人溫暖安歇的地方。特別是這麼寒冷的日子裡，每個人都會加快腳步回家吧。

流動的人群所散發的熱氣很快地消失。街道顯得比平時更加黑暗。

少年一直觀看著這樣的景象。

離車站前有一段距離的路上，在一台罐裝飲料販賣機的旁邊。有一位少年好像在躲藏般坐在那裡，眼神看起來似乎並不太正常。

抱膝而坐的少年，乍看之下很難分出性別。

細緻的臉龐和纖瘦的身軀。染成紅色的頭髮並沒有整理而任其隨意翹起。年齡約十六、七歲。飄移不定的眼神十分細膩，要是做點女性化的裝扮，再從遠一點的地方觀看，搞不好真的會被認為是女性。

少年的牙齒喀喀地打顫，服裝也有點奇怪。髒兮兮的牛仔褲上面配著一件群青色的大外套。但是裡面居然打著赤膊。

少年不知道是很冷——還是在忍耐什麼，他只是一直喀喀地撞擊著牙齒。

不曉得他維持這樣的狀態多久了。

從車站出來的人影開始稀少起來。不知不覺間少年被幾個年輕人包圍起來。

「唷，巴。」

其中一個年輕人用輕蔑的口吻喊道。

然而紅髮少年完全沒反應。

「……臙條。你這傢伙，竟敢忽視我們！」

那個年輕人粗暴地抓住少年的外套，將他拉了起來。

開口說話的這個人年紀和少年差不多大。旁邊另外圍著五個年齡相仿的人。

「什麼嘛，一休學就翻臉不認人啊？是嗎，小巴巴已經是社會人士了，所以不會跟我們這些混混在一起了是吧，嗯？」

啊哈哈哈，眾人笑聲四起。

少年——巴什麼反應也沒有。

男子哼地一聲鬆開抓住巴的手，接著一拳打在少年的臉上。少年被揍的瞬間發出鏘的一聲，好像有什麼東西掉在地面上。

「————」

「別想裝死，混蛋。」

男子嘲弄似地罵道，旁邊的人也跟著笑了起來。

這個聲音讓少年——臙條巴從衝擊狀態中恢復過來。

「……臙條……巴。」

巴喃喃念著自己的名字。彷彿思考已經停止，連自己是誰都忘得一乾二淨。這個從口中說出名字的動作，就好像是讓自己再次啟動的儀式。

回過神來，巴瞪視著眼前的男子。

這群人曾經是他的同學。

對他們都還有印象。在普通的學生當中，總是會有一部分的傢伙會變成專門欺負弱小的不良學生。

「相川嗎。你這傢伙，這個時間在這裡幹什麼。」

「這是我該說的話吧。我還擔心你會不會跑去出賣肉體呢，畢竟小巴巴你可是柔弱的女孩呢。」

對吧，男子向周圍的同伴問道。

當然巴並非女兒身。只是在高中時，因為他體型很纖瘦、加上名字的關係，讓他常常被同學們嘲笑。

巴什麼也沒回答，只是隨手撿起地上的空罐。

「相川。」巴叫著對方的名字。

在對方張開嘴正準備回應的瞬間，巴拿著空罐，直直地往那張長滿青春痘的臉伸了過去。

男子的嘴被空罐塞住。隨即巴一掌就往空罐用力拍打。

「嗚……!?」

男子忍不住倒在地上。吐出的空罐上面還沾著血跡。

男子的同伴驚愕之餘，連動也動彈不得。

他們只不過偶然見到了從高中退學的老同學，想上前找點樂子。以為只有自己才會使用暴力，卻沒想到巴會先動起手來。

所以，對於同伴被打倒的事情，瞬間沒能反應過來。

「相川。你這傢伙還是一樣沒什麼大腦呢。」

瞧條巴一邊說著一邊朝倒在地上的男子頭部猛踢。宛如踢足球一樣用腳尖施力。與淡淡的語氣相反，腳下毫不留情地踢了下去。

男子就這麼動也不動了。不知是昏過去了，還是脖子折斷了？

——還是因劇痛而無力站起來？確認這一點之後，巴跑了起來。

他跑的方向並非行人較多的車站前，而是更為安靜的小巷裡。

看到巴逃跑，對方總算理解他們的立場了。

打算敲詐點零用錢的對象，不但出手毆打同伴，讓他嘴裡流血倒在地上——現在還打算逃跑。

「那個混帳，開什麼玩笑——看我宰了你！」

其中一人大叫著，激動的情緒迅速傳達給其他人。他們就好像在追捕逃走的雌鹿一樣，為了報復而追了過去。

……

看我宰了你嗎？

聽到那夥人的叫聲，我忍不住笑了出來。

那些傢伙明明是認真的，卻沒認真思考過話中的含意。沒有殺人覺悟的傢伙，居然向才剛親手體驗過的對象叫囂「我要殺了你」，簡直輕率至極。

——我明明才剛殺過人啊。

卡答卡答……刺殺人體時的觸感在腦海中復甦，我險些吐出胃裡的東西。

我一試著回想就渾身發抖。牙齒顫抖得幾乎敲碎，腦袋裡簡直像有暴風肆虐般一團混亂。

那些傢伙並不明白殺人這行為有多麼嚴重，正因為不明白才能輕易說出口。

——既然如此，就由我來教你們。

乾涸的心靈讓我揚起嘴角。

……我不認為自己的性格特別凶暴。雖然以牙還牙是我的信條，但像今天這樣加倍奉還地打昏對手還是第一次。今晚的我並不正常……不，或許我只是渴望變得不正常罷了。

——地點就挑這附近吧。

我鑽入夾在兩棟建築物之間稱不上是道路的小巷，那群傢伙沒過多久就追上了我。正確地說，是我故意讓他們追上的。

我在無人注意的暗巷內停下腳步，確認五人都追來後撲向帶頭的傢伙。

我一掌拍向對手的下顎。外行人的鬥毆等於是反覆的揍人與挨揍，誰先挺不住就會單方面地遭到痛擊。我非常清楚，打起架我沒有勝算——要打，就得拿出真正想殺對手的氣魄。

我下手毫不留情。因為唯一的生路就是在他撲過來、其他人包圍我前一一撂倒敵人。挨揍的傢伙企圖還手，我的指尖卻搶先一步刺進他的左眼，觸感宛如鑽入一團偏硬的明膠。

「咿——不要啊啊啊啊啊！」

那傢伙痛得慘叫。我趁機抓住他的臉，鼓起渾身之力拖著他的後腦杓往牆壁砸。

砰地一聲，帶頭的傢伙搖搖晃晃地癱軟倒地，一隻眼流出血淚，後腦杓在牆上劃出一道血跡。

——傷成這樣也還是不會死。

面對這片令人目不忍視的慘狀，趕來的四人愣然地呆立當場。

他們應該看過打架時流的血，但多半是首度目睹生死關頭的流血場面。

我抓準空檔襲擊最接近的對象，先拍出一掌，揪住對方的頭髮讓他低頭，接著彎起膝蓋用力往上頂。膝蓋骨傳來鼻樑斷裂的觸感，一舉奪走對手反擊的意志。

我連續三次以膝蓋撞擊他的臉，朝奄奄一息的對方往後腦杓用盡全力揮肘。強勁的衝擊震得我的手臂嘎吱作響，第二個人就此倒下，鮮血噴上我的膝蓋。

「臁條，你這混帳——！」

兩個人。看到兩個同伴倒地不起後，那些傢伙總算有所覺悟，剩下三人毫無理智與秩序地一起撲向我。

一旦被包圍，接下來的結果顯而易見，光憑我一個人不可能應付三個對手。

我不斷挨打遭踹，輕易地被逼到牆邊癱坐下來。

他們用力毆打我的臉頰、踢我的肚子，然而我冷冷地觀察到，這些傢伙攻擊的暴力程度不如我剛才的行為。

——只不過是三人合力圍毆一個毫無抵抗的對象。

這種暴力，沒有明確想「殺害」對手的意志。

可是再繼續挨打的話，我遲早會死。即使一拳一腳不至於造成致命傷，不斷承受攻擊終究會傷及心臟。非得持續忍受被毆打的痛楚直到死亡的時刻到來，說難熬倒也挺難熬的。

——看吧。即使沒有殺意，人依然能夠輕易殺人。

那是罪嗎？像我一樣抱著明確的殺意殺人，或是像他們一樣無意之間錯手殺了人，哪一種行為的罪比較重？

如雨點般的拳腳不斷落下，我以混亂的腦袋思考這個問題。我的臉龐和身上已全是瘀青，也習慣了疼痛。那些傢伙恐怕也習慣了不斷毆打我，才收不了手。

「你長了張可愛的臉，下手倒是很重嘛，臙條！」

砰！我被特別強勁的一腳踹中胸膛，開始咳個不停。不知是口腔內破了皮還是內出血，我竟咳出血絲。即使他們三個沒有發現，再多圍毆幾秒鐘臙條巴大概就會死……此時我終於察覺，我對自己的性命毫不在乎。

那些傢伙的拳頭打中我一邊眼睛，劃破眼皮。正如紅腫的眼皮遮蔽視野，我的意識也即將中斷——

喀啷……

一個清脆的音色響起。

如鈴的聲響，比拳腳打在人體上的鈍響細微得多。

三名少年停止動作，回頭望向聲音的來源……他們方才走進來的小巷入口，我也張開瘀腫的眼皮注視來人。

「———」

意識凍結了。

我的目光牢牢釘在那人身上無法轉開，除此之外不出別的解釋。

佇立在小巷入口的人影——正是如此脫離常軌。

當著這片寒空，那傢伙赤腳踩著渾圓的木屐。木屐的黑漆底色與紅鞋帶襯托得那雙白皙的裸足越發醒目，印象強烈得讓人啞然失聲。

不，撼動人心的奇異之處還不僅如此。

那人身穿橙色的和服，不是豪華的正裝，而是可以在祭典上看見的簡樸款式，居然還在和服上披了件紅色皮夾克。

喀唧……聲音再度響起。

木屐敲打地面的聲響一步步地靠近。

搖曳的髮絲、衣物的摩擦聲。和我——髒條巴的意志無關，我感到自己的雙眼正直盯著這個人物，不放過任何細微動作。

人影以若無其事的自然態度走上前。

一頭彷彿用濃墨暈染的黑髮長度不到肩膀，隨意剪短的髮型很適合他。

人影擁有纖細的身體與輪廓，雪白的肌膚與——一雙彷彿直視我靈魂的黑眸，以及跟骯髒暗巷不相襯的幽美站姿。

她好像是個女人。

……不，她的年齡和我們差不多，應該稱作少女。因為相貌太過端正，要說她是男是女都說得通。當然，無論她是男是女都一樣美得讓人發寒。然而，我卻察覺這個人是女性。

「喂。」

融合和風與洋風的少女粗魯地開口。

她一臉不悅地看著我們，毫不顧慮地走了過來。

原本包圍我的三人組先是有些困惑，接著開始圍住少女。這群已對暴力麻痺的傢伙，對此刻出現的女人產生了慾望。他們暴露出平常壓抑的感情，威嚇著她。

「找我們有什麼事？」

那群傢伙緩緩地逼近，三人似乎齊心一致想包圍她不讓人跑掉。人渣！我這麼唾罵，卻無能為力。這頓毒打讓我的手腳處處瘀青，使不上力氣。

我無法忍受那名和服少女被這群像假貨一樣的小鬼玷汙。不——她有可能被這種雜碎玷汙嗎？

「我問妳找我們有什麼事？沒長耳朵啊？」

其中一人走到她身邊怒吼。

她沒有回答，只是隨意伸出手……接下來發生的一切，真的像魔法一樣。

少女纖細的手臂抓住包圍的年輕人輕輕一扯，他就像沒有重量似的兜轉一圈，頭下腳上地摔倒。

那是叫內股的柔道招式嗎?她一連串的行動明明十分迅速，卻自然流暢得宛如慢動作播放的影像。

剩餘兩人撲向和服少女。她僅僅一掌拍上對手胸膛，其中一個便癱在地上。我得用上激烈的暴力手段才能打昏一個人，她卻只靠最低限度的動作就讓兩人喪失意識，過程花不到五秒鐘。

這個事實使我戰慄，最後一個傢伙也發現對手並非常人。

哇啊!他驚叫一聲拔腿就跑。面對逃跑的背影，少女抬腿踹向對手的頭，那記漂亮的迴旋踢甚至沒發出半點聲音便撂倒最後一人。

「嘖，腦袋硬得跟石頭一樣。」

少女輕輕彈舌，撫平凌亂的和服衣襬。

我連話也說不出來，僅僅注視著她。

——在這個連路燈、甚至是月光都照射不到的垃圾堆中，唯獨她的頭頂彷彿有銀色光芒傾注而下。

「喂。」

少女回過頭來。我想說些什麼，但嘴裡滿是傷口講不出來。

她從皮夾克口袋裡掏出一把小鑰匙扔向我，熟悉的鑰匙落在眼前。

「這是你掉的東西吧。」

她的聲音直透我腦海深處。

……鑰匙。啊，是我剛才被揍時掉的嗎？她之所以過來，是為了把如今已不重要的家門鑰匙還給我嗎？

事情辦完之後，少女轉過身去。

沒有道別也沒有安慰，她像出現時那般踏著如散步般悠然的步伐，漸行漸遠……彷彿我根本無關緊要。

「——別……」

我伸出手。

我想挽留什麼？為何試圖挽留她？

我——朧條巴也覺得這種瘋女人無關緊要啊。

可是——可是，我受不了現在被人拋下。不管是誰都好，我不想被拋棄。我沒有任何價值、其實只是個贗品的衝動湧上心頭，讓人無法忍受。

「妳先別走！」

我大喊著起身……雖然試圖起身，卻站不穩。我全身上下都在抽痛，扶著牆壁好不容易才半彎腰站好。

和服少女停下來，回頭拋來的目光冰冷得令人背脊生寒。

「幹嘛？我可沒撿到其他東西。」

她淡淡地回答。腳邊明明倒著五個人，這傢伙卻毫無感觸。

「喂，妳該不會想直接閃人吧？」

當我奄奄一息地開口，她終於環顧周遭的慘狀。

倒地的傢伙之中也包含被我打得頭破血流的兩個人，是粗劣暴力行為導致的結果。

哼～少女揚起眼珠注視著我。

「放心，他們都沒死。躺在那邊的傢伙眼睛廢了，但這點程度的傷死不了人。第一個醒來的傢伙會自己想辦法吧，還是你要馬上找人來幫忙？」

她以怎麼聽都只像是女性的高音，說出男性口吻的臺詞。

我點點頭。

「是嗎？可是該連絡哪邊才好？警察？還是醫院？」

少女認真地問了個脫線的問題。

我本來只想到叫救護車，不過若將我剛才的行動視為正當防衛，找警察處理或許比較快。然而——

「——不能找警察。」

為什麼？她的目光在問。

……不知為何，我下定決心將絕不該說出口的秘密、我的最後底牌告訴她。

「我殺了人。」

時間彷彿暫停了幾秒。

少女似乎產生興趣的走過來，仔細觀察著吃力地靠在牆邊的我。

「感覺不太像耶。」

她訝異地說。從她將手抵在唇邊陷入沉思的反應來看，這傢伙也不敢肯定。宛如發高燒時喃喃吐出囈語般，我繼續自虐地告白。

「是真的，我是剛剛才殺的。對方被我用菜刀捅得肚破腸流，還砍下頭顱，不可能還活著……嘿嘿，條子這會一定聚集在我家裡，滿眼血絲地搜索我吧。沒錯，等天一亮我就會聲名大噪——！」

我發覺的時候，已經自嘲地笑了起來。我聽著自己無聊的笑聲……不知怎地，聽起來也像是在哭。

「這樣嗎，應該是真的吧。那你也別叫救護車了，一給人發現就會直接被關進鐵窗……啊，你是因為衣服沾到血才脫掉的嗎？我還以為是流行呢。」

少女冰冷的手撫過我的胸膛。

「——什……」

我倒抽一口氣。她說的沒錯，我是因為被血濺到才會脫掉上衣。我只穿著褲子，赤裸上半身披著夾克逃出來。

……她知道。這女人明知我是殺人犯卻一點也不吃驚——反而激起我的不安。

「妳不怕嗎？我可是殺了人啊。殺一個人和兩個人還不都一樣，妳以為我會放知情的妳離開嗎？」

「——殺一個人和兩個人才不一樣。」

和服少女不快地瞇起眼睛，反倒把頭湊過來。

……我在身材上明明高一個頭，氣勢卻被從下往上看的她壓倒。

被那雙黑眸牢牢盯著，我不禁吞了口口水。我之所以倒抽一口氣並非被她的氣勢震懾，只是看得入迷。至今為止，我不曾為了人類感動過。十七年的人生中，我不曾對任何事物如此深深著迷，不曾這樣感動到忘我的地步。

——沒錯，我從不曾覺得人類如此美麗。

「我是真的——殺了人。」

我只說得出這句話。

少女低下頭輕輕一笑。

「我知道，我也一樣啊。」

隨著一陣衣物摩擦聲，彷彿完全失去興趣的她轉頭離開，踏著喀唧喀唧的腳步聲漸漸遠去。

……我不想放那個背影離去。

「別、別走，妳不是說妳也一樣嗎？」

我想追上前卻摔倒在地，勉強再次站起身瞪著回頭的她。

「那就救救我啊，我們不是同病相憐嗎？」

我自以為是地拚命大喊，完全不像平時的我，一點也不在乎丟人現眼。聽到這沒有理由的突兀要求，少女驚訝地瞪大雙眼。

「同病相憐……嗯，你的確空蕩蕩的。不過你想要我幫你什麼？擺脫殺人罪嗎？還是治好你身上的傷？很不幸，這兩者都在我的專門範圍之外。」

——嗯，沒錯。

我想要她幫我什麼？

雖然希望她救救我，我卻想不清具體而言要她怎麼救我……這個渴望明明深深烙印在臟條巴心中，比任何事都來得重要。

「——這裡遲早會被人發現，妳先把我藏起來。」

總之，這是最優先的問題。

她面有難色地開始思索，充滿人味的舉止和先前的缺乏感情正好形成對比。

「你說的藏起來，是要我提供藏身之處嗎？」

「沒、沒錯，妳只要協助我躲到隱密的地方就行了。」

「這座城市裡沒有哪個地方是隱密的，若不想被人發現，就只有自己的家裡吧。」

少女一臉為難地說，這種事我當然曉得。

或許是疼痛害我暴躁起來，我對她吼回去。

「我就是不能回家才要妳幫我啊！難道妳要讓我躲妳家嗎？妳這個笨蛋！」

可惡！我惡狠狠地罵著。此時，少女意會地點點頭。

「可以啊，想住我家就隨你住吧。」

「——咦?」

「小事一樁,你就想要我幫這點忙啊。」

她逕自往前走去,沒朝我伸出手也沒扶我一把。

雖然如此,少女的背影仍說了聲「跟我來」。

我——跟上了她。

只是跟著她走,圍毆所受的傷與刺殺人時留下的心靈創傷都被我拋諸腦後。

我一心一意地追逐著她超然前行的背影。

她是一個人住嗎?我連她的名字都不知道。非問不可的問題堆積如山,我卻什麼也無法思考。

……沒錯,雖然從前我不曾相信過,但這或許就是命運。

因為早在許久以前,我的眼裡就只有她一個人了。

／2(矛盾螺旋2)

喀噠,隔壁房間傳來聲響。

時間差不多快到十點了,我在工作中累得精疲力竭的身體才剛剛躺上床不到幾分鐘。

那聲音將我從淺眠中吵醒,昏昏沉沉地打著盹。

自隔壁房間傳來的聲響只有一次。

有人拉開與鄰室相連的紙門，被裁切成長方形的光亮注入我已熄燈的黑暗房間。是母親嗎？我睡眼惺忪地看過去——

——每次我都會在這時心想，要是沒看見那一幕該有多好。

拉開紙門的人是母親。因為逆光的關係，只看得出她正站著。比起她的身影，我僅能直盯著紙門後的鄰室慘狀。

父親趴在廉價的暖桌上。原本茶色的暖桌染得通紅，伏倒的父親身上不斷淌出鮮血，流在榻榻米上……簡直像壞掉的水龍頭一樣。

「巴，去死吧。」

呆立不動的人影說道。

直到刀尖刺進胸膛之後，我才想起那個人影就是母親。母親拿著菜刀往我的胸口捅了一刀又一刀，最後將利刃抵在自己的咽喉上。

要說是惡夢，的確是場惡夢。

我的夜晚總是這樣落幕。

卡答卡答卡答卡答。

……彷彿從耳朵深處傳來的聲響讓我睜開眼睛，發現兩儀已經出門了。

坐起遍體鱗傷的身體，我環顧一圈觀察房間內部。

此處位於某棟四樓公寓的二樓一角，是和服少女的家。不，與其說是她家，不如說房間來得正確。從玄關通往起居室的走廊大約一公尺長，途中有扇門通往浴室。

起居室似乎兼作寢室使用，放著她剛剛所睡的床鋪。隔壁還有一個房間，因為用不到所以空著。

——昨天晚上，我跟在她背後走了一小時，抵達這個房間。掛在公寓入口的郵箱名牌上標著兩儀，應該是她的姓氏。

她——兩儀將我帶回房間之後，連句話也沒說就脫掉皮夾克躺上床。

漠不關心也該有個限度吧。我不由得心頭火起，認真地考慮過要不要襲擊她。考慮歸考慮，萬一她大聲呼救引來一堆人那可不妙。猶豫到最後，我決定用放在地上的坐墊當枕頭睡覺。

等到我醒來時，那女人已不見人影。

「——那傢伙到底是怎麼回事啊？」

我忍不住呢喃。恢復冷靜後回頭想想，兩儀的年紀看來跟我差不多大。與其說她是女人，以少女來形容更為貼切。

如果她十七歲，應該是學生。她去高中上課了？不，這房間未免也太殺風景了。室內只有床鋪、冰箱與電話，掛在衣架上的皮夾克以及衣櫃。這裡沒有電視也沒有音響，沒有廉價雜誌，甚至連張桌子都沒有。

我忽然想起那傢伙昨晚說過的臺詞。

聽到我說自己殺了人，兩儀回答我也一樣……那句不帶現實味的話說不定是真的。因為這房間就像是逃亡者的藏匿地點，近乎病態地缺乏生活感。

想到這裡，一股惡寒竄過背脊。我以為自己抽到黑桃A，其實搞不好抽到了鬼牌。

……無論如何，我都不打算在這待太久。雖然想向她道聲謝，既然本人不在那也無可奈何。我像溜進來行竊的小偷般踏著謹慎的腳步，走出陌生少女的房間。

來到外面，我漫無目的地四處逛。

我一開始緊張兮兮地走在住宅區的道路上，世界卻與我無關地一切如常，像時鐘的指針般反覆上演沒有變化的日常生活。

結果不過如此嗎？我自暴自棄地走向大馬路。

街上也是老樣子，沒有到處搜索髒條巴的警察，也無人向我拋來面對殺人犯的輕蔑目光。看來屍體還沒被人發現。

沒錯，就憑我這種半吊子犯下的罪行，不足以讓世界立刻產生改變。我目前還沒遭到追捕，卻也沒心情回自己的家。

中午過後，我抵達設有狗銅像的廣場。我隨便挑張長椅坐下來，仰望大廈牆面上的大型電子佈告欄。

幾個小時就這麼茫然地過去了。

今天明明是非假日，廣場上的人來人往卻十分熱絡。人行道上滿是路人，每當紅綠燈一轉綠，過馬路的大批人潮就堵住車道。

其中大多數人的年齡和我相差無幾，大都面帶笑容或胸有成竹地往前走。他們的神情裡沒有迷惘，不——是想都沒想過何謂迷惘。

在那些傢伙臉上連思考的思都找不到，怎麼看都不像是為了實現夢想、為了實現深信的未來而活的樣子。

無論哪個人都露出理解一切的表情往前走，但其中又有多少人是真正了解？是所有人？還是只有一小部分？

真貨與贗品。我一直瞪著無法融入的人群試圖從中找出真貨，卻完全分不出來。

我自人潮別開眼神，仰望天空。

對了——至少我並不是真貨。我本來以為自己貨真價實，卻輕易地暴露了本性。

……直到進高中以前，臙條巴曾是田徑界著名的短跑選手。我在國中時代不知敗北為何物，從不曾看著其他選手的背影衝過終點。我深信自己可以繼續縮短記錄，也毫不懷疑我的運動才能。

更重要的是——我喜歡奔跑。唯有這一點曾是我的真實，我也曾抱著不輸給任何阻礙的心。

然而，我放棄了跑步。

我家原本就不富有，父親在我讀小學時失業，從此家裡環境變得越來越糟。母親本來是名門閨秀，據說與娘家斷絕關係跟父親結了婚。

父親失業不再工作，而不知世事的母親什麼都不會。

生活在逐漸崩潰的家庭中，我比其他小孩更早熟。我在不知不覺間已開始謊報年齡打工，設法支付自己的學費。

我不管家裡的問題，光是處理自己的事就夠吃力了。

我自己工作，自己上學，全憑自力進入高中。在不再當成父母看待的雙親與生活費的雙重壓力下，只有奔跑是我唯一的救贖。

所以，我不管再怎麼累仍堅持參加社團，也進了高中。

可是我才剛開學不久，老爸就出了車禍。他不僅開車撞到路人，更糟糕的是沒有駕照。付給對方的賠償金似乎是母親低頭向娘家借來的。我在那段期間什麼也無法思考，不清楚詳細情況。

車禍糾紛結束之後，隨之而來的是周遭的變化。我和雙親明明已經沒有關係，但只因為我是他們的兒子，學校方面的態度突然改變。

過去出力甚多的田徑社指導老師露骨地對我視若無睹，本來把我捧成期待新星的學長們也施加壓力，要我退社。

但這些遭遇我都習慣了，不成問題。

問題在於家裡。車禍令父親失去微薄的收入，已無力支撐家計。母親雖然打起不習慣的零工，賺得的錢卻只夠支付水電費。

父親打從數年前開始就沒有正職，最後還無照駕駛撞死了一個人。這些謠言加油添醋地傳遍附近鄰居之間，令他再也不出家門。母親忍著被人私下說閒話的壓力繼續打工，卻無法在同一個地點工作太久。最後我光是走在路上，都會有人輕蔑地叫我滾。

……周遭的欺負行徑一天天變得越來越激烈，我卻不覺得憤怒。因為老爸真的撞死了人，遭人歧視或侮辱都是理所當然的。有錯的不是社會，而是我的父親。

說是這麼說，我也沒把怒火的矛頭轉向雙親。

當時，我對所有的一切都感到厭倦。我對身邊的種種糾葛厭煩不已，不管再怎麼做、再怎麼努力，反正結果都一樣。既然我無論跑得多快，家庭這麻煩都會繞過來擋在前頭，未來也可想而知——

我一定是在那一刻放棄抵抗的。

追求社會上理所當然的生活就得遭遇打擊。只要接受我的人生註定如此，就不會覺得自己不幸。這和小時候一樣。我以聰明代替幻想，決定一個人活下去。

放棄之後，我感到再繼續念書也很可笑，從學校休了學。不，若不把一天所有的時間都花在工作上，我就養不活家人。只要夠年輕，不管有過什麼經歷都找得到工作機會。

我半吊子的良心，讓我沒辦法拋棄家人。話雖如此，我打從休學離開高中後就再也沒有和雙親講過話。

我明明曾熱愛奔跑，奔跑明明曾是我的救贖，到頭來我卻發現那不過是發生了一些不幸後便可以拋棄的東西，不禁愕然。

不再有人稱讚我的表現，也不再有時間跑步。我喜愛奔跑的心情，輸給了這些活像找藉口似的理由。

若我的喜愛是貨真價實的──若奔跑對我來說無可取代，是臙條巴這個人的「起源」，我不可能放棄。

……小時候，父母曾帶我去牧場看馬。看著那匹連名字也不知道的馬，我哭了起來，那不顧一切奔馳的身影令我的淚水止不住地溢出眼眶。如果人真的有前世，我大概是一匹馬吧。奔跑這個行為，曾讓我感動得如此深信。

然而，我卻是假貨。

沒錯，我只不過是深信自己貨真價實的贗品罷了──

「──結果還殺了人。」

我試著發出低笑。

分明一點也不開心卻笑得出來，人類真是故障多多。

我已厭倦仰望天空，轉而眺望街道。

……人潮還是一樣源源不絕。

那些面帶笑容或一臉若無其事的傢伙不可能是真貨。正為了某個目標而活的人，怎麼可能在遊樂場所浪費時間。不，就算他們的目標正是玩樂——我也不承認這種「真貨」。

……卡答卡答卡答卡答。

這時，我突然清醒。我——應該沒抱著什麼強烈到足以產生這等獨善想法的主張才對。

我看看手錶，就快到傍晚了。

總不能在廣場上待好幾個小時，我只得漫無目標地告別奔流的人群。

◇

路燈微弱的光芒，照亮陌生的住宅區道路。

從秋陽下山之後，我連走了三小時。

我煩惱著該在什麼地方過夜，不知不覺間已來到兩儀的公寓一帶。

只要一墮落，人是否就會變得這麼婆婆媽媽的？我不禁傻眼。

我——臙條巴這傢伙明明對切換感情的速度之快很有自信，這下子哪還有什麼快不快的，根本是依依不捨嘛。

我抬頭一看，兩儀的房間沒有開燈，似乎不在家。

「——算了，就當作順便。」

我明知屋裡沒有人在無法進門，卻還是爬上樓梯。我想藉由面對冷酷的現實，替緊抓著唯一求生稻草不放的自己做個了斷。

我踏著鐺鐺作響的鐵梯，走到位於二樓角落的公寓門口。

我今天早上離開時還插在信箱裡的報紙不見蹤影，兩儀大概回來過一趟。我敲敲門，沒有任何回應。

「看吧，果然沒人。」

我準備離去時，試著轉動門把。

——動了。

房門毫無阻礙地打開了。

屋裡黑漆漆的。我的手仍放在門把上，腦袋變得一片空白。

我該不會就這麼站上好幾個小時吧？剛浮現這念頭——身體已滑進門縫之間，潛入室內。

我吞了口口水。

不敢相信不敢相信……真不敢相信我竟會這麼做！

雖然我自認是個罪犯，卻討厭犯罪的行徑。打從小時候開始，我就厭惡卑鄙的行為。明明厭惡犯罪，我居然繼殺人之後又入侵民宅——不，這是不可抗力，而且那傢伙不也說過「想住我家隨你住」嗎！

卡答卡答卡答卡答。

我邊在內心支離破碎地找藉口邊往前走，從玄關踏上走廊，從走廊進入起居室。

沒開燈的房間裡一片漆黑。我在黑暗中喘著氣，躡手躡腳地前進。可惡，這下子真的要變成小偷了。電燈，開電燈啊。都是周遭太黑，我才會行跡可疑起來。啊，不過開關在哪裡？

我摸索著牆壁尋找電燈開關。

此時——玄關傳來開門聲。

兩儀回來了。我還來不及做好準備，屋主已點了燈並拉開房門。

她打開門，露出茫然的眼神注視著入侵民宅的我。

「——怎麼，你今天也來啦？幹嘛連燈也不開。」

兩儀就像責備同學般冷冷地說完後，關上房門脫掉皮夾克。她直接坐在床邊，把手伸進拎回來的便利商店購物袋裡掏來掏去。

「要吃嗎？我討厭吃冰品。」

她扔了兩盒冰淇淋過來，是哈根達斯的草莓口味。她為何不介意我這個入侵者是個謎，為何跑去買自己討厭的食物也是個謎團。

我以雙手托住冰涼的冰淇淋杯，動員所有的理性。

這女人根本不把我當一回事。她明知我殺了人……雖然不知道她相信了幾分……卻提供自己的房間給我藏身，難道這傢伙也是警察追捕的對象……？

「……喂，妳是什麼危險人物嗎？」

哈哈哈哈！聽到我將自己的事扔在一邊這麼問，和服少女放聲大笑。

「你這人真怪。喔——危險、危險人物啊！這形容挺貼切的，正合我意！」

兩儀認真地大笑，一頭沒有剪齊的黑髮搖得凌亂不堪，在我看來真的只像是危險人物。

「哈哈、哈哈哈哈、哈——嗯，沒錯。像我這麼危險的人物，這附近一帶可沒有第二個。不過你也很危險吧？所以我是怎樣都無所謂吧？你想說的話只有這些？」

和服少女抿嘴一笑，抬頭望著我……她的面容透出一股脆弱的沉靜，有如獲得新玩具的小孩子。「不……我還有一個問題。妳為什麼要幫我？」

「不是你叫我幫忙的嗎？我只是沒別的事要做，就幫了你。你沒有地方睡覺對吧？可以暫時待在這裡，反正幹也最近都不會過來。」

……因為沒別的事要做，就幫了我？

這算什麼東西，有這麼可笑的理由嗎？我的腦筋確實不正常，但還沒壞到會相信這種蠢話的程度。為了證明這點，我至少也要看穿這傢伙有沒有撒謊。

我瞪著和服少女。她完全不在乎我的目光但並非視而不見，只是擺出堂堂自若的態度。

——不敢相信。真令人頭疼，我唯一能確定的是兩儀這番話全出自真心。

難道說，這個人不需要一般的理由？這名少女可能沒想過比如我們是朋友、有錢可賺之類簡單易懂的連繫。

就算如此——

「妳是說真的嗎?明明沒有任何回報，卻願意藏匿我這種可疑的傢伙?妳該不會有嗑什麼藥吧?」

「你很失禮耶。我討厭藥物、人很正常，也不會向警方告密。如果你希望我通知警方的話，我是會做啦。」

沒錯，我也不擔心她會告密。無論如何，我都想像不出來這傢伙連絡警察的場面。我擔心的是更基本的問題。

「拜託……我是男的，妳是女的耶。讓來歷不明的陌生人來家裡過夜，妳以為會發生什麼事?我是問妳不在乎嗎!」

「咦?男人想找女人上床的話，不是會去別的地方過夜嗎?」

當她一臉愣愣地回答，我啞口無言。

「我想說的是——」

「真囉嗦。要是不喜歡待在這，你去找其他藏身之處不就行了?何必特地看我的臉色。」

少女斷然駁斥我，手又伸進塑膠袋裡掏出番茄三明治……她似乎真的沒把我放在眼裡。

「那我就睡在這裡了，妳沒意見吧!」

我氣得大吼，兩儀卻面不改色地點點頭。

「沒意見，如果嫌你礙事我會直說。」
她大口大口咬著三明治回答，讓我不禁全身無力地坐在地上。
唯有時間緩緩地流逝。
總之，我決定改變態度。切換感情的速度之快可是腻條巴的優點，我轉而為今後作打算。
暫時不缺地方睡覺了，至於餐費，靠手邊的三萬圓大概能撐一個月。在這段期間，我必須擺脫警察追捕找出活下去的方法。
「——嗯？」
我突然產生疑問，為什麼今晚這戶公寓的門沒有上鎖？
「喂，為什麼妳沒鎖門？」
「那還用問，當然是因為我沒有鑰匙啊。」
「——啊？」
我聽了差點昏倒。
兩儀這女人說她沒有自己家的鑰匙。她只有在睡覺時才鎖門，外出時只是把門關上。據她本人表示，反正出門時有小偷闖入也不會危及她。
我能夠入侵根本不是什麼巧合。說真的，這房間裡之所以什麼都沒有，該不會是有常客竊賊的關係？
「妳這個笨蛋，起碼帶著鑰匙吧！沒有的話，就去跟房東借複製鑰匙啊！」

「連複製鑰匙也沒有。這不重要吧，門沒鎖對你又不會造成困擾，那種玩意拿著也是累贅。」

……可惡，她說來就是這麼滿不在乎。以現實問題而言，沒有鑰匙我無法放心。一方面是擔心自身的安全，但兩儀的生活豈非問題更大？我忘掉方才對她而發的複雜抗拒感，認真地替這個不知世事的傢伙煩惱起來。

「別說傻話，沒有鑰匙的家根本不算是家。等著瞧，我乾脆連門鎖都換成全新的給妳看。」

「……要換是無所謂，不過你有錢嗎？」

「少瞧不起人，這點小意思算什麼。我今天晚上就換新鎖，妳從明天起要記得鎖門！」

我說完後站起身。

我可是在搬家公司做過事，學過全套房屋改裝的工程，像公寓房間這種程度沒幾個地方是我修理不了的。在我直到兩天前還在上班的公司倉庫裡，應該有門鎖的存貨。

受到一股連自己也弄不明白的衝動驅使，我衝向夜晚的都市。

我明明不知何時會被警察追緝，卻發現自己正認真地考慮著該如何冒極大的風險溜進公司。

……真是的，我也沒資格教訓兩儀。

居然想為了一個連名字都不清楚的女人溜進從前任職的公司偷鎖，我也變得十分缺乏常識啊。

／3（矛盾螺旋、3）

自從我住進兩儀的房間後，將近一星期的時光流逝。

由於我和兩儀白天都會出門，一直過著只有晚上睡覺時碰面的古怪生活。不過相處一週下來，連對方的名字也不知道畢竟不太方便，我們互報了姓名。

那傢伙的全名叫兩儀式。令人驚訝的是她真的是高中生，除此之外我便一無所知。

兩儀喊我臙條，於是我也喊她兩儀。她本人不喜歡別人以姓氏相稱，但是我實在無法直呼她「式」。

理由很簡單，只因為我沒有這麼深的覺悟。我不願與遲早必須永遠分別的對象太過親近。一旦直接叫她「式」，我一定再也無法離開這名少女。我不知道哪天會被警察逮捕，這種關係只會礙事。

◇

「臙條，你沒有女人嗎？」

某個一如往常的夜晚，兩儀盤腿坐在床鋪上毫無前兆地問。

兩儀的問題總是來得如此突兀。

「女人……要是有的話，我又怎麼會跑來這裡。」

「這樣嗎，你長得明明很有女人緣啊。」

「被這種不帶感情的口氣稱讚，我也不會開心的。再說，我已經在女人身上吃夠苦頭了。」

「——喔，為什麼？」

大概是產生了興趣，兩儀探頭望著躺在地上的我。從躺在床邊的我眼中看來，她只探出頭的模樣十分可愛。

「你是同性戀嗎？」

……我撤回前言。我居然認為這傢伙可愛，肯定是一時迷惑。

「怎麼可能。我只不過覺得麻煩罷了，實際交往的經驗不怎麼有趣。」

話說回來，我本來不太喜歡異性。我高中時試著和別人交往過三個月，但那段關係並不甜蜜，反倒互相造成壓力。

不知不覺間，我開始斷斷續續地聊起往事。

「我可沒要求太多喔，但對方卻對我要求多多。一開始的時候，我還勉強應付著她。」

沒錯。我買了那傢伙想要的東西，也照她的期望打扮得光鮮亮麗，她的要求我大致上沒什麼辦不到的。雖然每次都能博得她的歡心，我反倒越發心冷。還有做愛，也不像大家所說的那麼刺激。

……兩儀專注地傾聽我的自言自語。

「後來我漸漸感到厭倦。問題不僅是周遭的環境，我覺得要將時間、金錢甚至是感情與他人（那傢伙）分享好麻煩。儘管我還算喜歡她，但要發洩性慾，一個人處理就行了。——如果我是普通學生，時間應該多得用不完，可是我卻沒有自由的空間。和那傢伙相處的時間越多，我就得睡得越少。沒有多餘時間的我，打從一開始就不適合談戀愛吧。」

即使如此，我也沒有開口提分手。

我不想向滿臉幸福的她扔出一句「我們到此為止吧」，害她哭泣……無論傷人或傷己，都很可笑。

「不過你們分手了吧，你是怎麼甩掉人家的？」

「拜託，別只把我當壞人看，是她甩了我。我們在愛情賓館辦完事之後，她突然說『你沒有看著我。你光顧著注意我的外表，不肯去看我的心』。老實說，我倒是大受打擊。」

當我聳聳肩談起經過，兩儀失禮地笑了出來。

「了不起，居然說『不肯去看我的心』！哈哈，你還真是碰上棘手的女人，贓條！」

床墊的彈簧嘎吱作響，她在床上笑得滾來滾去。

「我剛才說的話有哪裡好笑，這可是苦澀的青春回憶耶？」

我氣得站起來。此時，兩儀突然停止動作注視著我。

「不是很好笑嗎？人顯露的部分只有外表，她不要你看外表，非得要人去看心這種看不見的玩意，這女人可不尋常。不尋常就代表異常，這不是很可笑（註1）嗎？如果希望你看見內心，寫在紙上不就得了？臟條，你跟她分手是正確的。」

兩儀冷靜地侮辱著我，往床上橫躺下來。她像隻貓一樣直盯著我的臉，難以啟齒地開口。

「……雖然我也沒資格說什麼，但『看不見』的不安一說出口就變成謊言了吧。即使不明白依然相信，才叫戀愛。所謂戀愛是盲目的，不就是這個意思嗎？」

我們的對話像平常一樣乾脆地告一段落，我也心不甘情不願地躺下來。

我在熄燈後就寢的寂靜中思考。

「女人」感情豐富的生物已讓我吃夠苦頭，但這位少女應該不會像那樣單方面的壓迫別人。不，對象若是兩儀，不論是多大的麻煩我多半都會笑著接受吧。

◇

第二週的夜晚。

我開門走進房間時，兩儀已經躺在床上睡著了……她或許是把我當成野貓看待，聽到

1　日文中的可笑與怪異皆寫作おかしい。

也沒有起身的跡象。

不過，她的漠然今天令人慶幸。

我掩著挨揍的臉頰，坐在地板上。

卡答卡答卡答卡答。

床邊的時鐘正在轉動，時針和分針都指向十二。

……不知道為什麼，我很討厭時鐘的盤面，還是電子鐘比較好。我總覺得在旋轉的時鐘裡沒有容身之處，為此感到恐懼。

「好痛！」

被人踹過的腳抽痛起來，我忍不住叫出聲。

兩儀宛如死了一般深深沉眠，沒有被吵醒的樣子。

——我漫無理由地望向她的側臉。

——共同生活兩星期之後，我只發現一件事。

這傢伙簡直像具人偶。

她躺在這張床上時總像死人般沉睡。她不是一到早晨就會起床，而是因為有事要辦才從死亡中復活。

我一開始以為她是去高中上學，看來並非如此。

關鍵在於電話，每次接到不知從何處打來的電話，兩儀便會回復生氣。

我隱隱約約地感覺到，電話裡討論的內容很危險。

但兩儀一直等著電話響起，等不到的話，她就始終像具人偶留在這裡。

卡答卡答卡答卡答。

我覺得她流露的姿態很美，一點也不悲哀。兩儀只為了自己該做的事而欣喜、復活，散發出沒有半分冗贅的完美。

我第一次遇見本來認定不存在的「真貨」。那是我曾深信無疑的事物，是我想成為的目標。一種只要擁有自己，就毫不在意其他任何事物的純粹強韌。

「——式。」

我的口中吐出兩儀的名字。音量比呢喃更加細微，宛如一聲嘆息。

然而，兩儀卻完全清醒過來。

「——怎麼，你又搞得渾身是傷。」

她突然睜開雙眼，隨即皺起眉頭。

「有什麼辦法，是對方主動找碴的。」

我告訴她事實。今天回來的路上我被一對陌生的兩人搭檔纏住，打了一架。我當然撂倒了對手，不過畢竟是外行人，自己也受不少傷。

「你有學過什麼吧？明明練過武還這麼弱。你喜歡挨揍嗎？」

兩儀從床上坐起身開口。

她口中的學過什麼，是指練柔道或空手道這一類的？

「別擅自決定，我在武術方面可是門外漢。不過談到打架的話，還算有中上的實力啦。」

「這樣嗎。看到你揍人時使用手掌，我還以為你一定練過武術——沒有的話，你為什麼要用手掌打？」

原來如此。這麼說來，我從前也曾因為用手掌打架被稱讚過。揍人的時候，沒鍛鍊過拳頭的傢伙每揮出一拳都會弄痛自己的手，再多打幾拳都快骨折了。因此外行人最好用手掌揍人。不，在某些武術裡，掌擊反倒比拳頭更具實戰性。

當然，我對這些訣竅一無所知。

「因為手掌比較硬啊。壓扁空罐的時候，大家不都用手掌嗎？哪有人用拳頭去壓的。」

「那是因為用手掌壓比較方便吧。」

兩儀冷靜地回答，我卻感覺得到她是真心佩服。

她一直盯著我的臉不放，我總覺得很難為情，強行繼續話題。

「對了，兩儀妳才練過武術吧，是合氣道？」

「我對合氣道只是略有接觸，真正從小練到大的功夫只有一種。」

「從小開始練？難怪這麼強。看到妳對逃跑對手的後腦杓補上那記飛踢，有練武的人果然不一樣。對了，武術裡真的有什麼必殺技嗎？」

我自己也覺得問了個蠢問題，兩儀卻認真地思索著。

「類似的招式有是有，大家都以使出這招就能打倒對手為前提來鍛鍊，要說是必殺技的確沒錯。不過我沒練這類招式，本來練的就是我流功夫吧。」

我鍛鍊的是臨陣時的心境，兩儀往下說。

「透過心境重塑身體。只要擁有面對戰鬥的心境，一切將變得截然不同。從呼吸到步法、視野、思考……全都會重塑為戰鬥專用的狀態。連運用肌肉的方式也會改變，感覺或許就像變成另一個人。

面臨應戰之際，要凝聚身心全神以赴。這是武術的入門訓練。我們家卻只顧著追求這一點，就結果來說是追求太過火了。」

她這段彷彿輕蔑自己的臺詞，讓我不解地歪歪頭。

「幹嘛不高興，只要夠強就好了，也不會像我一樣失手被圍毆。一瞬間解決三個大男人，妳的我流功夫還真厲害。」

我想起與兩儀相遇時她那俐落的身手說道，她似乎有點吃驚。

「那可不是我的功夫，只是依樣畫葫蘆模仿別人罷了。再說，我還沒用過我家流派的武術。」

兩儀輕描淡寫地說完可怕的話，又一頭栽回床上睡著了。

◇

……蒸氣從某個地方冉冉冒了出來。

咻～、咻～的聲響，彷彿來自童話故事之中。

沒有開燈，房間好黑。

這裡好熱。

唯一的依靠只有燒炙鐵板的聲響，與如溶岩般的紅光。

四周的牆壁上並排擺著大大的罈子。

細長的管線散落一地。

一個人也沒有。

只有蒸氣聲與水咕嘟嘟的冒泡聲………………

………………………………………………

………………………………………………

……………………夜晚來臨，我突然睜開眼睛。

我做了一個——討厭的夢。

卡答卡答卡答卡答。

看看手錶，時間剛過凌晨三點，距離起床時間還有很久。

望向床鋪，沒找到兩儀的身影。

……那傢伙，偶爾會在深夜出門散步。話雖如此，也不必挑草木都已沉睡的時候在外面漫步吧。

要去接她嗎——？我明知道為了留在這裡過夜，盡力不接觸對方的私生活是不成文的規定，還是浮現這個念頭。

一直煩惱到最後，我站了起來。

就算兩儀強得不得了，她依然是與我同齡的少女。更何況，那傢伙的服裝也足夠吸引深夜在外閒逛的蠢蛋們注意了。

我正下定決心來到走廊上，發現玄關大門無聲無息地打開。

少女一如往常地穿著和服配皮夾克，佇立在門口。

兩儀依舊無聲無息地關上門。

「怎麼，妳回來了啊。」

我總覺得興致勃勃卻被打斷，忍不住向她開口。

兩儀瞥了我一眼——

有一瞬間，我以為會死在她手中。

沒開燈的走廊一片昏暗，唯獨兩儀的眼眸閃爍著藍光。

我什麼也做不到。我甚至無法呼吸、無法正常思考，僅僅呆立不動。

她的聲音響起。我回神時兩儀已穿越我身旁，煩躁地脫下皮夾克扔在床鋪上。

「——就算是你也不行。」

兩儀坐在床上，靠著牆抬頭注視天花板。

我忍住殘留在背脊的惡寒走回房間，往地板坐下。

一段漫長到幾乎讓人喪失意識的沉默流逝——少女突然開口。

「我剛才去殺人。」

聽到這句話，我該怎麼回答才好？是這樣啊，我只有點個頭。

「不過卻白跑一趟，我今天也沒找到想殺的對象。剛才在走廊看到你，我想挑你下手或許就能滿足，結果還是不行，殺了也沒意義。」

「……我還以為自己死定了。」

我老實地說出心聲後，兩儀回答「所以我才說不行啊」。

「我想要感受到自己還活著。不過，光是殺人沒有意義。毫無目標地深夜在街頭漫步，簡直像個幽靈。我遲早——會毫無理由的殺人。」

兩儀看來好像正對著臘條巴說話，其實卻沒在跟任何人交談……她有如毒癮發作的吸毒者一般茫然失神。

這種情況至今從未發生過。剛和我邂逅時的兩儀即使深夜會出門散步，也不至於像這樣帶著滿身的殺氣回來。

「妳是怎麼了？兩儀。這麼消沉根本不像妳，振作點！」

很奇怪的是——我居然一把抓住至今不曾碰觸過的少女肩膀。

真不敢相信，比任何人事物更加超然的她……肩膀竟是如此單薄。

「……我很振作。

夏天也有過這種感覺，那個時候也是——」

兩儀好像察覺了什麼不好的事，話聲半途中斷。
我放開她從床邊離開。
兩儀不再靠著牆，橫躺在床鋪上。
「喂，兩儀。」
我試著呼喚，但沒得到回應。這傢伙以前曾說心是看不見的。因此，她絕不會對別人吐露肉眼看不見的煩惱。
沒錯——兩儀是孤獨的。
雖然過去的我也一樣，卻還是結識了幾個泛泛之交蒙混過去。
但這傢伙應該沒有點頭之交吧。她和我不同，連細節都完美無比，不需要粉飾寂寞。
「——兩儀，妳有朋友嗎？」
我的背靠在床邊，發問時不去看少女的臉龐。
有，兩儀思索了一會後回答。
「咦，有嗎？妳居然有朋友!?」
兩儀冷靜地點頭，與我大吃一驚反應正好相反。
「這樣就好解決了。即使是吐吐沒有意義的苦水也好，碰到沮喪的時候，就把滿腹牢騷全部發洩給他們聽啊，就算只是一時發洩也會輕鬆不少喔。只要拋開自己的煩惱，跟朋友們隨便閒扯就行了。」
「……他現在不在，跑很遠的地方了。」

少女的回答，令我什麼話都說不下去。兩儀的聲音聽來十分寂寞，或許只不過是我的錯覺，兩儀舉起拳頭用力搥打床鋪，自顧自地開始發火

「那傢伙實在太任性了！自己明明總是想到了就跑來我家，卻只給了我電話號碼。夏天還昏睡了整整一個月，為什麼我得為了這種事煩躁得要命！」

她氣得碰碰啪啪地大鬧起來。

這一回，我真的不敢相信眼前的景象。

那個兩儀居然在床上揮舞手腳，鬧起脾氣——

不，實際上或許沒有鬧脾氣這麼簡單，她可能正拿著刀子在戳枕頭。誰叫床上傳來的聲響從碰碰啪啪變成了噗嚓噗嚓。

我不敢確認真相，決定不要回頭去看兩儀。

鬧了一陣子之後，兩儀安靜下來。

無論如何，我非常羨慕那個足以讓兩儀如此失態的朋友。

我很想問問關於那傢伙的消息。

「喂，兩儀。」

「…………」

大概是心情還沒恢復，兩儀沒有回應。我毫不在意地往下說。

「妳說的朋友是怎樣的傢伙？在高中認識的嗎？」

「……是啊，我們在高中認識的，是個像詩人一樣的傢伙。」

兩儀以感情空洞的低語回答。

那個朋友哪些地方像詩人?和妳同年嗎?是男是女?我決定不追問這些，即使我知道了也沒多大的意義。

「妳深夜跑出去散步，是因為那個人嗎?」

兩儀思索了一會。

「不是。夜間散步是我的興趣，殺人衝動也只屬於我一個人，和誰都沒有關係。這是我個人的問題，我也很清楚自己現在處於什麼狀態下……哼，簡單的說，現在的我漂浮不定，甚至讓你都感到不安。」

兩儀有如事不關己般淡淡的敘述道。

「不安——我才沒覺得不安……」

「你明明才剛說過，以為自己死定了。」

她悅耳的聲音落在我的頸背上……彷彿有條冰冷的蛇沿著我的脖子爬過。有這麼一瞬間，我懷疑躺在背後的那個人是否真的是人類。

「看吧，你剛剛又動了這念頭。不過你搞錯不安的方向了，我之所以殺人是因為缺乏活著的真實感，你不包括在範圍之內。」

……什麼意思?她想說即使殺了我——朧條巴，兩儀式也不會開心嗎?

「可是——對了，你還是該找個新的藏身之處，朧條。我雖然沒有活著的真實感——不過兩儀式一定喜歡殺人。」

兩儀如同告白一般嚴肅地悄然呢喃。

她用偏低的聲調吐露不安的心情，話聲斷斷續續……可惡，這女人本來就離我很遠，現在感覺更在千里之外。

這令我有所領悟，我有多怕這個傢伙——受她吸引的程度就有多強烈，不，是更凌駕於恐懼之上。

「——笨蛋，妳才不是那種人！」

總之我就是想否定兩儀的話語，接著往下說。

「妳只是情緒不穩而已。趕快連絡妳那個朋友，把什麼天大的麻煩問題通通扔給他。交朋友不就是為了互相打氣嗎，沒有彼此交心的話遲早會分開——」

我一口氣講到這裡後突然中斷。就像剛才的兩儀，我在感情的驅使下脫口而出，發覺了不該發覺的事實。

「——就是這麼回事。我先睡了。」

我滿懷苦澀地拋下一句總結，躺在地板上。沒理會兩儀後來說了什麼，選擇睡覺。

今晚我沒有自信再跟兩儀繼續正常地談話。

……理由很簡單，我方才所說的話深深刺痛自己的心。

沒錯。無論再怎麼嚐試，都輪不到我扮演她的朋友。

／4（矛盾螺旋、4）

那一天，我人在初次遇見兩儀的暗巷中。

儘管現在還是白天，只要沒有行人來往，此處連街頭的種種噪音都聽不見。當時的血跡早已消失無蹤，我獨自佇立在巷內呼出白霧。

卡答卡答、卡答卡答。

十月進入尾聲，自從我拋下家庭、工作與一切逃跑後即將滿一個月。

然而，警方似乎沒有通緝我的跡象。

不僅如此，我明明每天經過百貨公司檢查電視新聞，卻從未看到我犯下的命案報導出來。我還翻閱過不少報紙，依然找不到相關報導。

那起命案和一般的街頭命案類型不同。肯定會勾起電視觀眾的興趣，不可能輕易當成意外處理掉。

「——難道——還沒有人發現屍體?」

我聽著自己喃喃自語，差點吐了出來。

我根本不在乎那些傢伙有什麼下場——可是一想到屍體整整放置一個月無人發現的場面，強烈的憂鬱侵蝕著我。

還是回去看看情況吧——不，這可不行。我沒有勇氣這麼做，何況警察說不定已埋伏在現場守株待兔。

無論如何，我所能做的只有從外部收集消息而已。

——只要一次。

只要電視報導出那起命案一次，我可以做個了斷從兩儀眼前消失。一旦臙條巴是殺人犯的消息傳遍社會，我將對兩儀造成困擾，這理由足以讓我割捨心中的留戀離開這座城市。

「可惡，為什麼——」

為何我離不開兩儀？

卡答卡答、卡答卡答。

風勢開始轉強，我隨著凜冽北風的驅逐朝巷口走去。

我在馬路上走了一段路，在遙遠的斑馬線上發現兩儀的身影。除了那傢伙之外，沒有第二個人會穿著和服配皮夾克。

我遠遠地看著她——找到一張熟悉的臉孔。

他是那一晚追逐我的不良少年之一，促成我和兩儀相遇的原因。那傢伙踏著熟練的步伐，極為自然地跟在兩儀身後。

卡答卡答、卡答卡答。

——情況有些不妙。

我躲進人群之中，開始跟蹤跟蹤兩儀的男人。

那傢伙跟著兩儀走了一段時間後轉頭離開，由當時的另一個小混混接手。

那夥人似乎無意對兩儀不利，僅僅在跟蹤她。話說回來——依照他們的水準來說，這次的跟蹤行動有條不紊得讓人大吃一驚。

監視他們一小時之後，我想到應該找出那些傢伙換班後去了什麼地方。

那個挨過兩儀一記飛踢痛得打滾的傢伙，正好結束跟蹤慢慢走遠。我快步追上去，看到那傢伙走進我剛才去過的暗巷。

——是陷阱。

不管是為了什麼，有陷阱出現無疑是種不祥的象徵。

我在通往暗巷的羊腸小道入口處停下腳步，定睛凝視巷內。從這個位置，不知能不能設法查出他們的企圖。

我瞇起眼睛望去，發現有個人影站在那裡。

那身穿酒紅色長大衣的修長人影，應該屬於男性。

他留著長長的金髮，腳邊跟著一隻黑色德國牧羊犬。即使遠遠眺望，也看得出他臉上瞧不起人的勢利神情——

對了——這傢伙到底是什麼人？

「[redacted]————————」

一串流暢的發音掠過耳畔。

我赫然回過頭，發現背後什麼人也沒有。

我連忙回望暗巷，可是穿大衣的男子也消失無蹤。

冰冷的北風呼嘯而過，我的身體格格打顫。

我抱住與臙條巴的意志無關兀自顫抖的身軀，拼命忍下莫名想哭的衝動，感覺到秋季與我的末日即將到來。

◇

那一夜的小混混們正認真地監視妳。到了晚上，我告訴兩儀她遭到跟蹤。

然而，兩儀的回答卻一如往常地簡潔。

「這樣啊。」

然後呢？她以毫無陰霾的眼眸問道。

只有這一次，我的理智終於失控。

「什麼叫然後呢？監視妳的人可不只那夥人而已！妳對穿紅大衣的外國人沒有印象嗎？」

「我可不認識有那種閒情逸致的人。」

兩儀就此打住，不再對跟蹤話題有所反應。

她大概失去了興趣。只要她判斷一件事對兩儀本人來說很無趣，無論事情將對自己造成多大的影響，她都會放著不管。即使蒙上殺人的罪名也不在乎，在她眼中重要的並非外界評價，唯有自己的心情。

……啊，我也希望能像她一樣豁達，覺得如此自然而為的兩儀十分高潔。但只有這一次是例外。

那些傢伙——不，那傢伙是真貨。

他的危險性不是我或其他小混混這些贗品、人造物能夠相提並論的，他和兩儀一樣散發出純然令人生懼的氣質。

「聽我說！這可不是事不關己的問題，妳正是當事人！好歹也顧慮一下我有多擔心好嗎！」

也許是對大吼大叫的我感到厭煩，和服少女俐落地在床上盤腿坐起仰望著我。

我想，這一刻我真的發起脾氣了。

理由並非兩儀對自身的危險太漠不關心，還要更單純。也就是——

「嗯，你說的跟蹤問題的確與我有關，不算事不關己。但你為什麼要替我擔心？」

那是因為——

「笨蛋，我當然擔心了。我不希望妳遇到危險，因為我——對妳有意思。」

現場針鋒相對的氣氛瞬間靜止。

……說出口了。馬上該消失的我，衝口說出絕不能告訴她的心聲。

這句告白——為了我自己著想，明明比任何事都更不該訴諸言語。

兩儀看著我，彷彿看到什麼不可思議的東西。

幾秒鐘之後，和服少女大笑。

「哈哈哈，你在說什麼！你怎麼可能會對我有意思。你是被那個穿紅大衣的男人給催眠了嗎？你仔細回想，當時附近一定有出現什麼奇怪的聲音！」

兩儀——式笑了起來，沒有當真。

她不知有什麼信心，斬釘截鐵地認定這不可能發生。

我當然不肯認同。

「不對！我是認真的。見到妳，才讓我開始覺得人是長得這麼美，好不容易見到跟我很相似的人。妳是貨真價實的。為了妳，我什麼都做得出來——」

我抓住兩儀的雙肩，從正面直瞪著她大喊。

兩儀收起笑聲，回望我的眼眸。

「哼，是嗎？」

她的聲音乾涸。

兩儀伸手抓住我的衣領——我活像張紙片似的轉了一圈，仰天跌在床上。

手持刀子的兩儀架在我身上——

「那麼，你願意為我而死嗎？」

刀刃觸及我的咽喉。

兩儀的眼神毫無變化。

她會一如往常漠不關心地揮刀，漠不關心地殺了我。

她問的不是「你能為我貢獻什麼而死嗎？」

她的意思是，「我要為了追求快感殺你」。

——除了殺，這傢伙對愛情一無所知。

我很怕死，現在也怕得動彈不得。不過再逃避也逃不了多久。身為殺人犯的我遲早將遭警方逮捕，再也無法回到正常社會。不如——

「好啊，我願意為妳而死。」

我說出口。

兩儀的眼眸逐漸恢復人的生氣。

「隨妳高興，反正我的未來已經完了。我殺死父母，一個不走運就會被判死刑。既然都是死路一條——比起上絞刑台，由妳下手應該俐落得多。」

「殺死父母？」

兩儀重述一遍，刀子依然抵著我的咽喉。

在死亡前夕，我開始傾訴隱瞞至今的記憶。這一定是因為——我想在死前試著做一場告解吧。

「沒錯，我殺死了父母。我的雙親很差勁，瞞著我偷偷借錢玩樂度日。那一天我的忍耐終於到了極限，握著菜刀一次又一次——免得下手太輕人沒死透——一次又一次地攪動內臟。我家連暖氣都沒裝，那晚不是很冷嗎？冷得連呼吸都變成白霧，人類的內臟反而比較溫暖。熱氣從人類的肚腸裡冉冉上升，可是一輩子未必看得見一次的奇景喔！嘿嘿，真是的——我對一切都感到麻痺，覺得很可笑。手指放不開菜刀，手也一直塞在腸子裡攪來攪去。漸漸地，我越來越分不清自己是為了殺死父母，還是為了攪動肚腸才刺殺他們，甚至分不清我刺了又刺的肉體是不是人類——」

我哭了嗎？我心中想著卻沒有流淚，反倒異樣地神清氣爽，我殺了那對差勁的父母，得到真正的自由。

「——巴。你為什麼要殺他們？」

眼前的女人問我。

我思考著，為什麼我要殺了他們？

為了憎恨？覺得厭煩？不，驅使我的感情沒這麼好聽。

我——很害怕嗎？

「我好害怕。我——做了夢。

我下班回家後上床睡覺，沒過多久就聽到隔壁傳來爸媽的爭吵聲，紙門被人拉開。發現我爸渾身是血，我媽就站在那兒。直接刺死我之後，她也割喉自殺。一開始我還以為自己就這麼死了，可是一到早上睜開眼睛，那些慘劇並沒有發生。那是夢，一場無聊的夢。

我一定是想殺父母卻不敢下手，才會做那種夢。後來——我每天都重複做著同樣的夢。那場夢每天不斷重複著。雖然只是夢，我可是天天目睹那一切啊，我再也忍受不了。我害怕自己被殺的那一晚，不想再做那個夢。所以——為了不再做夢，我只不過是在被殺前搶先宰了對方。」

沒錯，那一晚，有事找我的老媽一拉開紙門，我就拿出藏好的菜刀狂刺過去。我仔仔細細地殺了她，把死在她手上無數次的憤怒一掃而空。我得到自由了，再也不會被那對差勁父母和恐怖的夢所束縛。活該！真爽。我渴望到夢中追尋，不，是連作夢都不允許的自由到手了！從此以後，沒有什麼事能讓我害怕——可惡，多麼——污穢的自由。

「——你真笨。」

兩儀認真地說。這份不假修飾的直接，反倒讓我覺得痛快。

她說得一點也沒錯。我頭腦不好，想不到其他逃避之道。不過我不後悔。即使到頭來被警方逮捕，總比那段日子好上幾分。

……只有一件事，我在告白自身的罪行後才發覺。

我是只顧自己的人。像我這種傢伙就算是真心的，也不該說出喜歡誰……連說出口的資格也沒有。兩儀之所以笑著沒當真看待，也是當然的反應。不過……只有我想保護她的心意，是貨真價實的。

那明明是身為假貨的我唯一的真心，我這骯髒的殺人犯居然玷汙了這份感情——要說後悔的話，我正為此感到後悔。

一察覺這個事實，剛才驅使我激動難抑的熱病，有如被新品取代的舊電視般迅速冷卻。

「雖然如此——」

我並不後悔殺了他們。

巴在內心深處說，非得殺了他們不可。

兩儀將目光放遠。

她透徹地觀察著，彷彿要看透我臙條巴的核心。

「——真是大錯特錯。忍耐明明是你的優點，結果你卻選了痛苦的那條路。第一次見面的時候，臙條巴正要抹殺臙條巴。失去未來，變成空殼的你，也跟現在一樣想死是嗎？」

……心血來潮想殺了我的少女。

……我願意死在她手中的少女。

兩者都向我發問。

……我也不知道。

那一夜，我毫不在乎自己有何下場。打死對手也無所謂，反過來被人打死同樣無所謂。不過，我也不想死。當時，沒錯……我只是覺得要活下去太艱難了。漫無目標地活著，像個假貨的我多麼不堪。明明想死卻沒勇氣自殺的我很醜陋，我不願繼續下去。

即使在我對兩儀吐露罪行的此刻，我一樣不想死。

——反正人終需一死，我只是死得比其他人更早一點、更不堪一點、更沒價值一點。

……我懂了，我一定無法忍受這種沒價值的無聊死法。

與其死得如此難堪，乾脆——

「——為妳送命還更有價值。」

「我拒絕。我才不要你的命。」

刀子移開了。

兩儀像隻失去興趣的貓，從我身上離開。

兩儀可能預定前往什麼地方，拿起皮夾克準備出門。

我唯一能做的只有默默注視著她。

「黝條，你家在哪裡？」

兩儀的聲音和我們首度相遇時一樣冰冷。

……我們家一直到處換租房子。每住上半年不是付不出房租，就是因為討債集團鬧得太兇被房東趕走。我很討厭——從小就很討厭這流離失所的感覺，渴望有個平凡的家。

「妳問這個做什麼?某棟公寓的405號室。」

「不是那個，我在問的是你想回去的家，聽不懂就算了。」

兩儀打開大門。

離去時，少女頭也不回地說。

「再見，想到的話歡迎隨時再來。」

兩儀消失了。

只剩我一個人的房間看來太殺風景，彷彿只有黑白兩色。

我懷抱著生鏽的心，彷彿一切全都褪色般注視著一個月以來居住的房間，起身離開。

／5（螺旋矛盾、1）

冬季來臨。

就像今年夏天對我來說很短，今年秋天對這座都市來說也很短暫。

越過事務所窗戶眺望的街景，籠罩在隨時都可能飄雪的寒空下。

或許，是往年不曾出現過的異常氣候抹消了四季之中秋這個字眼。最近的日子毫無秋天的殘影，令我不禁如此想像。

沒錯，秋天像匹全速奔馳的賽馬，在從九月末到今天十一月七日的短短期間狂奔而過。

這段日子裡，我從十月初起到親戚經營的駕駛訓練班上課。

這間駕訓班是位於長野鄉下的住宿學校，讓學生接受三星期密集的住宿訓練，花費的時間比一般駕訓班來得短。

我不太想離開這座城市將近一個月之久，卻難以回絕親戚的邀約，何況上司橙子也贊成，讓我不得不參加集訓。熬過不知是住進駕訓班還是收容所的三星期後，我這才回到出生長大的故鄉城市。

「……呃，姓名欄寫著『黑桐幹也』。」

我手持駕照，沒有意義地念出上面的文字。

小小的駕照上清晰印著我的姓名，以及籍貫、出生日期與現居地址，還有張證件照。駕照其實只記載了最低限度的個人資料，卻是一個人所能擁有的身分證明中用途最廣泛的證件——這一點，實在令我不可思議。

「這張駕照證明了什麼資格呢？橙子小姐。」

橙子小姐正躺在房間一角的床上睡覺，我這麼問她。

當然，我不期待得到回答。

「——算是契約書吧。」

然而，她卻規規矩矩地作答。

她得了重感冒病倒，大約一週以來都臥床休息。

本來發燒到三十八度而昏睡的橙子小姐，似乎剛剛醒來。

至於原因——多半是肚子餓了。

畢竟牆上的時鐘即將指向中午十二點。

我正待在公司的事務所裡。

嚴格來說，是事務所那棟大樓四樓，平常很少獲准進入的橙子個人房間。我將椅子拉到窗邊坐下來看著剛取得的駕照，橙子小姐正躺在床上。

……其中不包含什麼香豔的成分，她只是感冒一直都沒好才臥床休息。結束集訓回來後，等著我的默默散發出責備之意的式，還有被感冒擊倒的公司社長。

她們的關係似乎在我離開期間變得更親近，但式一口拒絕照顧生病的橙子小姐，甚至還毒辣地拋下一句「妳乾脆發燒發到腦漿融化好了」……一如往常地冷血的式，是我從高中時代結交的朋友，她全名兩儀式，性別女，因為講話口氣粗魯，偶爾會被誤認成男生。

另一方面，躺在我眼前、額頭敷著濕毛巾的女性名叫蒼崎橙子，是我就職公司的所長。

因為全社只有我一個員工，公司兩字實在說不太出口。

她是個天才，也和其他天才的例子一樣，來往的朋友不多。她得了感冒之後也沒去看病，只是整天昏睡。橙子本人豁達地表示，現在我的體內沒有對付今年感冒的抗體，生病也是無可奈何。

……既然無力抵抗病毒，現在更不是整天昏睡的時候，但身為魔術師的橙子小姐不肯去看醫生。一定是自尊心的影響。

由於上司病倒，即使我在相隔一個月之後回家，卻沒什麼機會跟式碰面，被迫照料生病的橙子小姐。

契約書。

橙子小姐這麼隨口回答，拿起放在枕邊的眼鏡。

平常的她氣勢太淩厲，讓人想不起她是美女。

不過得重感冒的她看來沉穩又美麗，簡直判若兩人。橙子小姐繼續說話，大概是想藉此令睡迷糊的意識恢復清醒。

「駕照是代表你已學會開車技術的契約書。重點明明在於學到什麼，這個國家卻本末倒置。只要有真才實料根本不需要什麼證據，大家卻為了得到資格去學習，而不是透過學習的成果取得資格。一個只剩下用來證明『我學到這麼多！』的資格，不就像契約書一樣。」

就某方面而言是個兜圈子的無解爭論吧？橙子補充一句話，坐了起來。

「可是，資格不就是這種東西嗎。人人都是抱著某種目的才用功學習啊。」

「當然也有相反的例子。在這個兜圈子的關係中，目的與結果、行動與過程也會反過來。有些人不是考上駕照之後才學會開車嗎？還有人沒去駕訓班補習，就直接考汽車駕照的。」

橙子小姐戴上眼鏡後語氣會變溫柔，今天又受到感冒的影響，讓她的用詞遣字更加親切。

順便一提，這個人考汽車駕照時是突然跑去監理所，於筆試與實測兩方面拿下無可挑剔的成績，在主考官的白眼下通過考試。

「我聽說過有人沒去駕訓班就直接考取駕照，原來是橙子小姐直接考上的……說得也是，所長去駕訓班補習的樣子——」

——太恐怖了，難以想像。大概是我吞回腹中的後半句話惹她不悅，橙子皺起柳眉瞪過來。

「幹也，你真沒禮貌。當時我還是學生，就算出現在駕訓班補習沒什麼好奇怪的。那時候的我跟一般大學生沒兩樣。」

橙子不滿地閉上眼睛，這麼告訴我。

……原來如此。聽她一提，我才想到橙子小姐也曾有過十幾歲的青春期。我想像著她學生時代的可愛少女模樣，忍不住倒抽一口氣。我想像中的畫面，可是足以令心臟抽痛的強烈精神攻擊。

「……總覺得那是比現在的妳更遙遠的異次元耶，所長。」

「……你都這樣當著病人的面說出真心話嗎？」

那是當然的。平常總是受她欺負，我不趁橙子小姐虛弱時反擊一下怎麼保持平衡。

當我站起來準備替換濕毛巾，橙子說了句「我餓了」直接表明需求。令人頭疼的是，預先準備好的稀飯已在今天早晨見底。

「乾脆叫外賣好了？吃昏月的雞蛋烏龍麵怎麼樣？」

「啊～那個我吃膩了。幹也，你可以煮點東西給我吃嗎？你一個人住在外面，大部份的料理應該都會煮吧？」

……到底是誰散播了「一個人住等於會煮飯」的成見？面對橙子小姐滿懷期待的眼神，我聳聳肩，斷然地宣布有些殘酷的事實。

「不好意思，我只會煮麵而已。其中最簡單的是往杯麵注入熱水，最複雜的是煮熟義大利麵。

如果妳想吃這些，我就借用廚房料理一下。」

不出所料，橙子小姐回了我一個露骨的嫌棄表情。

「那今天早上的稀飯呢？味道不像從便利商店買來的。」

「稀飯是式煮的。她本人很少做菜，不知為何卻很擅長和風料理。」

喔～橙子小姐意外地眨眨眼。我也有同感，不過式的廚藝真的好到足以把專業廚師比下去。

兩儀家乃是豪門，式本來就嚐遍美食。她本人雖然什麼都吃，那是因為做菜的人不是她，只要味道別太誇張她都不在意。一旦由式下廚，代表煮出的菜必須達到她能夠接受的水準，從結果來看，難怪她的廚藝會進步。

「——我好驚訝，沒想到式居然做飯給我吃。不過，她對用刀的確很有經驗……真沒辦法。幫我把桌上的藥罐全都拿來好嗎？」

得知沒東西可吃之後，橙子小姐又躺回床上。

當我拿起桌上的三個藥罐——一張照片躍入眼簾。

看來應該是在外國拍攝的，照片中映出石磚道，一座很像電影中會出現的時鐘塔，三個人並肩站在隨時可能飄雪的陰沉天空下。

是兩個男子與一個少女。

兩名男性都很高，其中一個應該是日本人，另一人像當地居民般融入周遭環境，看來很自然。

不——是那個日本人散發出的印象太過強烈。

其存在感之強，將一臉沉鬱之色的日本人與背後的景物分割開來。從前，我曾經近身感受過這股讓人難以呼吸的沉重感。

……沒錯，不正是在那個無從忘懷的雨夜嗎？我凝視著照片想確認清楚，看到了更令人印象深刻的身影。問題在於那個少女，她站在穿類似漆黑和服大外套的日本人與穿紅色大衣的金髮碧眼美男子之間。

一頭如黑檀般烏黑的髮絲，甚至襯托得日本人的外套顏色彷彿都變淡了。她直達腰際的秀髮與其說是長髮，更像某種美得過火的飾品。

少女沉靜的容顏殘留著青春期的稚氣，

即使隔著照片也華麗得足以奪人魂魄。

或許，她就是將如暗處鮮花般幽美的日本幽靈，與外國童話中的妖精融合而成的結晶。

「橙子小姐，這張照片——」

我不知不覺喃喃地問出口。

躺回床上的橙子小姐脫下眼鏡回答。

「嗯？啊，他們是我的舊識。因為想不起他們的長相，我才從相冊裡拿了照片擺出來

──和他們結識，算是我在倫敦時唯一的疏忽吧。」

脫下眼鏡的橙子小姐，口吻變得判若兩人。

我的朋友兩儀式曾是有些模糊難辨的雙重人格者，蒼崎橙子卻能真正像按開關一樣徹底切換人格。

根據本人表示，她切換的不是人格只是性格，不過在我眼中相差無幾。

一言以蔽之，脫下眼鏡的橙子小姐很冷酷。

冷酷的言行舉止、冷酷的思想、冷酷的理論──脫下眼鏡的她，正是由這些描述構成的人物。

「那是多少年前的往事了？當時我妹妹正要讀高中，算一算也有八年以上了吧，我雖然擅於記住別人的臉，卻很不擅長回憶。緬懷故交只是白費氣力而已，我也懶得整理清楚。」

橙子小姐依然躺著，沉浸在思緒中開口……

我很難想像她竟然會聊起自己的往事，看來橙子小姐說她第一次感冒是真話。這便是俗話說的「羅漢也有病倒時」吧。

「倫敦──妳是說英國首都嗎？」

我將三罐藥放在橙子小姐枕邊，從附近拉張椅子坐到床邊。

橙子倒出藥丸吞下後，繼續躺著說話。

「沒錯。當時我剛離開祖父那邊，沒地方可住。我心中盤算，沒有技術和資金從零開始建造工房的新手魔術師，唯一的路就是加入大型組織旗下。和大學一樣，雖然機構本身處於陳舊、損耗和衰退之中，但設備是無罪的。他們在大英博物館後面有古今東西的研究部門，不愧是現在有半數魔術師加盟的協會，收藏量比我期望的更豐富。」

橙子小姐像發高燒般喃喃自語，臉色越來越蒼白。

妳剛剛吃的藥丸難道不是感冒藥，而是毒藥？我憂慮地問。橙子回答那可不是毒藥，打消我的不安。

「難得有這個機會，讓我再多說一點……二十來歲的小丫頭很難前往協會留學，何況蒼崎家又被當成異端看待。為了進入學院，我選擇專攻如尼符文魔術。當時如尼符文很冷門，學習這種魔術的人數不多，學院方面也需要相關的研究員。

於是，我在學院待了兩年讓如尼符文趨於穩定，又花了數年時間接近圖勒會收藏的原版符文，終於建立自己的工房。

我全心投入目標所在的人偶製作中，某一天，我遇到了那個男子。他的經歷很特別，原本是台密僧侶，一個猶如地獄般的人。他擁有強韌的意志與歷經鍛鍊的軀體，恰似一心熊熊燃燒的業火。

黑桐，我說他像地獄，是假設地獄這概念若有自我意志，幻化成人之後會是什麼樣子。

那傢伙正是如此徹底地不接納他人，僅僅汲取他們的痛苦。他身為魔術師的能力有很多缺陷，卻憑藉自己的強韌凌駕於任何人之上——在那個時候，我很中意這個笨拙的傢伙。」

橙子小姐瞇起眼睛，彷彿盯著回憶中的男性。她的眼神複雜難解，似憎恨又似哀憐。

這樣嗎。我聽不太懂這番話，總之應了一聲。

別違背病人的意思，是照料病人的訣竅。

「喔～橙子小姐製作人偶的手藝是在外國學到的啊。」

沒錯。聽到我顯然不合時宜的問題，橙子小姐卻一臉認真地點點頭……沒救了，她連玩笑話也都聽不懂。

要我聽她自言自語沒關係，可是身為聽眾，不了解話中的意思總是有些過意不去。如果要聊魔術方面的話題，我希望她去找式或鮮花談，燒得昏昏沉沉的橙子小姐卻越說越熱衷。

「我會著魔於人偶製作，是為了透過完美的人類雛形到達『　』。

那傢伙與我相反，不從肉體而從靈魂開始。簡單的說，就像無法檢測的箱子裡的貓，他試圖透過可能『有』或『無』的東西達到『　』。肉體有明確的形體但也因此不透明，無形的靈魂卻是透明的。就是某個心理學家所提倡的集體無意識，沿著那段連鎖追溯即可抵達中心。

總之，我和他都在追尋原作，也可以稱作唯一的根源、人類的原型。現在的人類區分得太繁複，已化為複雜到不可能檢測的屬性與系統，無法到達根源。換個說法，屬性跟系統就是命運。和公式一樣，人們被賦予某些能力及角色，將結果表現在人生上。也只能表現出既定的結果。因為基因只被賦予那些能力，理所當然如此。要說這是命運的話，也算是命運吧。

靈長已變得太複雜，是過度追求萬能，替生命附加種種能力導致的結果。

作為構成人類資訊的基因，只是四種鹽基罷了。

然而這四種鹽基交疊出的單純螺旋，卻藉著無止境的累積陷入不可能測量的矛盾中，無法進行分析。現代的人類不可能追溯至根源。

既然如此，我認為自己創造是唯一的方法。結果非常失敗，無論再怎麼竭力嘗試，製作出的全是完美的我。」

大概是先前吃的藥發揮功效，橙子小姐的臉龐恢復血色，瞪視半空中的眼眸也逐漸泛起睡意。

「可是——那傢伙應該還在挑戰吧。

看得見人類『起源』的傢伙，由於追求靈魂的雛形被師父逐出師門……事到如今還和這種事扯上關係，真是因果報應。聽著，黑桐。你這人太脫線，我就事先提醒一聲。不論如何，都別接近照片上的男人(僧侶)。」

橙子小姐鼓起最後的力氣說完後，直接閉上雙眼。

她女性化的胸脯上下起伏，靜靜地呼吸。想必是藥效令她落入夢鄉。

我替橙子小姐換了一條新毛巾敷在額頭上，走出房間以免妨礙她的睡眠。

隔壁的事務所內空無一人，

只有某間位於大樓周邊的工廠傳來尖銳的機械音。

我感到聲波的餘音打在肌膚上，喃喃自語。

「——叫我別接近他也沒用啊，橙子小姐。我早在兩年前便認識那個人了。」

我並不知道，這個事實有什麼意義。話說回來，我甚至無法確定當時搭救我的人是否真的是照片上的人物。

我心中對於照片男子的印象朦朧不定，橙子小姐發燒時說的話也像拼圖碎片般支離破碎。

朦朧不定的東西會召喚朦朧不定的言語。事情明明這麼簡單，方才的平穩氣氛卻已散去，讓人難以呼吸。

唯有無法訴諸言語的不安，令我的背脊打了個寒顫。

／6（螺旋矛盾、2）

一晚過去，

時間來到十一月八日下午。

天氣依然跟昨天一樣烏雲密佈，沒安裝電燈的事務所宛如廢墟般昏暗。

由於只有我和橙子小姐兩人，事務所的空間顯得太大了。不僅桌子大得足以供十人並排而坐，還有待客用的沙發。可惜地板是裸露在外的混凝土，牆上更連壁紙都沒貼，不過只要人數夠多，看起來應該像間有模有樣的辦公室。但包括我在內，目前也只有三個人在場。

窗邊的所長辦公桌後不見橙子小姐的身影。也許昨天那些藥很管用，她今天起床時感冒已經痊癒，出門不知到哪兒去了。

在所長缺席的事務所中，我正在訂購建材與調查價格，以供下個月即將展開的美術展佈置會場時所需。

我一手拿著橙子小姐的設計圖，試著低價購入工程需要的建材。

她的想法是「成品做得出來就好」，不肯費心處理這些麻煩細節，到頭來只得由身為社員的我一肩扛起。

我和建材商的名單大眼瞪小眼，找出適當的廠商後打電話去交涉，再換下一家。除了分不清是忙碌還是充實的我之外，事務所內還有兩個人。

一個是茫然坐在待客用沙發上的和服少女，不用多說正是兩儀式。她端坐不動，什麼也沒做。

另一個穿黑色制服的女學生，坐在離我最遠的桌邊不知忙著什麼。那傢伙背後披洩著一頭長髮，與式形成對照，名叫黑桐鮮花。

從她與我同姓這點就能看出我們的血緣關係，我妹妹鮮花是高一生。

她生來身體虛弱，十歲時因為都市的空氣對身體有害被送到親戚家寄養，從此我們偶爾才見上一面。記得和她最後一次碰面，是我升高中那年的新年。當時她還是稚氣未脫的女孩，今年夏天與鮮花重逢時，我卻有點吃驚。

好久不見的妹妹出落得像個大家閨秀，讓我不禁懷疑她真的有我們家的遺傳嗎？看來光是出生家庭與環境的差別，就能讓人長得亭亭玉立。鮮花的神態也變得凜凜生姿，一點也沒有從前的柔弱。一方面是因為錯過她十歲到十五歲的成長期，我甚至有一陣子無法實際感受到她就是我妹妹鮮花。

我朝坐在遠處辦公桌旁的鮮花瞥了一眼。

她桌上疊著好幾本比廣辭苑更厚的書，正熱切又安靜地抄寫著……那是橙子小姐出門時留給鮮花的作業。

雖然昨天和橙子小姐談到的沉重話題令我憂鬱，不過就當下而言，我最煩惱的說不定是這件事才對。

「哥哥，我拜橙子小姐為師了。」

鮮花不知道在想什麼，她一個月前如此告訴我。我當然加以反對，妹妹卻堅決不肯聽勸……真是的，為什麼像我們這種循規蹈矩的平凡家系裡，非得出現魔法師之類的怪人？

「鮮花。」

電話告一段落之後，我向對面的妹妹開口。

鮮花先將手邊抄寫的文章寫完，輕輕一甩黑髮抬起頭。

她明明好強卻也文靜高雅的眼眸有禮地看著我，彷彿在問「什麼事？」

「我知道今天是妳們學校的創校紀念日所以放假。不過，妳怎麼會跑來這裡？」

「哥哥，偶爾回家露個臉吧。我學校的宿舍失火暫時關閉了，校方要求住得近的學生盡可能暫時離開宿舍，媽媽也知情。」

她回答時的沉著聲調與眼神，讓我想起高中時代的班長。

「失火——導致宿舍全毀的大火嗎？」

「範圍只有東館，一年級生與二年級生的宿舍被燒掉一半。校方封鎖了消息，電視上沒播報出來。」

鮮花乾脆地說出驚人的事實。

如果禮園這種著名貴族女子學園的宿舍被大火燒毀，消息不論真假與否都將化為醜聞。正因為禮園佔地之廣足以與大學相提並論，才有辦法隱瞞火災的發生。

可是，學生宿舍失火聽來危險性極高。依照鮮花剛剛的口吻，我能夠輕易想像有人縱火——更是學生下的手。

「哥，你是不是在胡思亂想？」

鮮花瞪了我一眼，彷彿看穿我的思緒。

……自從夏天的事件發生後，她很討厭黑桐幹也被牽扯進麻煩之中。一旦陷入這種狀況，我們會默默地對峙一段時間，因此我切換話題。

「更重要的是，妳在幹什麼？」

「這和哥哥無關。」

不知是否明白我想說什麼，鮮花的回答拒人於千里之外。

「怎麼會無關。親生妹妹立志當上魔法師，叫我如何向爸爸交代。」

「哎呀，你願意回家了嗎？」

……嗚。

這傢伙明知我跟雙親大吵一架，目前正斷絕關係。

「而且，魔法師和魔術師並不一樣。你身為橙子小姐的員工，卻沒聽說過嗎？」

對了，橙子小姐偶爾會提到這一點。據她表示，告訴外行人她是魔法師比魔術師更能傳達她想給人的印象，為了方便起見才這麼自稱，不過這兩個稱呼的意義截然不同。

「我的確聽說過，但也沒差多少吧，不管哪一種都會用可疑的魔法。」

「魔法與魔術是不同的。

魔術確實是乖離常識之外的現象，但純粹只是將常識中可能的事變成在非常識中也可能實現。比方說……」

鮮花走到橙子小姐的辦公桌拿起拆信刀，那柄雕刻精美的銀刀是橙子小姐心愛之物。鮮花找到一份作廢的文件，用拆信刀在紙上寫了些什麼。霎時間——文件冒出煙來，緩緩地燃燒殆盡。

「…………………」

我望著眼前的一幕，連話都說不出來。雖然橙子小姐也做過類似的事（當時規模更大），但眼睜睜看著親妹妹做出超常行為，我不知該說什麼才好……不，我是想像過，拜橙子小姐為師等於學這些東西。

「——饒了我吧。沒有任何機關嗎？」

「當然有，只是看在不懂的人眼中好像憑空發火，其實沒什麼大不了的。這麼點把戲現在連賣藝都算不上，要點燃物體靠十元打火機就夠了。無論是點在打火機或指尖上，火焰燃起的事實都不會改變。只是換個地方燃燒，一點也不神秘吧？聽清楚了，這就是所謂的魔術。」

鮮花淡淡地往下說。簡單一句話，魔術似乎是文明的代用品。不，正確說來是被文明超越的技術。

「比方說求得雨水好了，魔術跟科學做的不都一樣嗎。只是方法不同，為了達成目標花費的辛勞卻是相同的。魔術乍看之下彷彿瞬間完成，但事前得大費周章地作準備。換算成時間與資金的話，跟用科學人工造雨完全一樣。

的確，施法下雨放在從前等於奇蹟，到了現代卻變得稀鬆平常。將整座城鎮化為灰燼的魔術師過去會被人們奉為魔法師，但現在只要有錢誰都辦得到，發射一顆飛彈就行了。」

用飛彈反倒效率更好。鮮花還這麼補充。

「魔術只不過是花費以個人之力來看極為龐大的時間與精力，來實現當前辦得到的事。即使將魔術視為一門學問也一樣。如果需要冥想數十年才能悟得真理，那麼到月球上冥想速度或許快一些。很遺憾，魔術只算是密儀、禁忌這類儀式，不可能是奇蹟——奇蹟不是指人力無法達成之事嗎？是目前在地球上不管耗費多少資金都無法達成的。有能力實現奇蹟的人叫魔法師，奇蹟就是魔法。」

鮮花告訴我，人類還無法辦到的事稱為魔法。

「照妳的說法，從前魔法師不就比魔術師更多？古代人又沒有打火機或飛彈。」

「對呀。因此魔法師過去受人畏懼，也能當成一種職業。但現在可不一樣吧？老實說，魔術已是不必要的東西。　在現代，魔法變得十分稀少。人類不可能辦到的事已經屈指可數了吧？據說，現存的魔法師只剩下五人左右。」

……原來如此。若從這個意思來看，魔法師和魔術師的確不同。

說到現代人辦不到的事，頂多只有操縱時間和空間。雖然有所侷限，但未來視和過去視在這時代已逐漸實現，不可能之事真的屈指可數。

總有一天——

人類將排除魔法的存在吧。

就像一個小時候受到不可思議的種種吸引，當上科學家的青年，卻隨著持續的研究讓不可思議本身變成了區區的現象。

「嗯～如此一來，最後的魔法大概只有讓所有人都幸福吧。」

嗯。儘管我還是不太明白。

「————」

鮮花不知為何陷入沉默。

她一臉意外地看著我，隨即轉開臉龐。

「……魔法是無法到達的。再說，我並非想成為魔法師，終究只是為了目標而學習魔術。」

「對喔，雖然魔法無法學習，魔術卻可以。就像妳剛剛點燃紙張一樣。」

不對。我做個總結之後，鮮花搖搖頭。

「你剛才在聽什麼啊，哥哥。

魔術從前也曾是魔法，只是輕易地被人類文明超越，變得只需努力即有可能學習與運用。

……說來不甘心，我沒有像魔術師家系一樣長年累積的歷史。魔術師出自將血統與歷史代代相傳的家系，他們一開始也曾是單純的學者，將所學的神秘、獲得的力量傳給後代子孫。那些子孫繼續累積研究成果，再傳給孩子——魔術師們就這樣無止境地反覆累積下去，試圖接近魔法。橙子小姐好像是第六代，據說她家族的第三代繼承者是驚人的天才，挖到了寶。我想橙子小姐的才能，也是出於濃厚的魔術血統。像我一樣從現在才開始學習魔術的人，沒辦法簡單地當上魔術師。」

「嗯～聽起來很辛苦。」

嗯，我大致上意會過來。

濃厚的血——血統的力量。

這部分放到任何家族來看都一樣，換作我們一般人也會反映在親戚眾多、繼承遺產等結果上。

可是，這就代表——

「喂，那妳在做什麼？我們家可是平凡的家庭，不要提魔術，連個信仰佛教的人都沒有。我看魔術應該學不起來吧？」

「說是這麼說，但我好像具備才能。依照師父的講法，我準備起火的步驟靈巧到稀有的程度。」

鮮花以鬧彆扭的口吻回答……真受不了，能點著火又有什麼用？難道說，這傢伙就是宿舍失火的原因所在？

「妳剛剛不是說過，只限於一代的才能派不上用場？就算妳立志當上魔法師——不，魔術師也無可奈何。萬一不走回正道上，以後會找不到工作喔。」

就算沒學什麼魔術，最近的就業狀況本來就十分嚴峻。

鮮花立刻想開口反駁——

但她還沒說話，一句更具攻擊性的臺詞隨著腳步聲傳入事務所。

「不，就業率很高喔。以鮮花現在的年紀就有這些實力，再練上兩年可是有很多地方想招攬她。就算在社會上也能成為一流的策展人(curator)。」

隨著開門聲響起，橙子小姐回來了。

◇

感冒剛好的橙子小姐踏著看不出大病初癒的穩健腳步，走到所長辦公桌旁。她掛好外套坐下，看看自己的桌面皺起眉頭，大概是發現拆信刀擺放的位置移動過。

「鮮花，我不是叫妳別用別人的東西嗎？依賴道具會導致實力退步。妳之所以這麼做，八成是不願在黑桐面前失敗，對嗎？」

「——是的，妳說得對。」

橙子小姐的質問令鮮花漲紅臉頰，卻清楚地承認錯誤……雖說是妹妹，她不逃避責難的態度依然值得尊敬。

「好了，你們剛剛的話題滿稀奇的嘛。黑桐不是對魔術不感興趣嗎？」

「沒這回事……橙子小姐，妳記得昨天的情況嗎？」

啊？脫下眼鏡的橙子小姐不解地歪歪頭……我會產生興趣的起因是昨天那段意義不明的對話，然而說話的人似乎一點都不記得。

橙子小姐叼起香菸抽了一口。

「鮮花，妳為何告訴黑桐那些事？隱瞞和藏匿可是魔術的大前提……算了，對象既然是黑桐，應該沒問題。」

「對象是我的話，有什麼好處嗎？」

「說了你也不明白，何況你也不會洩密。你會視對象選擇談話內容，不會對一般人談論這些。」

「說得也是……不過被外人發現，對魔術師來說很嚴重嗎？」

「那樣的確很麻煩。對於社會上來說倒是怎麼都無所謂，只是魔術的純度減低而已。黑桐，魔術（Mistel）的語源你知道嗎？」

橙子小姐從桌子對面探過身來問我。

「魔術什麼的，是指神秘（Mystery）吧。」

「對。並不是推理小說，而是名為神秘的魔術。」

「這原本是希臘文吧，現在用的是英文。」

「……是沒錯啦。在希臘語裡是關閉的意思。指閉鎖、隱匿、自我終結。神秘呢，就是有神秘的事物這層意義。隱藏起來的事物是魔術的本質。能夠明白其本質的魔術，如何使用超自然的技法也不可能成為神秘，只能淪落為單純的把戲。那樣一來，那個魔術立刻就會變弱。

對於魔術，原本是魔法，也即無疑是從作為源頭的根源所引出來的力量。浮游的神秘，這種東西也存在不是嗎？對於這個來說假設有十成的力量。知道的人只有一個的話，能夠使用全部十成的力量。但是一旦知道的人有兩個的話，那就被兩人平分使用了。看吧，力量就減弱了對吧。雖然說表現方法不盡相同，但我想這是這個世界所有事物的基本法則。」

雖然我和平常一樣無法完全理解橙子小姐所說的內容，但是想要表達的意思還是多少聽得懂。

假若隱匿、閉鎖就是魔術這種東西的存在方式，也就能夠理解魔術師為何不在人們面前顯露魔術這件事情了。

「那麼，在別人看不到的地方就可以盡情展現什麼了吧，橙子小姐。」

「不，並不會那樣做。」

一邊把香菸在菸灰缸中捻熄，她一邊說道。

「若是魔術師之間進行戰鬥的話那沒辦法，但是除此以外即使獨自一人的時候也不會去使用。

只有在為了進入下一個階段的儀式時，才會使用魔術的。

從中世紀之時起，出現了名為學院的團體。那些傢伙的管理相當嚴苛。學院從很早就預期到了魔術師的衰退。他們憑藉組織的力量將魔術視為絕對不可以公開的東西。把能夠看到的神秘，變換成了誰也不知道的神秘。結果，在社會上神秘漸漸地淡薄了下去。

為了徹底確保這一點，學院方面也制定了各種戒律。

舉例來說，如果有魔術師將一般人捲入了魔術現象的話，為了殺死那個魔術師，學院還會派出刺客。為了消除有害於魔術師這一群體的要因……最初甚至還有魔法使被一般人看到就會失去力量的傳聞。

學院以恪守秘密來防止魔術的衰退，其結果，從屬於學院的魔術師大多變得過分地迴避使用魔法。

看不慣這個條律而離開的魔術師也不在少數，學院所有的書物及土地是相當可觀的。魔術師作為魔術師所必要的東西，大都由學院把持著。不從屬於學院，就相當於同這個職業絕緣。不僅做實驗所需的地脈扭曲的靈地歸學院所有，要學習魔法得有教科書吧，那麼教科書被收藏起來也就沒有辦法學習了吧。所以不從屬於學院的魔術師，再怎麼想也無法完成魔術的實踐。這就是組織的力量呢。做到這種程度也是值得稱頌的。」

「那個，橙子小姐。那樣一來我也非得從屬於學院不可了嗎……？」

提心吊膽地插嘴的鮮花的聲音裡，似乎帶著不安。

「不加入也可以，不過加入的話可是相當的方便。又不是進去了學院就不能出來。那裡所禁止的只不過是自由。由於身處大義名分之下不敢自稱是支配者的緣故吧。」

「那樣一來死守隱匿性的意義不就沒有了嗎？學成的人出去到外面，會把魔術散佈開的。」

對於鮮花理所當然的意見，橙子小姐點了點頭。

「是這樣呢。事實上，想著到學院留學得到力量，然後再出去外面的人也為數不少。但是經過了十年之後就沒有那種念頭了。為什麼呢，因為要學習魔術的話，學院是最好的環境。作為魔術師既然得到了最好的環境，還去其他什麼也沒有的環境那不是傻瓜嗎。魔術師學習魔法是最優先的事項。學到的知識以及使用那力量都不在考慮之列。有那樣的時間的話，還不如去學習更深邃的神秘。所以鮮花從一開始的目的就與我們相違背了，進入學院並不是不顧那裡的危險。而是以進步為目標理應涉足的場所。」

鮮花很困惑似的低下眉。看來本人是完全沒有那個意願。妹妹要到那種不知所謂的地方留學還是免了吧，鮮花的躊躇對我來說還真是謝天謝地。

「……我有一個疑問。即使在學院裡，也要保守那些秘密嗎？」

突然，從沙發那邊傳來了聲音。

至今只是默默坐在一旁的式。她有著對於不感興趣的對話完全不參與的性格，明明剛才還只是在看著窗外的風景。

「……不錯。即使在學院之中魔術師也不會把自己的研究成果向任何人展示。身邊的人在研究些什麼，以什麼為目標，獲得了什麼成果都是謎。魔術師將自己的成果展示出來，只限於臨死前要子孫繼承之時。」

「只是為了自己而學習，卻又為了自己不使用那個力量。那種存在方式有什麼意義嗎，橙子。目的只是學習的話——其過程不也是學習嗎。只有最初和最後的話，那豈不是等同於零。」

……一如往常，式使用著纖細透明的女性的聲音，以及男性的說話方式。

對於式辛辣的追問，橙子小姐似乎顯出一絲苦笑。

「是有其他目的。但是也正如妳所說。魔術師追求的就是無。以一開始就沒有的東西為目標。

魔術師們的最終目的，是抵達「根源漩渦」這件事。也有人稱之為阿卡夏記錄，不過也許想成漩渦一端所擁有的機能更妥當一些。

根源漩渦這個名稱，大概就是指一切的原因。從那裡流出全部的現象。知道原因的話結果也自然而然地計算出來了。對於存在體來說那是「究極的知識」。但即使達到究極的標準，到頭來還是有限之物，所以這樣的解釋也不完全正確，只是因為容易瞭解而這麼稱呼罷了。

在世界上流傳的各種魔術系統，原本都只是從這個漩渦分出的細小支流。不同的國家有著類似的傳承或神話正是為此。因為起源是相同的，只是個別吸收「支流」加以細部角色化成為所謂的民族性。

諸如占星術、煉金術、卡巴拉、神仙道……等等為數眾多的研究者們。正是因為他們的起源相同，所以最後才會同樣在心中抱持著相同的最終目標。由於他們接觸到同樣名為魔術根源漩渦分支出來的細流，因而會去想像——在頂點處所擁有的東西究竟是什麼？

魔術師的最終目的，唯有到達真理。他們那並不是想要知道人類生存意義那類俗氣的目標。只是渴求純粹的真理究竟是以何種型態存在。有著這種念頭的人的集合體，就是魔術師們。

這些讓自己透明化，只保持著自我——而且永遠無法得到回報的群體。在這世界上把這個稱作魔術師。」

淡淡地說著這些話的橙子小姐的眼神，是前所未有的銳利。琥珀色的眼瞳，如同點燃了火焰一般搖曳著。

……這是什麼？

雖然很不好意思，我對這種話連一半也理解不了。

理解到的只有一點，總之，先從那一點試著發問。

「那個，問一個問題。只要有目的存在的話那麼學習這種事情也就有意義了吧。無法得到終結什麼的事情……那個，對了。依然是誰也沒有抵達過的吧。」

「抵達過的人也有。因為存在著抵達過的人所以才能知道其本質。一直殘留到現在的魔法，就是曾經抵達過的人們所遺留下來的東西。

但是——去到了那一側的人就再也沒有回來。

在過去及歷史上沒有留名的魔術師們在抵達的那一個瞬間消失了。那一側的世界是那麼優秀的世界嗎，還是去過便不能再回來的世界呢。那樣的事情我不知道。畢竟從沒有試著去到過的緣故。

但是，抵達那裡的事情並不是以一代程度的研究就能夠完成。魔術師相互重疊血液，把研究留給子孫等行為是以增大自己的魔力為目的。那不過是為了不知何時會抵達根源漩渦的子孫所做出的行為。魔術師呢，已經有不知多少代人做著抵達根源漩渦的夢死去，由子孫繼承研究，而子孫也同樣讓自己的子孫繼承下去。沒有終結。他們，永遠也沒有終結。縱然出現了能夠抵達的家系恐怕也是不可能的……因為會有前來妨礙的人。」

與憎惡的語氣相反，橙子小姐嘴角露出乾笑。那是——因為有妨礙的人存在而感到高興的那種神情。

「算了吧，不管哪種情況都是不可能的。現代的魔術師是不可能製作出到達根源漩渦——即新的秩序、新的魔術系統這種事。」

彷彿宣告漫長的談話到此結束，橙子小姐聳了聳肩。

我與鮮花也不好再接話下去，只有式毫不在乎地追問橙子話中的矛盾。

「奇怪的傢伙們。明明知道是不可能的事情為什麼還要繼續呢。」

「是呢。以魔術師為名的傢伙多半帶著『不可能』這種混沌衝動而生，換句話說就是全部是不願放棄的傻瓜吧。」

淡淡地聳聳肩，橙子小姐答道。

妳這不是很明白是怎麼一回事嗎，式低聲說道。

◇

談話結束一個小時後，事務所回復了往常的平靜。

時間差不多已經是下午三點，我去給每個人沖了一杯咖啡。只有鮮花那一份是日本茶，之後坐回了自己的座位。

工作也似乎全部有了頭緒，就這種情況來看，這個月的工資也能有保證了。如此安心地把咖啡送到口邊。

安靜的事務所中，響起啜吸飲料的聲音。

如同要打破這個平穩的寂靜一般，鮮花向式說著出人意料的事情。

「……那個。式，是男的吧？」

……幾乎讓咖啡杯跌到地上，我想那是來自地獄的質問。

「……」

那對於式也是一樣，把拿在手中的咖啡杯從唇邊移開，顯出不愉快，甚至是惱怒的表情。對於我的傻瓜妹妹的反駁，目前還沒有。

也許是把這個視為勝機了，鮮花繼續說道。

「不否定的話看來就是這樣了呢。妳毫無疑問是個男的了，式。」

「鮮花！」

糟糕，忍不住插嘴了。

明明應該對這種質問不予理會，卻又就此事動了氣。

猛然站起身來，理應說出些指斥的話的我卻又默默地坐回了椅子上……感覺好像吃了敗仗的兵。

「妳不要老是在意一些無聊的事情。」

臉繃得緊緊的，式這般回答道。

一隻手扶住額頭，應該是在壓抑怒氣吧。

「是嗎？我覺得這是非常重要的事情喔。」

與外表徹底冷靜的式同樣，鮮花也擺出一副冷漠的樣子回應著。雙肘架在桌上交叉手指的姿勢，像是在推動議事進行的議長一樣。

「重要嗎？我是男的也好女的也好都沒什麼差別吧。而且這跟鮮花也沒關係。還是說妳有什麼打算，想向我挑釁嗎？」

「那種事情，在我們第一次見面時不就決定了嗎。」

兩人雖然沒有看著對方，但氣勢卻又像是在相互瞪視著。

……雖然我的確很想知道在當時到底決定了什麼，但是現在卻不是問這個問題的場合。

「……鮮花。我真不明白為什麼到現在還非得重複這種話不可，我希望這是最後一次了。這個呢，式是女孩子，的的確確沒錯。」

無論如何，我只能這麼說了。

原本應該是一面袒護無禮的鮮花，一面安撫式的怒氣，如此恰到好處的一句話，不知為何似乎得到了反效果的樣子。

「那種事當然我知道，哥哥請不要說話。」

既然知道的話為什麼還要問那種問題，妳這傢伙。

「我想問的不是肉體層面上的性別。只是想明確精神層面上的性別到底是哪一邊。這個正如所見，式是男人的樣子。不過。」

特意強調著那個不過的發音，鮮花掃了一眼式。

式漸漸地現出不愉快來。

「身體是女性的話性格是哪一邊都沒有關係吧？要是我是男性的話妳又打算怎麼樣呢？」

「是這樣呢，要我把禮園的友人介紹給妳嗎？」

——啊。

鮮花說的話已經不再是諷刺或什麼了，聽了那單純的如同挑戰書一般的臺詞，我終於領會了她的意思。

鮮花那個傢伙，還在記恨著兩年前的那件事情嗎。

高中一年級的正月，我和式一起去參拜，回家時曾請式到自己家裡來。正好從鄉下趁寒假回來的鮮花，在與式見面時發生了一點小摩擦。那也是理所當然的，那時的式還有著名為織的另一個人格。結果是式用著比現在更為開朗的少年的神情與口氣，捉弄得鮮花一整天臥床不起。

縱然如此現在也說得太過分了。

即使被式打了也不應該有怨言。

「鮮花，妳。」

再次站起身來瞪著鮮花，不過，正好與從沙發上站起身的式同時。

「我拒絕。禮園的女人沒有一個正經的傢伙。」

式用鼻子哼了一聲說道，隨後從事務所離開了。

藍色的和服，隨著一聲門響從視線中消失了。

猶豫著是否要追上去，但是那樣一來反而是火上澆油。

我感謝著什麼事都沒有發生的這個奇蹟坐回椅子，一口喝乾冷掉的咖啡。

「可惜，最後被她甩掉了嗎。」

呿，鮮花也放鬆了姿勢。好像那傢伙至今為止都是備戰狀態似的，她大大地伸了個懶腰。

……我總是在想。

為什麼鮮花只在與式說話時態度會突然改變呢。

這可是，不稍微說她兩句不行的事情。

「鮮花。剛才，是怎麼回事？」

「怎麼回事，式和哥哥還沒有明確下來吧。還是說根本沒在考慮？兩儀式是作為女性和哥哥交往，還是作為男性和哥哥交往。」

和語氣的斬釘截鐵相反，鮮花的臉紅了起來。托這種不平衡的福，終於明白了鮮花說不出口的事情。

「鮮花，那些淨是一些不入流的猜測。式是男的還是女的，不會成為我們的話題吧。最重要的是式從一開始就是女孩子的話，思考方式是男性的也沒什麼差別不是嗎？」

鮮花瞇起眼睛來盯著我看。

「……是嗎。哥哥的意思是說是女人的話其他問題都不要緊呢。反過來說也就是認為同性之間的關係很奇怪。那麼能回答我嗎。

在這裡有性格轉換為男性的女人，和性格轉換為女性的男人。這兩個人都認真地喜歡哥哥的情況下，哥哥會選擇哪一個？

外貌是女性心卻一直是男性，和外貌是男性心卻一直是女性這兩種人。來，回答我吧。」

……鮮花的質問很難回答。

認真考慮的話結果很可能是雙方誰都不選。

確實，一下子讓我回答的話應該會選擇最初作為女性出生的人。但是那個人的心是男性，所以即是作為男性來喜歡上身為男性的黑桐幹也這種事情。

戀愛與性別無關，這種達觀的想法我還做不到。但是這只不過是以外表的性別來區分男女，這樣想來不禁對自己的過分而自慚起來。說起來，同性之間的結合不被允許的話，男人也就不可以喜歡上身為男人的黑桐幹也。那樣一來就應該選擇徹底作為女人來喜歡我的前者，但是那個人的性別又是男性——

啊啊，我為什麼非得為這種事情陷入煩惱呢！

……不對，等一下。這個，從前提來講不就是矛盾的嗎？由於不承認同性的戀愛，所以最後才落到不管選哪一邊都是同性的陷阱裡去了。

發覺這一點抬起頭來，只有橙子小姐很愉快似的在忍著笑。

「……真是卑劣呢，鮮花。這個不是『使真假同時成立的命題』嗎！」

「哎哎，是的。有名的艾比梅尼迪斯的矛盾。」

「就是呢，黑桐在追求著致命的矛盾。真是的，你們都是不甘於無聊的人呢。黑桐的家系裡都是這樣的人嗎，鮮花？」

與依然笑嘻嘻的橙子小姐正相反，鮮花用認真的表情看著我……是嗎，這個傢伙以這個傢伙自己的方式來擔心著我的事情。那麼式不肯明確表示的那些事情，至少要由我來明確地把心情說出口。

「……啊啊，我明白了鮮花想說的話了。只是，我覺得式是哪一種人都沒有關係。無論是對式也好織也好，自己的心情是不會變的。」

像是掩飾自己不好意思似地掩著臉說道，而鮮花則愕然地從椅子上站了起來。

「……是說即使對方是織，也喜歡嗎？」

「……嗯嗯。大概吧。」

突然，有什麼厚厚的東西重重地打在我的臉上。

「什麼嘛，下流——！」

奔跑出去的腳步聲。

意識到自己是被鮮花把剛才一直在讀的書扔到臉上時，事務所裡已經只剩下我和橙子小姐了。

式被鮮花氣跑了，鮮花則是剛剛自己跑了出去。
我邊用手撫著火辣辣的臉頰，邊瞪著依然笑個不停的橙子小姐。

◇

那之後又過了兩個小時便到了下班時間。
式也好鮮花也好都沒有再回來，我泡好了兩杯已成為下班前慣例的咖啡，在考慮著之後要不要到式的公寓去。
「啊啊，對了黑桐。不好意思還有點工作要拜託你。」
喝著咖啡的橙子小姐只用了一句話，就把我的問題解決了。
「工作什麼的，又接了別的工作嗎？」
「不是，不是那邊的工作。是沒什麼錢賺的那種。今天早上我不是出去了嗎，結果從熟識的刑警那邊聽到一件有些詭異的事。黑桐，你知道茅見濱的小川公寓嗎？」
「是那個位在海埔新生地的公寓住宅區嗎？不久要成為模範地區了什麼的。」
「啊啊，從這裡乘電車要三十分鐘左右。是不願浪費市中心的土地而出現的小城鎮。在那裡呢，有一棟很舊的公寓——據說就在那裡發生了奇怪的事件。
昨天夜裡十點左右，二十餘歲的公司職員在路邊被襲擊。
由於被害者是女性，所以這一次的事件是難以分辨暴行目的的殺人魔。只是呢，不走運的是被害者被刺傷了。殺人魔雖然就此逃走了，但被害者卻無法行走。腹部被刺的被害者沒有帶手機。再加上現場是公寓區。周圍連一家小商店都沒有，晚上十點已經是毫無人跡。她一邊流著血一邊進到最近的公寓裡呼救。

但是，那間公寓的一層與二層並沒有人使用。住人的是在三層以上。乘電梯到達三層的時候體力已經到達極限。她在那裡大聲呼救了十分鐘左右，但是公寓的住戶沒有一個人發覺，最後她在晚上十一時死亡了。」

……悲慘的事情。

在現代的公寓，已經不再關注與鄰里交往的事情了。不如說是在都市裡有著互不關心才合乎禮儀的這種潛規則。

與這件事情相似的事件，我也從友人那裡聽到過。半夜的時候樓下不曉得哪層樓不斷傳來慘叫聲卻沒有一個人去幫忙，到了早上下去一看那戶人家的小孩把父母給殺了什麼的。因為是從其他住戶那裡聽來的所以還以為是什麼玩笑，也就沒有加以注意。

「問題是在那之前呢。據說那個被害者的求助聲連隔壁公寓都能聽到。不是慘叫，而是求助的人類的聲音喲。隔壁公寓的人想著如此大的求救聲很快那邊公寓裡的人就會去幫忙的，所以也就沒有在意。」

「什麼——那間公寓裡的人不是沒有發覺嗎。」

「嗯嗯，證詞是如此。大家異口同聲說是和平常一樣的夜晚。僅僅如此的話也並不算是什麼奇怪的事情，不過這間公寓裡以前似乎還發生過一件奇怪的事情。那個還沒有打聽出具體情況，總之是異常事態連續發生兩次總是覺得有些奇怪，我與那位刑警就談了這些。」

「……總之，所長的意思是要我去調查那個地方嗎？」

「不，我們兩個人一起過去現場比較好。黑桐你先去相關的房地產公司盡可能把住戶名單以及他們之前的住處查出來。這份工作沒啥錢賺，慢慢處理就行了。期限是在十二月之前。」

明白了，說著我將咖啡送到口邊。

……什麼嘛。又有了要踏入奇怪事件的預感。

「還有，黑桐。」

「什麼？」

「就算式是男的，你也真的無所謂？」

在這裡的對象要是學人的話，我恐怕會毫不猶豫地把含在嘴裡的咖啡噴出來。

「……不是那麼回事吧。我是喜歡式，不過要說想要的話還是女孩子比較好。」

「什麼嘛，無聊。那樣豈不就沒有問題了嗎。」

無精打采地，橙子小姐聳聳肩把咖啡杯送到口邊。

……那樣的話，沒有，問題？

「稍等一下。沒有問題什麼的，是怎麼一回事。那個，總歸是——」

「不錯。式毫無疑問在精神層面的性格也是女性。因為原本是陽性的織不在的話，她應該不會是男性才對。」

這樣說來——也確實如此，不過那種語氣又是怎麼一回事。以前的式，不是用著女孩子的用語嗎。

「那個我說。原本以陽性作為男性、陰性作為女性的符號吧？那麼這就簡單了。考慮到陰陽的話那是從太極圖傳過來的概念。韓國的國旗你知道吧。不知道？就是很像巴紋的那個東西。」

巴紋，說起來……那個，圓形之中有像波紋般的線把圓分成兩半的那個圖嗎。只是那個並不是分成半月形而是兩個人魂相互交錯般的扭曲的半月。以文字來說近於「の」字給人的感覺。

「太極圖是一半是白色，一半是黑色的。並且無論哪一邊都有著逆色的小洞穿過。白色的半月間有黑色的孔洞，黑色的半月間有白色的孔洞，什麼的。

你明白吧。黑色一方是陰性，即是女性。這個圖形是相互纏繞的同時也在相剋的——是黑與白的螺旋。」

「相剋的——螺旋？」

那種辭彙，我以前似乎聽說過……

「不錯。無論說陰與陽，光與暗，正與負都可以。自根源一分為二的狀態。這個呢，在陰陽道中，稱為兩儀。」

「……兩儀，那是。」

「沒錯，式的姓氏。那是在遙遠的過去所決定的，雙重人格的事實。是因為兩儀的家系才成為雙重人格者呢，還是因為預先瞭解到式的出生才賦予兩儀這個姓氏呢。恐怕是後者吧。

兩儀家是與淺神及巫條齊名的世家。他們都是製作超越人類之人的一族，以各種各樣的方法和思想來產出繼承者。為了繼承自己家的「遺產」。

特別是兩儀家最為有趣。他們明白超常性的能力終歸會被文明社會所抹殺。所以考慮能夠在外表上作為普通的人類來生活的超能力。

——那麼黑桐。被稱為專業的人類，為什麼只能站在某一分野的頂點上呢？」

對於突然的質問，我回答不出來。

今天真的是漫長的一天，到手的情報已經超過了我所能夠接受的極限。那麼——式，出生在那樣的家庭裡，為什麼——

「那是因為無論擁有怎樣優秀的肉體、素質，對於一個人來說只能把一件事情做到極致。去到高處的話可以，然而除此以外的山便無法去攀登了。

兩儀家解決了這個問題。即賦予一個肉體無數的人格。與電腦相同。在名為式的硬體中裝入數十數百的軟體的話，就會誕生出全部分野的專家。

所以她的名字才是式。式神的式。數式的式。只能去完美解決被決定的事情的系統。擁有無數的人格，道德觀念也好常識也好都被寫入了人格的空虛的人偶——」

式，已經知道這一點了吧。

……啊啊，一定是已經知道了。所以她才頑固地避免與我們發生關係。接受自己並不普通、自己出生於異常的家庭這種事情，只是悄悄地活著直到現在嗎……

「再說太極圖的延續。從混沌的『　』之中一分為二是為兩儀。為了追求更進一步的安定，為了增加種別又分成了四象，更為複雜化的則是八卦，這般以二進位不斷地分下去。這也表現了式的機能。

但是，這也已經不存在了。完美的系統已經崩壞了。現在的式，雖然多少有些問題但畢竟是擁有自我的普通人了。」

喀嚓一聲，點燃了打火機。

對於橙子小姐的話，我只是「咦」地反問回去。

「你這是什麼表情。讓那系統崩壞掉的人就是你吧。所謂精神異常者呢，由於自以為自己的異常是夢境所以才沒有破綻。式過去也是這樣。但是卻不由得注意到了名為黑桐幹也的人。於是對兩儀式的存在方式覺察到了異常。

啊啊——是了。要說拯救的話，你在兩年前已經拯救過式一次了不是嗎？」

來，橙子小姐將香菸遞過來。

雖說不會吸菸，但我還是接過來點燃了。

……有生以來的第一支香菸，有著非常曖昧的味道。

「哦，離題了。說著與兩儀有關的話就沒有注意到，似乎是被什麼逼迫著一般。不知不覺就說多了。說不定黑桐你明天就死掉了呢。」

「……不敢當。我會小心車子的。」

「啊啊，那就好。那麼還是太極圖的事情。

說過兩儀之中有著種種孔洞了是吧?那是白之中的黑，黑之中的白。也可以說是陽中的陰，陰中的陽。

也即是指男性之中的女性部分和女性之中的男性部分。從男性的語氣推斷出是陽性，這結論未免下得太早了。無論是誰都會擁有偏向異性的思考模式。男扮女裝的怪癖是最為典型的。現在的式毫無疑問是陰性的式。男性的語氣，是她為了死掉的織而在無意識下進行的代償行為。至少，是希望你還能夠記得織的事情也說不定。呼呼呼，這不是很可愛嗎。」

「……」

……啊啊，要是這麼說的話也的確是那樣。

式雖然是男人的說話語氣，卻也沒有兩年前那樣男人般的舉動。動作也好舉止也好完完全全是個女孩子。

沒有了名為織的半身的她，現在處於非常不安定的虛弱的狀態。

深深地瞭解到這一點時，我的胸口被絞緊般痛起來。

從兩年來的昏睡中醒來的她比起以前更為努力掩飾自己，以致連我也疏忽了。

但是式依然是孤獨的，現在也是，與總給人一種受傷的感覺的那個時候相比並沒有變化。

連我也沒有變。現在也是，想著不能把那樣的式放在那邊不管。

……是啊。兩年前的我什麼也做不到。

如果有下次的話。我，一定要竭盡全力去幫助她。

／7（螺旋矛盾、3）

次日，一覺醒來時針已指向了上午九點。

完全遲到了。

拿著作為隨身物品來說過於沉重的包裹來到事務所，等待著我的是橙子小姐和式這兩個人的組合。

「不好意思，遲到了。」

將有如練劍道的竹刀袋般的小包裹靠在牆邊後，我終於喘過一口氣來。

像跑完馬拉松一般，大口地調整著呼吸。

不到一公尺長的小包裹裡面跟裝了鐵一樣沉重，離開家門時倒沒覺得有多重，走了不到一百公尺手就開始痠痛起來。

肩膀隨呼吸上下動著，我揉著自己的手臂。式向我走過來。

「喲。式早安，天氣真好呢。」

「嗯。聽說最近都是晴天。」

不知今天有什麼事情，式身穿純白色的和服。與扔在沙發上的紅色皮夾克配合起來的話，白色與紅色這兩種純淨的顏色會給人留下相當鮮明的印象吧。平時明明並不喜歡繫帶花紋的帶子，今天卻是繫著繪有落葉花紋的帶子。仔細看的話，和服的下襬也是分成三片，散著鮮豔的紅葉。

「幹也，那個，是什麼東西？」

伸出細白的手指，式說道。

她的指尖，指向的是靠在牆邊的包裹。

「啊啊，那是秋隆先生帶來的東西。式，昨天晚上妳出去了吧。我回家時過去看了一眼剛好妳不在，秋隆先生正在玄關前面等著。很久不見所以聊了大約一個小時，不過看妳還是沒有回來的跡象，所以我們就各自回去了。那東西就是在那時候交給我的。說是沒有銘記，還是真偽未定的兼定什麼的。」

「刻有九字的兼定嗎？」

很少見的，式臉上露出光芒，她伸手取過靠在牆邊的小包裹。連我都覺得十分沉重的包裹，式只用一隻手就拿了起來，開始解開帶子來。

如同剝香蕉皮一般。沿著內裡的東西捲了下去。沒多久出現在眼前的，是一個細長的金屬板。不對，與其說是金屬不如說是古老的鐵，有著銅一樣的質感。

雖然只解開了包裹上面纏著的布，能看到的不過十分之一左右，但很清楚那是棒狀的東西。

竹刀袋之中的鐵，還用純棉之類的東西包裹著。鐵是比起細長的尺子來還要大上兩圈的鐵板，開有兩個小小的孔洞。粗糙的表面上雕有漢字……這個到底是什麼啊。

「秋隆那傢伙，把這種東西拿出來……」

還真是會添麻煩的人呢，雖然式這麼說著，卻掩飾不住眼中的喜悅。平時並不會自己笑起來的式，在拿起這個不知是什麼的鐵板時竟然得意地笑起來，還真是讓人有點害怕。

「式，那是什麼。」

式看起來過於反常了，所以便詢問一下。

一問之下，式轉過頭來向我開心地笑著。

「想看嗎？這東西可不是那麼常見的。」

式興高采烈地要把竹刀袋裡的東西拿出來。不過卻被到現在為止一直保持沉默的橙子小姐阻止了。

「式，那把是古刀吧。五百年以前的刀別在這裡拿出來。會把整個結界給切開。」

一聽到這句話，式有些掃興地停下手。

雖然橙子小姐說是刀，不過那個鐵尺一般，看起來切不動什麼東西的鐵板真的是刀嗎……？

「上面連九字都有呢。臨兵鬥者皆陣列在前……嗎？很遺憾像我這種程度的結界是無法與百年等級的名刀相抗衡的。要是在這裡拿出來的話，樓下的那些東西就全都溢出來了。」

對於橙子小姐話中的危險，式有些驚訝地收起了竹刀袋……看來這兩個人，確實在我不在的期間裡做了不少鬼鬼祟祟的事情。

「……說得也是，沒有修飾好的日本刀即使給黑桐看他也看不明白。連刀柄也沒有準備好，秋隆還真是糊塗呢。」

式心不在焉地說著。

……從她十歲左右便開始照顧她起居的秋隆先生糊塗嗎，這可有點過分。何況秋隆先生不過三十多歲，正是施展才能的年歲。

式很遺憾似的將包裹橫放在沙發上。

……以下這些事情我是在之後才聽說的，這時的刀並沒有被安裝上刀柄。在古裝劇中所看到的日本刀已經是被安裝好刀柄的狀態了，而裸刀則除了刃部以外毫無裝飾。據說上面開的兩個孔洞，就是為了安裝刀柄用的。

順便一提，所謂古刀是指從平安中期到慶長年間的刀，毫無疑問是非常重要的文化遺產。

「聽好了，式。對於武器來說僅僅是附帶有歷史這個屬性就會擁有能夠對抗魔術的神秘。從今以後，即使是失誤也不能把那種東西帶到這棟大樓裡來。否則會發生什麼我可不敢保證。」

將幾近於國寶級的稀有物品的處理方式交待清楚後，橙子小姐歎了一口氣。

「那麼，黑桐。今天早上遲到的理由是什麼？」

「抱歉，調查的狀況有些棘手。大體上，之前所說的小川公寓的住戶清單以及大體情況已經收集得差不多了。」

——是的，從昨夜起開始調查那間公寓，注意到時已經是早上了。

由於最近網路普及起來，無論早晚都能夠進行調查了。之前都是一到晚上辦公場所就休息，調查也就隨之告一個段落。現在則是聽從大輔兄的建議在網上收集並甄別相關的傳聞，結果卻弄成了相當浩大的工程。

「……我說過期限是十二月吧。黑桐還真是天生的勞苦命。算了，說來聽聽吧。」

「是。小川公寓在茅見濱一帶算是數一數二的頂級建築。由於形式略有變化，之後還需參照設計圖。建設期間是從九六年到九七年。工程是由三家公司共同承包的。橙子小姐曾經負責過東棟的大廳呢。大體上，與建設相關的工程人員的姓名我已經開列好清單了。還有詳細的建設日程表也在這裡。」

我將列印好的資料從包裡取出來，放在橙子小姐的桌前。

不知為什麼橙子小姐顯得很驚訝似的陷入了沉默。

「看一看就能明白，這棟公寓其實是由兩棟相對的公寓所構成。

兩棟相當齊整的十層樓半月型建築，相對地建在一起。

從飛機上拍攝的照片來看很令人驚異。因為真的是一個圓形。原本似乎是蓋來當員工宿舍，一、二樓為休閒設施，目前則被閒置。大概是由於不景氣，無法再這麼浪費電力了吧。

兩棟建築都是十層樓，房間數是每層樓五個。東西合計每層樓有十戶。房間是3LDK的西式風格與和式風格的折衷，水道的配置相當粗糙。建成後十年左右就開始出現向樓下漏水的現象。停車場的車位在公寓的地上有四十個，地下還有四十個。雖然相對於住戶的數量不大夠用，不過從現狀來看僅地上就夠用了。

原本要將其作為職員宿舍來使用的公司自身的規模縮小了，以致公寓被轉手賣了出去。新的所有人的方針是打算將職員宿舍向普通公寓轉變。有住戶入住是在九八年，也即是今年開始的。雖然到三月之前一直在募集住戶，不過現在入住的人僅僅是規模的半數。也有西棟在最近要改造的傳聞。請看，這是設計圖的影印件。」

我將下一份材料擺在桌面上。

橙子小姐的臉色越顯得凝重，眉毛都皺了起來。

「雖然公寓的東棟和西棟是互相分離的，不過一層的大廳是共用的。電梯也只有一架。雖然很氣派但畢竟還是一棟偷工減料的建築。比起機能性來還是外觀比較突出。而且聽說電梯從一開始就故障了。住戶們相當抱怨，電梯到五月的時候都還不能使用。

房間數每棟樓有五個，從六點鐘方向逆時針數是一號室、二號室這樣來區分。東棟是一號室到五號室。六號室到十號室位於西棟。

樓頂禁止進入。

小川公寓配置圖

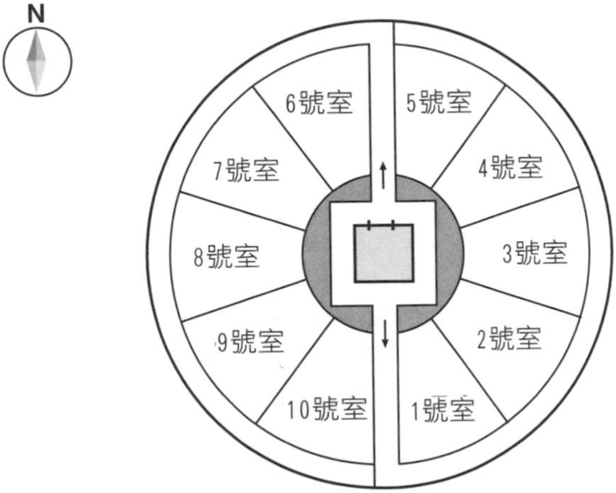

2F～10F(共通)

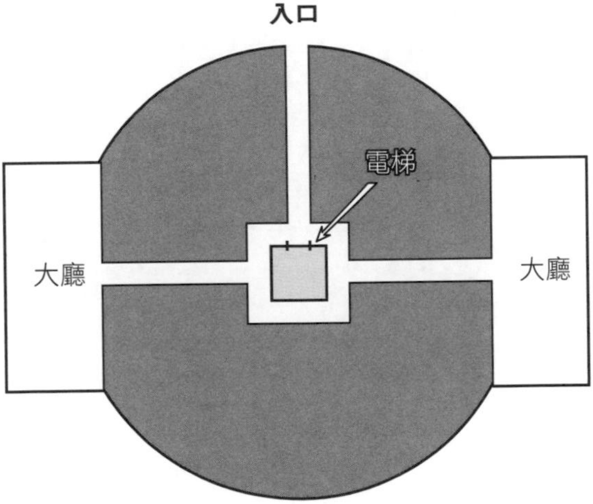

1F～2F

三樓的住戶依次是園田、空房間、渡邊、空房間、樹、竹本、空房間、杯門、空房間、桃園寺。

四樓的住戶依次是空房間、空房間、世谷、望月、新谷、空房間、空房間、辻之宮、上山、臙條。

五樓的住戶依次是奈留島、天王寺、空房間、空房間、白純、內藤、夏本、空房間、空房間、戌神。

六樓的——」

「夠了，明白了。現在我終於明白，把你放在一旁不管的話會失控到什麼程度了。」

橙子小姐歎了口氣阻止我繼續把清單念下去。

「怎麼樣，把清單拿來讓我看看。即使你從家庭成員到工作單位，甚至之前的住所都網羅殆盡我也不會驚訝的。」

「的確是呢，我也覺得念起來有點累。」

然後我將清單遞了過去，橙子小姐哇的一聲發出了很不體面的尖叫。

「可惡，真的全調查出來了。黑桐，要不要徹底改行當偵探？會很搶手喲，真的。」

「還不行啦。這一次也不過只調查到了一半左右的住戶。」

是的，要說遺憾也的確很遺憾。

到最後五十家住戶之中，只尋訪到了三十家。

其他的住戶只知道姓名和家庭成員。

橙子小姐默默地翻閱著清單。

回過頭去看看式，她正以很嚴峻的神情考慮著什麼。皺起眉來的她雖然很可怕，卻有著說不出的美感。

「橙子，那張清單借我看一下。」

式走到橙子小姐的身後，向清單望去。

「……我想也是。很少會看到這麼稀奇的姓氏。」

怯，式輕歎一聲。

「我先回去了。橙子，有沒有什麼交通工具？」

「車庫裡有一輛跨斗式的摩托車。」

「我說啊，打算穿著和服騎摩托車嗎？」

「工作服就放在櫃子裡。因為是我的可能有些大，不過比起和服要好一些。小心點不要讓側座掉下來，因為側座的拆卸還沒有完成呢。」

啊啊，式點點頭披上皮夾克，拿起裝在竹刀袋中的日本刀離開了事務所。

白色的和服，響著蛇一般不吉的衣襟相擦聲。

「……式！」

……不知為什麼。突然湧起一種難以言喻的感覺，我叫住了式。

式只是轉過臉來。完全像是注意到一個從未見過的惡作劇時的表情，含有素樸的疑問的雙眼。

「怎麼了幹也。我被什麼東西附身了嗎？」

面對著像是要去買東西一樣輕鬆的她，我應該說些什麼好呢——我實在不清楚該說些什麼。

「不……沒什麼。我晚上會過去，到時候見。」

「什麼嘛，真是怪傢伙。不過……也罷。晚上是吧，那我在房間等你。」

再見了，式揮著手離開了。

◇

式很難得地借了橙子小姐的摩托車出了門，在這件事發生一個小時以後，我與橙子小姐直接去到了那棟公寓。

乘坐著名為MAINA-1000的橙子小姐的愛車，離開市中心的商業街用了不到三十分鐘。很快便抵達了位於城鎮西海岸的街道一般的港口區。

被稱為茅見濱的這個地方很寬闊。也許是因為土地過分剩餘，在廣大的平面上零零落落地矗立起的高層建築，讓我不禁聯想起早期的３Ｄ模擬遊戲，那是一種由四個人在平地上進行冒險旅行的遊戲。

作為目的地的公寓，確實存在於這片公寓林立的地域之中。在周圍只有同樣規模的巨大建築存在，雖然已經看見了如同圓形高塔的公寓，不過走近前去卻花了一段時間。

真正的公寓是如同豆腐一樣的四邊形，如同違逆著某種法則一般矗立著。

雖然只有十層卻相當高。原本是圓形的公寓，在周圍用水泥砌起了圍牆。從正門延伸進公寓的路僅有一條，像泰姬瑪哈陵前的步道一樣。只有唯一的一條路，向著公寓的大廳延伸過去。

「搞什麼，根本就沒有地下停車場啊。」

在駕駛席上發著牢騷，橙子小姐將車停在了路邊。

「那麼，走吧。」

橙子小姐銜上一支香菸走了起來。

當走在她身邊踏入公寓的圍牆之內時，忽然感到一陣眩暈。

大概是由於今天的陽光太強了吧。再加上去眺望塔一樣矗立著的公寓，眩暈也不足為奇吧。

追上已經走到前面去的橙子小姐，進入了公寓。

——突然，感覺好像要吐出來似的。

公寓內部的牆壁統一漆成乳色，極端的清潔。儘管如此，背上依然流竄著幾乎讓我昏厥的惡寒。

不，這已經近於嫌惡了。

心情難受得像要發瘋一樣。

外面的空氣明明是那麼冷，公寓之中的空氣卻顯得非常燥熱。雖然也許不過是暖氣開得太強了，但是感覺上竟像是人的呼吸一樣。燥熱，如同圍繞在肌膚周圍的空氣，不知為什麼——彷彿自己正身處生物的胎內一般。

「黑桐，那只是錯覺。」

橙子小姐在我耳邊的低語，終於將我從奇異的惡寒之中拯救出來。

我定了定神，開始觀察其四周來。

大廳，是維繫著兩棟建築的唯一空間。

這個公寓是將一個圓從正中分成兩個半月形，然後再拼合在一起一般建成的建築。兩棟建築僅有中央大廳相連，東棟與西棟在二樓以上就不相通。要到另一邊非得經過大廳不可。

大廳裡並沒有管理人室。

圓形空間的中心，有一根巨大的像是公寓的脊椎一般的立柱。這是在一層到十層之間移動用的電梯，同時立柱的側面也有著像是階梯的東西。電梯和階梯靠著牆圍起一個像是柱形的東西，這種立柱讓人感覺非常的毛骨悚然。

「……這棟建築讓人挺不舒服的。」

「像鬼屋一樣。空氣中漂著掩藏不住的不吉氣息。不過這樣的建築也不罕見。因為想建造一棟讓人發瘋的建築是很容易的。像是牆壁的顏色，或是樓梯的位置，只要動點小手腳，就能對人造成精神上的不適。如果是每天使用這些的住戶，影響會更嚴重吧。」

橙子小姐首先來到電梯前。

我也跟了過去。

「幾層比較好呢，黑桐？」

「不知道，幾層都可以吧……要是非讓我選的話就是四樓好了。」

「那麼就是四樓吧。」

橙子小姐一邊端詳著電梯的內部一邊應道。

電梯之中，牆壁的四角微微地彎曲著，像是扭曲的柱子一般。

在從B到十的按鈕中按下對應著四樓的按鈕。

嗡……嗡。

大得不自然的機械音響起。

身體明明是在上升，卻有一種向地底落去的感覺。

不久電梯的門便開了。

四樓的大廳也是圓形的。從電梯出來以後眼前便是通向東棟的走廊。由於公寓的入口是面向南方的，走廊向六點鐘的方向延伸著。

這條走廊是通向外面的，外壁的盡頭向著三點鐘的方向轉過，就是西棟的外壁。公寓的各個房間的入口，果然是在外側。

「現在，因為是四樓所以這邊是401號室。從這邊開始一直到405號室，然後就到頭了。要怎麼去西棟呢？」

「要繞到電梯的後方。從電梯出來以後正面的南側走廊通向東棟，電梯後方的北側走廊連通著西棟。這棟公寓的確是被分成了兩棟呢。」

「奇怪的設計。直接從外側相連不就好了。」

「那樣不就沒有情趣了嗎。正因為做成這樣，才能將黑與白清楚地分別開。話說回來，黑桐。你為什麼要來四樓？是想來拜訪理應早就死掉的一家人嗎？」

這麼一說，我吃了一驚。

橙子小姐的聲音在乳色的大廳裡迴響。

被擦得乾乾淨淨的地板反射著電燈的光，不知為什麼——現在有種身在夜裡的錯覺。是的，為什麼剛才沒有發覺呢。

……從來到這棟公寓時起，還沒有見到過一個人。不，沒有那麼簡單——就連人的氣息也沒有。

「所長，妳從哪裡聽來的？」

「就是那位我熟識的刑警啦。竊賊一進門就看到全家人的屍體這種事情。房間及家人的姓名我沒有問出來。不過，我想你應該已經調查出來了才對。」

啊啊，確實如此。昨晚給大輔哥打電話，也正是為了確認這件事情。

「怎麼辦？去確認清楚吧，黑桐。」

「我是有這個打算的，不過現在……」

坦白講我很害怕。雖然來這裡之前對這種奇異的事件抱有期待，不過這時可是身在現場。只是站在這裡就禁不住發抖。雖然很不好意思，即使是在白天我也不大敢去探訪發生事件的這一家人。

「你去看看吧。我想要一個人搭這部電梯。就約在上一層樓會合吧。你就走那邊的樓梯上來。恐怕是螺旋的階梯，勸你最好閉著眼睛比較好喔。」

一會兒見，留下這麼一句，橙子小姐乘上電梯，向著上一層升去。

指示燈一直升到了十層。

——我呆呆地目送著閃爍的指示燈，忽然想到，現在只剩下自己一個人了。

在大廳之中，只有我一個人。

只有我自己在呼吸的世界。

難以判別究竟是白天還是夜晚的巨大密室。

完全像是整個房間被真空塑膠膜包起來似的，過於沉重的壓迫感。

我不知道。所謂公寓的建築物，竟然是這樣一個令人恐懼的與外界隔絕的異界。

「可惡，絕對不會再降下來了吧，橙子小姐。」

雖然自言自語能多少放鬆一下心情，不過像是起到了完全相反的作用。

自己的聲音像是變成了別人的聲音一樣傳回到耳中……我想所謂半夜的墓地，恐怕也不過就是這麼恐怖罷了。

總而言之呢。只要還處在這個大廳裡，就擺脫不掉壓迫感的糾纏。做好心理準備的我沿著通往東棟的走廊走了過去。

一來到外面，大廳的壓迫感就消失了。圍繞在外面的走廊上景色毫無趣味。四四方方的與普通的公寓沒有什麼區別。

一邊打量著一邊想著盡頭處前進。向著東棟的最後面走去，最後我來到了四樓的405號室。

——九天前的夜裡。來到這個房間的竊賊，在這裡目擊到屍體而逃走。

在混亂之下向員警求助的竊賊再一次來到這裡，卻又見到了和平時一樣生活著的一家人，於是更為混亂了。

竊賊是看到幻覺了嗎。

還是說，中間出了什麼差錯呢。

我鼓足勇氣按下了門鈴。

叮咚，相當明快的聲音。

不久——公寓的房間的門吱的一聲被打開了。

房間中的黑暗流淌出來。

有什麼東西，從裡面伸了出來。

先是，人的手腕。

然後是，頭。

「你好，這裡是臙條家……你，是誰？」

門開了，一個不甚和藹的中年男性，像是覺得非常麻煩似的問道。

◇

——結果，那種事情只不過是沒有根據的傳聞而已。

發生事件的五號室臙條家沒有異狀。

回到大廳，電梯依然停在十層。按下按鈕就會降下來吧，在其中有著橙子小姐。恐怕會用很可怕的眼神責問我為什麼不使用樓梯吧。

沒辦法，只好向電梯側面的樓梯走去。

充滿大廳的空氣依然沉重，不過由於證實了臙條家不過是普通的人家而多少輕鬆了一些。

在有些暗淡、泛紅的電燈的照耀下，我開始走上樓梯。

樓梯是呈直角形彎曲的類型，如同纏繞著電梯一般向上方和下方延伸。如同橙子小姐所說，確實是螺旋樓梯。對應著各層，在樓梯的中途開著門，像是通向各層的大廳。

……乳色的牆壁在泛紅的燈光下，看起來感覺好像回到中世紀城堡中的樓梯。電燈的燈光，給人一種搖曳的火焰般的感覺。燈光很暗，照不到樓梯的角落，每登上一階心情就陰鬱一分。

曲折的樓梯前，牆壁的一側有什麼東西在佇立著。我一邊和這樣的恐怖錯覺搏鬥一邊向上走去，終於來到了五樓的大廳……不，用脫離這個詞更準確一些。

五樓的大廳，與四樓的大廳一模一樣。因為是公寓，所以當然不會像百貨公司那樣每一層都有變化。即使這樣，完全相同的構造還是令人不寒而慄。

「來了嗎。那我們下去吧。」

橙子小姐在大廳裡等著我。

我什麼也沒有說便隨著她進入電梯。

一進入電梯，橙子小姐就站在對應著各層的按鈕前頭也不回地說道。

「黑桐，把頭低下去。來玩個猜謎。」

「哎?好的，低下頭就可以了吧。」

電梯門關上了。

仍然是，很大的機械運轉聲。

向下走去的時間不過三秒。在公寓這個巨大密閉空間之中，最小的密閉箱子停了下來。

「那麼開始提問，這裡是幾樓呢?」

聽她這麼一說我抬起頭來。電梯門已經被打開了，能夠看到大廳。與剛才完全相同的大廳的牆壁上，嵌著一個塑膠製的數字五。

「咦……還是五樓。」

不過，電梯確實動了。這樣一來，就是我弄錯了。

稍微考慮了一下，說出了理所當然的結論。

「那麼，剛才那是六樓了。」

「回答正確。黑桐想上一層樓卻上了兩層樓。雖然是很容易搞錯的樓梯設計，不過這只不過是附贈品一樣的東西而已。

說起來呢，作為公寓來說這很奇怪吧。確認自己所住樓層的手段，只有大廳裡的那麼小的一個文字。越是去向高層，在電梯內的感覺就越模糊。這樣一來只要在電梯內的開關上作一點手腳，沒有住慣的人就不可能分辨出四樓和五樓來了。有機會的話可以在附近的公寓裡試一試。時間最好是深夜，氣氛會很不錯的。」

只說了這麼一些，橙子小姐關上了電梯門。

不久便抵達了一層，我們離開了大廳。

「對了，稍微去東棟看一下吧。確實無論哪一棟建築在一層都有大廳吧？」

「是的。正好和二樓的設施相連的貫通構造。稍微有點像是賓館大廳那樣的感覺……對了，東棟的大廳不是橙子小姐你設計的嗎？」

是吧，簡短地回答著，橙子小姐走了過去。

一層的大廳，總而言之是圓的中心。

從這個中心有一條細線一般延伸向東西方向的走廊，連接著兩棟建築一層的大廳。兩棟建築的大廳似乎都是用作休息室吧。

不久我們來到了東棟的大廳。

那是一個略顯寬廣，空無一物的廣場。大廳高度直達二樓，寬大的樓梯一直延伸到二樓的平臺上。

在電影中經常見到，像別墅大廳一般的感覺。庸俗的樓梯從半圓形的休息室正中延伸到二樓。周圍只有乳色的牆壁，地板則是大理石材質。

「如果有裝置的話，差不多就在這裡了吧。製作得像是為了以防萬一的逃跑路線。」

說著，橙子小姐在大理石地板上跪下來。然後像尋找化石的學者一般用手不斷地觸摸地面。

「……那個。妳在做什麼呢，所長。」

「注意看。在這個地方呢，你沒有注意到樓梯被動過手腳嗎？這是被移動以後的樣子吧。」

「？」

樓梯被，移動過……？

像是被塞在那個箱籠裡的樓梯被移動的話，也即是指有著電梯的中心立柱被移動過了。

那樣愚蠢的事情，為什麼。

「不是立柱。只有樓梯而已。你沒有看到牆角那邊嗎。牆壁上有擦傷吧。啊啊，是的。恐怕你沒有注意到那裡吧。」

橙子小姐依然用手觸摸著地板，頭也不回地說道。

……確實，我並沒有注意到那裡。不對，樓梯處那麼暗，電燈的光線根本就照射不到，所以理應注意不到才是。

「……但是，樓梯是不可能移動的。一旦移動那個立柱的話，這棟公寓不就崩壞了嗎？」

「所以我才說被移動的只有樓梯。就是火箭鉛筆啦，總之。」

「火箭鉛筆，那是什麼？」

橙子小姐的手忽然停了下來。

然後她一下子站了起來。

「不知道嗎。就是在一支鉛筆之中，放進十個左右的鉛芯。像小火箭一樣塞緊。很像是手槍的彈倉吧。在鉛筆之中縱向地連接著，鉛芯從前方減少的話，就從最後面裝填上。前面不斷會有新的鉛芯被頂出來，這樣就省卻了削筆芯的時間，是一種很方便的書寫工具……現在應該也能買到，就印象來說是機械迴圈。」

難以理解，橙子小姐感歎道。

雖然對於她所說的火箭鉛筆沒有什麼印象，不過機械迴圈這種表達方式倒是一說就明白了。也即是說，只從下方挪動樓梯的意思吧。

「是指將螺旋樓梯從下方向上推吧。用活塞或什麼的。」

「應該是的。從一開始就多作出半層左右來吧。似乎是在使用電梯的同時從下方向上頂。並不是為了增高一層，而是為了將螺旋的出口挪開。這樣一來北與南就顛倒過來了。」

那麼回去吧，橙子小姐走了出去。

返回到中央大廳，到要從這個圓形的公寓中離開的期間裡，所長一直在叨念著難以理解。

「……你真的不知道嗎？火箭鉛筆。在我上學的時候可是相當流行的呢，那個。」

◇

最後的收穫，是停在路邊的車上被貼上了違規停車的罰單。

仔細一看，公寓前的道路雖然很寬卻沒有什麼車子，停在路邊的就只有橙子小姐的車，所以才會特別明顯吧。

／8（螺旋矛盾、4）

那一夜。

在工作結束並將之前的調查資料完成一個段落之後，我前往了式的公寓。

十一月九日的晚上八時多。

從這個時間算起直到日期轉變為翌日，式都沒有回來。

／9（矛盾螺旋、5）

……卡答、卡答、卡答、卡答。注意到時，我正身處兩儀的房間。

自從向那傢伙坦白了自己殺死父母的事情之後，就再也沒有踏入過這間殺風景的房間。

外面是一片夕暮的景色。一如往常令人定不下神來的時鐘的時針，已經指向了六時。

——頭痛。與兩儀斷絕關係已經九天了。我在已近十一月的街頭過著流浪者的生活。飯也不吃，只是一味地尋找著發現父母屍體的新聞報導。由於這種過分的，作為人類最底限的生活，頭痛逐日地強了起來。並不僅僅如此，身體也開始出問題。不注意保養的緣故，關節也變得沉重起來。

「……我這是在做什麼呢。」

抱膝低語道。原本是不打算再到這裡來的。但現在——

只是想聽聽兩儀的聲音。牙齒喀喀地打著顫。

我在害怕，像是在尋求救助一般，不知什麼時候已經來到這裡了。就在沒有電燈的黑暗中發著抖。

突然，世界被光明充滿了。

「你在幹什麼啊，臙條?喜歡不開燈在裡面埋伏嗎?」

身穿白色的和服與紅色皮夾克的少女說道。對於我在這裡一點也沒有感到奇怪。披至肩頭的黑髮也好，深邃的黑色眼瞳也好，如同男人一般的語氣也好。與以前完全沒有分別，兩儀理所當然地進來這個房間。

「不過時間選得倒是相當好。來得正好呢。」兩儀低聲說著，同時將手中的包裹放到床上。然後便走進那間沒有人使用的隔壁房間，取出了一個與包裹同樣細長的木箱。

「稍微等一下，我要把它組裝起來。」兩儀解開包裹。裡面是一柄未經修飾的裸刀。和服少女很熟練地打開木箱取出刀的鞘和柄以及大如銅錢的鍔，並將其組裝起來。

「哎呀，刀身太小了。刀鍔的圓孔怎麼也合不起來啊。可惡……沒辦法只好先這樣，那東西就只有這麼一個。」

兩儀感覺很不滿似地說著，將只把刀刃組裝好的日本刀隨手放到了床上，向我轉過頭來。

「好了。你有話要說吧。」與說的話正相反，兩儀的表情和以往一樣毫無關心的神色。

我——並沒有考慮該如何說出口來。只是想要有什麼人來救助我而已。

……沒有變化。我與兩儀初次會面時也是一樣，甚至連想要獲得什麼樣的幫助都回憶不起來。

「——我不知道。我，到底該怎麼做。對自己也沒有自信。」

兩儀什麼也沒有說，只是看著我。

我只得據實地說出來。

「今天，在街上看到了母親。一開始還以為是很相像的人。但是……毫無疑問那是母親。我就跟在她的身後，結果看到了難以置信的事情——那傢伙，回到了那間公寓裡——

——」

無法止住身體的顫抖，就這麼神經質地說個不停。

——然後。兩儀說了一句是嗎，站起身來。

「總而言之，你的父母還活著是吧。新聞裡也沒有報導出來，所以這麼想也是理所當然的。」

「那怎麼可能呢！我確實將媽媽殺死了。連父親也死了。這是絕對的。要是還活著那才奇怪呢！」

是啊。那種情形下，怎麼可能還像平常一樣活著呢。又怎麼可能再回到那個像平常一樣的自己的家裡去呢。那個，染滿鮮血的地獄一般的家，為什麼——

「哎，果然是出了什麼差錯。那麼去確認一下吧。」

「——什、麼？」

「就是說，去那個公寓確認一下不就好了嗎。實際上臙條的父母是活著呢還是死了呢。就這一點去確認一下吧。」

就這麼決定了，兩儀便開始行動起來。將一柄長刃小刀放到皮夾克的內口袋中，又在腰帶後方夾帶著另一柄短刀。

即使準備這麼多危險的東西，對於她來說就像去附近的小店裡買包菸一樣輕鬆，然後她走了出去。兩儀似乎是打算一個人去的樣子。

儘管一點也提不起勁來，可是又不能讓她一個人行動，因此我也跟了上去。

「臙條，你會騎摩托車嗎？」

「和一般人差不多吧。」

「那麼就這樣了。就用剛才騎回來的那台車去吧。」兩儀開始往地下的停車場走去。

這麼小的公寓竟然還有地下停車場，這件事情讓我很驚訝。不過兩儀準備的摩托車更讓我驚訝。

那裡停放著一輛安裝著側座的跨斗式重型機車。兩儀毫不猶豫坐進了側座。我也自暴自棄地跨上摩托車，向著一個月前還生活在那裡的港區公寓駛去。

◇

由於騎著不熟悉的重型機車的關係，抵達公寓時已經是晚上七點以後了。在很難被認為是十一月的寒空下，在月下矗立著一棟圓形的建築。與周圍正方形的公寓排列成了一條直線。這個奇怪的建築建造得很不尋常，東棟和西棟相分離。我的家就在東棟的四樓。不，原本在西棟就沒有住著人。由於住戶很少而處於閒置狀態。

據說希望遷入的人多得像山一樣，但是公寓的所有人不知是怕生還是怎麼回事，只允許不到一半的住戶入住。

……之所以我家能住進這樣高級的公寓，據說是因為父親認識所有人的緣故。

「到了，就是這裡。」向副駕駛座上的兩儀說道。

兩儀則用看著幽靈一般的眼神打量著公寓。只說了一句「這什麼呀？」

我將摩托車停在路邊，然後步行向公寓走去。

圍有水泥牆的宅地，比起某些低品質的小學還要大一些。由於建築本身是圓形的，所以占地並不算很大，周圍的庭院則顯得相當寬廣。

如同將庭院一分為二似的道路，一直延伸到公寓前。我帶著陷入沉默的兩儀進入了大廳。

在大廳中走了沒多遠，便來到位於公寓中心的大立柱前。立柱中裝設著電梯，其側面則是幾乎沒有人會去使用的樓梯。我按下了呼喚電梯的按鈕。

卡答、卡答、卡答、卡答。

……討厭的感覺。心跳比平時要劇烈，呼吸也困難起來。

這也是當然的。因為現在正要前往放有被自己所殺死的傢伙屍體的房間。

電梯來了。

進入其中。兩儀也跟上來。門關上了。

嗡——————————嗡。

隨著熟稔的機械音，電梯向上移去。

「——被扭曲了。」兩儀低聲說道。

電梯來到了四樓。我下了電梯，直接走向正面南向的走廊。然後來到公寓的外側，走廊垂直轉向了左邊。這是圍繞在東棟外側的走廊，左側排列著公寓的房間，右側面對著外面，為了防止失足跌落上面有著約胸部高度的護欄。

「走到底最裡面那間就是我家。」我向前走去。一如往常安靜的公寓中，既聽不到從房間中傳出的人聲，也遇不到走在走廊上的人。來到盡頭處的房間前，我停下了腳步。

——真的要進去嗎？手臂無法動彈，眼睛模糊起來。無法握住門的把手。

對了，在那之前要先按門鈴。

即使有家裡的鑰匙，不按門鈴就進去的話是會驚嚇到母親的。曾經有一個來討債的傢伙未經許可擅自破門而入，從那以後回家時不按門鈴會讓母親害怕的。

手指伸向門鈴的按鈕。然而兩儀阻止了我。

「不要按門鈴。進去吧，黐條。」

「——妳在說什麼啊。打算隨隨便便地進去嗎？」

「隨便也好什麼也好，原本這就是你的房間吧。況且不要觸動開關比較好。否則就弄不清這裡的機關了。你有鑰匙吧，給我。」

兩儀從我手中接過鑰匙，打開了門鎖。

門開了，裡面傳來了電視的聲音。有人。

毫無感情徒具形態的家人之間的對話聲傳了過來。那是父親在抱怨的聲音，抱怨著現在的生活都是母親與這個社會所造成的。還有默默聽著，只會點頭的母親的聲音。

「——」

這是，毫無疑問的臙條巴的日常。

兩儀無聲地走了進去。我也——跟在她的身後。離開走廊，打開了通向起居室的門。與豪華的房間不協調的廉價飯桌和小型電視。從沒有認真收拾過，滿是垃圾的污穢房間。身處其中的，毫無疑問是我的父母。

「喂。巴還沒有回來嗎。已經八點了，工作都結束一個小時了。真是的，又跑到哪裡玩去了吧，那傢伙！」

「是啊，怎麼辦呢。」

「那傢伙根本沒有把家裡的人當家人看，都是妳太寵他了。可惡，再不把錢交出來看我怎麼收拾他。從來就沒有給過我一毛錢。他以為是靠著誰才長這麼大的啊，那傢伙！」

「是啊，怎麼辦呢。」

——怎麼。

這是，怎麼回事。

父母都在這裡。儘管膽小卻總以為自己很了不起的父親，還有只會應和他的母親。理應已經被殺死的兩個人，卻在這裡過著一成不變的日子。

不，並不是這樣的。這些傢伙，為什麼對於走進來的我們連頭也沒有回過一下——！

「臙條你通常幾點回家？」兩儀湊到我耳邊問道。我回答是九點左右。

「還有一個小時嗎。那麼就在這裡等到那個時候吧。」

「什麼意思啊。妳到底打算做什麼，兩儀！」對於她那種坦然的態度我生氣地詰問起來，兩儀則很不耐煩地瞥了我一眼。

「既沒有按門鈴也沒有敲門的話，那麼也就不會有應對客人的行動。我們並沒有按下使其應對除被決定的模式以外的行動的開關。所以現在只不過是在沒有客人來到的模式下，臙條的父母平常的生活而已。」

說著，兩儀大搖大擺地穿過起居室走向相鄰的房間……那裡是我的房間。我躊躇良久，轉過臉避開父母的視線走進了自己的房間。

然後只是站在裡面。兩儀也靠在牆上呆呆地等待著。在沒有開燈的房間之中，我與兩儀只是在等待著。

等待著什麼？哈，還用問嗎？當然是，如往常一般歸來的臙條巴了。我，身處曾經殺過人的地方，等待著我自己。那是相當詭異的時間。

同時感覺到永遠和一瞬的苦楚。現實感縹緲不定，時針在逆向轉動。到了最後，我回來了。

終於回來了。已經回來了。兩種感覺交織在一起，巴對父母一句話也沒說，默默地回到了房間之中。

引人注目的紅髮。瘦小的身體。上中學之前一直被別人當成女性的面容。有著一副冷眼看待世間的巴，深深地歎了一口氣。

……如深呼吸一般。完全像是相信著這種行為能夠解消今天一天的痛苦一般，認真而又微不足道的儀式。就連巴，這個巴也沒有注意到。

好像我與兩儀都變成了幽靈似的。不久，巴鋪好床睡下了。

很快。我知道了接下來所要發生的事情，但是卻什麼也不能思考，只是凝視著臙條巴。父親的聲音，以及初次聽到的母親衝動的聲音。

發出尖叫聲的母親在拼命地頂撞著父親。

就好像狂吠的狗一般，聽來並不像人類。也許她是不明真面目的金星人也說不定……女人的歇斯底里竟如同吸毒者一般瘋狂，我還是第一次知道。

真是愚蠢的，無所謂的真實的體驗。咚，可厭的聲音。

像是母親發出的人類急促的喘息聲，越過隔扇也能夠聽到。

卡答、卡答、卡答、卡答。

「……不要。」縱然說出了口，卻什麼也無法改變。因為，這是——

卡答、卡答、卡答、卡答、卡答。

紙門開了。巴醒了過來。站在那裡的母親手中，握著一柄大大的菜刀。

「巴，去死吧。」像是什麼東西被切斷似的，毫無感情的女性的聲音。卡答、卡答、卡答、卡答。巴在逆光中是看不見的吧。

母親……確實是。非常悲傷似的，流著淚。卡、答。

母親胡亂地向巴刺去。腹部，胸部，頸部，手，腳，腿，手指，耳朵，鼻子，眼睛，最後是額頭。菜刀便在此時折斷了，母親拿起斷掉的菜刀砍向自己的脖子。

——房間迴蕩著一個鈍鈍的聲響。

卡答卡答。卡答卡答。

卡答卡答。卡答卡答。

卡答卡、答。卡、答卡、答卡答。

……卡答卡答卡答卡答卡答！

啊啊，為什麼——

「——過分的，夢。」

成為了現實的，我的惡夢。

但是，無論這究竟是什麼現象都沒有意義。只是過於現實了，讓我只能在一旁強忍著嘔吐的感覺。白色的和服動了。

兩儀從房間中離開了。

「我已經明白了，走吧。在這裡已經沒有事情了。」

「……沒有事情了，為什麼！有人——我，明明死在這裡了。」

「你在說什麼呢。看清楚了，一滴血也沒有流出來不是嗎。到了早晨就會醒過來的。這是朝生夜死的一個『輪』。倒在那裡的並不是朧條。因為，現在活著的人難道不是你嗎。」

聽了兩儀的話，我轉頭望向慘劇的現場……確實，雖說是相當凶暴的情形，卻看不到一滴血……

「為、什麼。」

「不知道。去做這種事情有什麼意義根本搞不清。總之這裡已經沒有事情了。好了，趕緊去下一個地方吧。」

兩儀走了出去。我忍不住向那背影問去。

「下一個地方——還要去其他什麼地方啊，兩儀！」

「還用問嗎。去你真正住的地方，臙條。」

毫不猶豫地——彷佛要將我內心的混亂一掃而空，兩儀如此說道。

◇

回到了中央的大廳，兩儀沒有乘坐電梯而是直接轉向了電梯的背側。在電梯的後面……也就是北邊有一條通向西棟的走廊。

西棟，與東棟的構造完全相同。由於這棟公寓本身的性質，住在東棟的人不會進入西棟。儘管生活了半年以上，我卻直到現在才注意到這個理所當然的事實。時間已經過了十點，風吹在身上如針刺般痛。

……西棟之中沒有人居住。因此，就連電燈也只是保持著最低限度的照明，從並列的房間中，完全看不到一絲亮光。只是憑藉月光來照明的，冬天的薄暗。

兩儀毫不遲疑地走在無人的走廊上。406號室，407號室，408號室，409號室……一直來到了最後的410號室前，停下了腳步。

「讓我覺得奇怪的，是一些微小的細節而已。」兩儀一邊注視著房門，突然一邊說起話來。

「你不是說住在405號室嗎。然而幹也卻是最後才念到你的名字。那個循規蹈矩的傢伙不會毫無理由改變順序的。這樣一來名為臙條的一家人如果不是住在四樓最後的房間，也就是410號室，那可就太奇怪了。」

「——妳說什麼？」

「那個電梯不是有一段時間無法運轉嗎？住戶們全部住慣了這棟公寓時終於可以使用了。這就是開始的信號。這全部是，為了將南與北逆轉過來而設下的機關。電梯設計成圓形的也好發出聲音也好，都是在故弄玄虛。就連二樓不被使用也是這個理由。要在讓乘坐的人發覺不到的情形下多轉半圈，最低限度要預留出一層樓左右的距離吧。」

北與南——被交換了……？這種像小孩子遊戲一般的裝置，真的存在嗎。但是，假設真正存在的話又怎麼樣呢？

從電梯中出來後所面對的道路是通向東棟的。這是理所當然的事實吧。那麼——若是沒有注意到電梯回轉半圈的話，從電梯出來走向面前的道路就是日常。

如果真的在一無所知的情形下回轉後的電梯出口並非向南而是向北的話，我至今為止都是走進了西棟。這個大廳的南側與北側的構造完全相同。無論是哪一個樓的走廊都是直角形地折向左側，所以根本察覺不到異常。

「那麼——妳的意思是指，這裡才是我的家了？」

「嗯。正確說來是你僅僅入住了一個月的家。電梯開始運作之前的家。恐怕樓梯也隨著電梯的運作而有所調整了。很難說樓梯的出口沒有被反過來。這裡的樓梯不是螺旋狀的嗎？」

啊啊，完全如此。我連點頭的心情都沒有了。

「不過這也太誇張了吧。這種事情一般是會被發覺到的吧！」不想去承認而予以反駁，然而兩儀卻用很平靜的眼神否定了我所說的話。

「這裡並不是正常世界。是異界。周圍儘是相同的方形建築，風景並沒有什麼特別的差異。公寓之中用牆壁分隔著。乳色的牆壁到處混雜著奇怪的形狀，在無意識中給視網膜增加了負擔。

——由於沒有任何一點小的異常，所以也就注意不到大的異常。」

兩儀將手伸向門把手。

「要打開了。這可是闊別半年的自己的家喲，黐條。」

兩儀很開心似的說著。

我感覺到——這是，絕對不能打開的一扇門。

◇

410號室之中，是黏稠的黑暗。

只有黑暗。

卡答卡答卡答卡答。在耳朵的深處，響起這種聲音。身體，還有關節，十分沉重。

「電燈，是這個嗎。」黑暗中，兩儀的聲音響起。啪的一聲電燈被點亮了。

「————」

倒吸了一口氣。

但是，並沒有感到驚訝。因為這種事情，早在很久遠的過去就已經明白了。

「死了差不多有半年了吧。」

兩儀的聲音十分沉著。啊啊，是這樣沒錯吧。

在我們所進入的客廳中，有兩具人類的屍體。污穢的人骨，以及微微附著在上頭像肉一樣的東西。腐爛的肉泥流到地板上堆積著，

變成了不知是什麼東西的垃圾堆。臙條孝之與臙條楓——我的父親與母親的屍體。

我在一個月以前，由於不想再見到自己被殺的惡夢而殺死的父母的屍體。不過是半年以前的屍體。是現在也依然生活在東棟的名為臙條的家庭——對於這種矛盾，我無法再考慮得更多。

就像無事可做、只是靜靜站在一邊的兩儀一樣，我絲毫不覺得驚訝。懷著如同眺望沙漏不斷流逝般平靜無波的心情注視著屍體。剛才竄入眼中的景象——和我每晚所見到的惡夢重播影像相比，像這樣，這種早已被殺死的屍體雖然令人不快，但感覺不到特別的衝擊。

已死去很久的人類屍體。連究竟是誰也無法判別的骨頭山。

原本是眼睛的部分開了兩個如同黑暗的洞窟一般的洞，只是在凝視著虛空。

……毫無價值。像這樣沒有意義，毫無回報，愚蠢地死去的，是我的父母。無法忍受來自周遭的迫害，並且連因此而性情大變的丈夫也無法違逆，在不斷重複著每一天的生活的結束將父親殺死，同時也殺死了她自己的母親。

「——————」

儘管如此，即使是這樣，我也無法移開我的視線。這算什麼。

我該怎麼做。

——既不是父親也不是母親。只是極端厭惡的兩個人死掉了而已，為什麼我，會變得像是一個木偶呆呆地站在這裡呢——？

這時。從玄關方向，傳來了開門的聲音。

「哎，很有幹勁嘛。」

兩儀笑著說道，隨後從皮夾克的內側取出了短刀。有什麼人慢慢的走進了客廳。

既沒有出聲也沒有發出腳步聲，進來的人影似乎是一個中年人。臉上沒有表情，空虛的視線中反而帶有一種危險的感覺。

似乎在哪裡見過的男人，向著我們襲擊過來。如同被絲線操縱的木偶一般，沒有任何徵兆。然後，兩儀輕而易舉地殺死了他。

一個。兩個。三個。四個。然後向著從玄關不停湧入的公寓的住戶們，如舞蹈般殺了過去在其中沒有一絲多餘的成分存在。很快客廳便被屍體堆滿了。兩儀拉過我的手奔跑起來。

「留在這裡沒有意義。快走。」

兩儀不愧是兩儀。

我——自從看到父母的屍體後就開始覺到恍惚，但是儘管如此我也無法接受面前的狀況。

為什麼——要這樣不由分說就殺人呢，這傢伙。

「兩儀，妳——！」

「有話之後再說。何況這些傢伙並不是人，都已經死過不知道多少次了。這種東西既不是人也不是死人，不過是人偶罷了。每個傢伙都想要去死，真讓人噁心。」

第一次——露出滿是憎惡的表情，兩儀奔跑著。我微微躊躇了一下，然後踩著被兩儀殺死的家庭成員們來到了走廊上。

來到走廊，已經有五個人倒在地上了。就在我轉過眼去的瞬間，兩儀已在八號室前砍倒不知道多少人了。

——好強。甚至可以說是壓倒性的。

這些傢伙似乎是從東棟過來的，卻並不像電影中的殭屍那樣動作緩慢。以異於常人的速度不斷襲擊過來。儘管如此，兩儀連眉毛也沒有動一下便將之解決。沒有出血，正如兩儀所說那些傢伙並不是人類吧。完全沒沾到住戶濺出來的血便將對方殺死，打開通向央大廳的路的兩儀，如同白色的死神一般。我向著被兩儀切開的人群的前方看去。

從大廳流出電燈的光線，勉強照在沒有照明的西棟走廊的入口處。那裡佇立著一個黑色的人影。與沒有意志的住戶們不同。

幾乎讓人誤以為是黑色石碑的影子，是一個身著黑色外套的男人。

在看到他的瞬間，我的意識凍結了，如同被切斷絲線的人偶一般連指尖也動彈不得。

不應該看到他。不，不對。我就不應該來這裡。這樣就不會見到他了。不會見到那個，與靜靜的慘禍相應的，惡魔一般的黑影——

／10

那個男人，在黑暗的回廊下等待著。

似乎是為了守住通向中央大廳的，狹窄且唯一的路一般。

身著黑色外套的男人就連月光也拒絕著，宛如比夜還要深邃的影子。

黑色的男人毫無感覺地看著斬倒公寓住戶們的白衣少女。也許是感覺到了這種眼神，將最後一個擋路的住戶殺死之後，兩儀式停下了腳步。

少女——式，直到如此靠近才發覺到那個男人。距離不過五公尺。直到這種距離才感覺到敵人，就連她本人也不敢相信。

不——這種事情不可輕視。儘管看到了男人的身影卻絲毫感覺不到其氣息這一事實，讓兩儀式那種遊刃有餘的感覺完全消失。

「……實在很諷刺。這裡本來應該是要在式被我殺了之後才會蓋好。」

用沉重的，讓聽到的人不禁從心底屈服的聲音，魔術師說道。一步，男人向前走來。

對於他漫不經心滿是破綻的前進，式卻沒有反應。

明明知道眼前的男人是敵人，會將自己和臙條巴一併殺死，但卻無法像平時那樣迅速接近。

『——這傢伙，我看不到……!?』

強抑住內心的驚異，式凝視著那個男人。之前在毫不介意的情形下都能看到的人的死，這個男人卻沒有。

對於人類的身體，有著只要去劃過便能夠將之停止的線。那是生命的破綻，還是分子結合點間最弱的部分，式並不知道。只是能夠看到而已。

至今為止的任何人，無一例外的有著死之線。但是，這個男人，那種線極其地微弱。

式用極其強烈的，至今為止從未有過的毅力去凝視那個男人。腦部也許因此而過熱，意識大半都恍惚了。這樣拼命地去觀察對手，終於看到了。

……能夠看到位於身體的中心，胸部正中的洞。線如同孩子的塗鴉一般在同一個地方劃著圓，結果看來如同一個洞。

「——我認得你。」

那個，有著奇怪的生命存在方式的對手，認識式。現在的式所回想不起來的遙遠的記憶。兩年前的雨夜所發生的事情的殘片。

男人回答道。

「是啊。沒想到隔了兩年，才又能這樣面對面。」

如同捏住聽到的人的大腦一般，沉重的聲音。

那個男人緩緩地伸手觸摸自己的鬢角。頭的側面。從前額向左，有一條筆直的傷痕。那是兩年前，兩儀式所刻下的，深深的傷痕。

「你是——」

「荒耶宗蓮。一個要殺死式的人。」

連眉毛也沒有動一下，魔術師斷言道。

那個男人的外套看來確實像是魔術師的穿著。從雙肩垂下的黑布，如同童話中出現的魔法使的斗篷。

在斗篷之下，那個男人伸出一隻手。如同要抓住一定距離外的式的頭一般，緩緩地。式的雙足微微放開，調整好體勢。之前都是單手使用的短刀，不知何時已經用上了雙手。

「你的興趣還真糟糕，這棟公寓有什麼意義？」

強忍著自身的緊張——以及恐怕是生平第一次體驗的畏懼，式開口了。

「回答啊，魔術師。」式彷彿自己應該有聆聽的資格般問道。

「在普遍上沒有意義，這終究只是我個人的意志。」

「所以說那些重複也只是你的興趣囉？」

雙眸點燃了敵意，

式凝視著那個男人。

不斷重複——就是如同臙條家一樣，夜裡死去早晨復活這種不可思議的現象。

「雖然效果不是很好。但我創造出一個在一天內就能完結的世界。然而那還是無法與將生死並列的兩儀相比。若不在人們身上使用相同的儀式死亡，給妳的獻祭便不完全。如果死亡之後再次復活的螺旋不完全。沒有達到相互纏絡且相剋的條件，便無法將其連繫起來。於是我便準備了他們的屍體作為陰，他們平常的生活作為陽。」

「啊?所以這一邊是停屍間，那一邊是日常生活嗎?還真是拘泥於無聊的事情呢。那種東西，不是什麼意義也沒有嗎。」

「——我理應回答妳『本來就沒有意義這種東西』，不過，」

說到這裡，那個男人向呆然站立在式背後的少年望去。臙條巴，直視著名為荒耶宗蓮的黑暗而動彈不得。

「是的，毫無意義。從最開始人類就不可能同時存在兩種屬性。死者與生者無法相容。在滿是矛盾的這個世界中，個體是沒有共通這層意義的。」

魔術師將視線從少年身上移回到少女身上。如同臙條巴已然毫無意義一般。

「這只是單純的實驗罷了。我想測試一下人類真的有辦法迎接不同的死亡方式嗎？人必定會死，但那只不過是每個人被註定的死而已。所謂一個人最後的死法，只能有一個。死於火災的人無論何種形式都不過是死於火災，被家人所殺的人無論何種形式都逃不過為家人所殺。第一次脫離了死的困境，但那只不過是為了迎來第二次，第三次的死所註定的方法。這種有限的死的方式，

我們就稱呼這個被決定好的方法為壽命。縱然人死的方式是註定的。我猜想當重複數千次死亡之後，這種螺旋應該也會出現誤差吧。誤差哪怕是極其細微的事故也無所謂。像是下班途中被車撞死這種平常的不幸事故——但目前為止，都只得到相同的結果。二百個不間斷的重複，只是讓我看到了人的命運無法改變這一事實而已。」

很無聊似的，男人毫無感情地說道。僅僅如此——式，直覺感到不得不在此殺死這個男人。

那個男人通過什麼樣的手段，經過什麼樣的過程來做到這種事情這一點並不清楚。只有一件事情可以確定，那就是那個男人為了如此無謂的實驗，令臙條巴的家人每天不停地相互殺戮著——

「為了這個理由才將相同的死法……不斷重複最後的一天嗎？所以準備了在同樣條件下開始的早晨，以及在同樣條件下生活的家人。所以，在夜晚死去的只有臙條家而已嗎？」

「要是那樣的話就不存在異界這層涵義了。被吸引到這裡的家庭，他們全都是早晚會

走上絕路的人。原本就是在逐漸崩壞，毫無疑問只會走向終點。這是要花上數十年才能結束的苦行，而在這邊只需一個月，就能夠終結。」

……既沒有自誇也沒有歎息，魔術師淡淡地說著。

式瞇起黑色的眼瞳，向黑衣男子投以一瞥。

「……推了煞車壞掉的人一把，這種做法是不對的。

確實，這棟建築很容易讓人累積壓力。到處都是扭曲的。把地板製作得像海一樣四處傾斜，來擾亂平衡感。給眼睛增加負擔的塗裝與照明方式，讓神經在不知不覺間緊張起來。什麼咒術都沒使用就能讓來到這裡的人陷入瘋狂。你真是了不起的建築師呢。」

「錯了。這個地方是蒼崎設計的。要讚美的話應該是向她而不是我。」

男人又向前邁了一步。

似乎是話就說到這裡的意思。

式瞄準那個男人的頸部——最後，問了一個真正的疑問。

「荒耶，你為什麼要殺我？」

男人沒有回答。反而是，說出了令人意外的話。

「巫條霧繪與淺上藤乃，都沒什麼效果。」

「——嗯？」

對於出現預料之外的人名，式想不出該如何應對。

趁著這個空隙——男人又向前走了一步。

「不依附死亡便無法存活下去的巫條霧繪，屬性與妳非常相似但不同。」

被不知何時會奪取自己生命的病魔所侵蝕的巫條霧繪。她是一個只有透過死亡才能體會實際存活的女性。只有死亡這件事，才能感覺到活著的人……她是只有一顆心，卻擁有兩個肉體的能力者。而兩儀式是……依附死亡，只有抗拒它才能體會活著的真實感……是由兩顆心同時存在於一個肉體的能力者。

「只有接觸死亡才能得到快樂的淺上藤乃，屬性與妳非常相似但也不同。」

淺上藤乃因為沒有痛覺而無法體會到外界的感情。這名少女只有透過殺人這樣的終極行為來獲得快樂。在殺人的過程從被殺者的痛苦中產生優越感，才能感受到活著……她屬於被人工方式封印的舊血族。而兩儀式則是接觸死亡，只有藉由互相殘殺才能感受到彼此存在……屬於能力因人為因素開啟才能的舊血統。

「同樣與死相鄰，她選擇死亡，而妳選擇了活下來。同樣面對你死我活的戰局，她享受殺人的樂趣，而妳卻對殺戮懷抱敬意。她們雖是同胞，卻是和兩儀式相反類型的殺人魔。」

式，愕然地——注視著一邊說話一邊接近的黑暗。她只能眼睜睜看著。

「兩年前我失敗過一次。那傢伙和妳過於相反了。我所需要的是擁有相同的起源卻彼此分離的人。是的，高興吧兩儀式。那兩個人其實是特地為妳準備的祭品。」

男人的聲音，如同強抑住笑聲一般高昂起來。然而表情卻分毫未動。一如既往，彷彿苦悶的哲學家容貌。

「還剩有一顆棋子，不過被蒼崎發覺到了也沒辦法。臙條巴是無用的東西。因為你是在我的意志干涉之外，自行來到這個地方的。」

「你這傢伙——」

式向持刀的雙手貫注力量。

男人停下腳步，指向式的背後。

在那裡的，只有方才被式所屠戮的死者們。那是，直至壓倒性的罪，與暗的具現。

「『虛無』乃是妳的混沌衝動，也是起源——直視那股黑暗。然後回想起自己的名字吧。」

含有魔性韻律的咒文響起。就在心似乎被緊握住的感覺之下，式拼命地搖頭大叫著。

「——元凶……！」

隨著迸出的叫聲，式向著魔術師飛奔過去。如同被絞至極限的弓所放射出的箭一般迅捷，伴隨著如野獸般的速度與殺意。

◇

兩者之間的距離，只剩下不到三公尺。

對於相互對峙在狹窄走廊上的式與魔術師來說，並沒有逃走的路。後退之類——連想都沒有想過。

式的身體彈了起來。在這種距離之下接近花費不上數秒。歎一口氣的功夫便足以將短刀插進那傢伙的胸膛。

白色的和服在黑暗中流淌。而在那之前，魔術師發出了聲音。

「不俱、」

空氣為之一變。

式的身體，突然停止下來。

「金剛、」

一隻手伸向空中，魔術師對著式發出了聲音。式，凝視著地板上浮現出的線。

「蛇蠍、」

在魔術師的周圍，一切流動都漸漸中斷了。大氣流動的種種現象密閉起來。

式看到了。從黑衣男人的腳下，延伸出三個圓形的紋樣。

——身體，好重……？

守護著魔術師的三個圓環，酷似描繪行星軌跡的圖形。三個細長的圓環相互重疊著一般浮現在地面和空氣之間。

剛一踏上圓環最外側的線，式的身體的行動力便被剝奪了。

如同被蜘蛛網纏住，脆弱的白色蝴蝶一般。

「這個身體，就由我荒耶宗蓮收下了。」

魔術師動了。

如果說式是在黑夜中殘留下白色和服的影子般奔跑的話，那個男人，就是溶入夜的黑暗中漸漸向獵物逼近。

靠近的過程無法辨認，如同亡靈一般迅捷。在動彈不得的式的身邊，魔術師的外套翻動起來。

對於魔術師毫無預兆的接近，式連反應都來不及。明明看到了——明明看到那個男人向自己走來，卻無法察覺到他就站在自己的身邊。

背上走過一絲寒意。

至此為止，她終於理解到，敵人是不折不扣的怪物。

魔術師伸出左手。彷彿帶有千鈞之力的張開的手掌，像是要捏碎式的頭一般伸了過來。

「別……過來……！」

背上彷彿是擊打過來一般的惡寒，反而讓她的身體從靜止狀態復蘇過來。

魔術師的指尖觸到臉部的那一瞬間，式反射似的背過臉去。順勢轉過身去的同時，向著魔術師的手腕揮去一刀。隨著一聲鈍響，短刀將魔術師的左手切斷了。

「戴天、」

魔術師發出聲音。

確實地被短刀的刃劃過的魔術師的手腕，並沒有齊腕落下。明明刀刃如同切蘿蔔一般乾脆地穿了過去，但魔術師的手連一點傷都沒有。

「頂經。」

右手動了。

像是預測到從不死的左手中逃開的式的動向才放出的右手，確實地將她抓住了。單手抓住少女的臉，魔術師將式吊在空中。雖然式不過是一個少女，但只用一隻手便把人吊起來的身影，讓人不禁想到鬼或是什麼魔物。

「啊——」

式的喉嚨顫抖著。

在如同喘息的聲音中，意識淡薄下去。從男人的手掌中所感覺到的，只有壓倒性的絕望。這種絕望透過皮膚直至腦髓，又沿著脊髓滑落浸透了全身。

式有生以來第一次，

確信自己會就此被殺掉。

「——天真。這隻左手埋有佛舍利子。即便是直死之魔眼，也找不出死亡的弱點。只是單純的切斷，是不會傷到我荒耶的。」

用手掌壓榨著少女的臉，魔術師淡淡地說道。式無法回答。抓住臉部的力過於強大，連回答的餘裕都沒有。

……男人的手腕，是一部專為捏碎人的頭顱的機械。緊緊地勒入臉部的五指無論如何也無法掙脫。如果隨便搖動身體來進行反擊的話，這部機械會毫不猶豫地捏碎式的頭。

魔術師繼續說道。

「何況連我也不會死。我的起源乃是『靜止』。呼喚起源的人，便能夠支配其起源。已然靜止下來的人，你要怎樣去殺他呢。」

式無法回答。她傾盡一切情感，拼命地想要找出男人身上微弱的線。

遊遍全身的名為絕望感的麻醉也好，臉部被緊抓的疼痛也好，這一切統統無視，只為打開唯一的突破口。

然而在那之前。魔術師觀察著被自己吊在空中的少女，作出了結論。

「——這樣啊。不想要妳的臉了是吧。」

用毫無感情的聲音，魔術師的手腕第一次運上了力氣。啪，骨頭碎裂的聲音響起。

瞬間——幾乎要將名為兩儀式的少女的臉捏碎的右手，隨著短刀的劃過確確實實地被切斷了。

「——唔，」

魔術師微微地後退了。

在被吊起的姿勢下將魔術師的手腕自肘部切斷的式，將臉上的斷腕剝下來跳著退了幾步。

黑色的手腕落在地上。脫離到魔術師的三重圓所觸碰不到的距離，式單膝跪倒在地上。

或許是由於幾乎將臉部捏碎的疼痛，或許是由於為了捕捉到魔術師微弱的死之線意識過於集中。式慌亂地呼吸著，只是凝視著膝前的地面。

兩個人之間的距離，再一次拉開了。

「……原來如此，是我大意了。醫院的那一次足以驗證了。生也罷死也罷，只要是能夠行動的東西，便能夠將其行動之源切斷。這才是妳的能力。縱然是我已然停止的生命，由於這般存在而存有使我存在的線。切斷那裡的話確實會將我殺死。雖然左手是唯一的例外，不過又能保留到什麼時候呢。縱然是聖者的骨，只要還能活動，就有促使其活動的因果存在。」

似乎並不在意被切斷的手腕，魔術師說道。

「果然那雙眼要不得。作為兩儀式的附屬品來說過於危險了。不過在毀壞之前——麻醉還是必要的。」

魔術師維持著三重結界向前踏出一步。式，依然凝視著這三重的圓形。

「……不行的。你到現在也應該下決定了。」

反手握住短刀，式說道。

「我也對結界有些了解。修驗道中作為聖域的山裡便存在不讓女人進入而張開的結界，據說進入的女人會變成石頭，不過，結界充其量不過是一種界線。圓之中並不是結界。只有其分界處是阻擋他人的魔力之壁。既然如此——只要線消失的話，那股力量也會消失。」

然後，她將短刀插向地面。將魔術師所擁有的三重圓形，最外側的圓殺掉了。

「——愚昧。」

魔術師有些焦急地向前走去。

再有一步，就來到式身邊了，不過式絲毫沒受影響。

……男人的護身符從三個減為了兩個。

魔術師在內心讚歎了一下。之前並沒有預想到式的直死之魔眼會強到這個地步。竟然連無形，且沒有生命的結界這一概念也給抹殺了，這是何等的絕對性——

在可將接觸到界線的外敵限制住的三重結界外圈——「不俱」被殺害後，魔術師為了捕捉式而奔跑起來。

「但是，還剩下兩個喔。」

「——那也太遲了。」

依然保持單膝跪地的姿勢，式將手伸向背後。在繫住和服的帶子裡，還有第二支短刀。

從背後的帶子中拉出短刀，式順勢向魔術師投了出去。

刀刃，貫通了兩重結界。

如同打水漂的小石頭一般，短刀在圓的上方又彈了起來，向著魔術師的額頭飛去。速度竟有如子彈一般。

「——！」

魔術師下意識地避開。短刀擦著男人的耳朵消失在走廊的深處，理應避開的耳根被挖了出來。

血與肉與碎裂的骨頭，還有腦漿一起迸散出來。

「——嗚！」

魔術師叫出聲來。

在此之前——他，感覺到了刺入自己身體的衝擊。白色的影子在魔術師的身軀中炸裂。當把握到式在投出短刀之後，隨即向自己衝過來的事實時，勝敗已然分曉了。

從肩頭撞過來的式的一擊，如同大炮的衝擊一般。僅僅一擊骨頭便斷了好幾根，在式的手中，仍握著銀色的短刀。

短刀，確實貫穿了魔術師的胸的正中。

「咳——啊！」魔術師吐血了。血，有著如同沙一般的質感。

式拔出短刀，又刺入魔術師的頸部。雙手用盡全力。明明勝負已分，卻以極為拼命的神情刺下最後一擊。

要說為什麼——

「死到臨頭還不認命嗎?這樣妳在地府會迷失的,式。」

——因為敵人還是沒有死。

「可惡,為什麼……!」

式如同詛咒般叫著。為什麼——為什麼,你還沒有死。

魔術師依然一副嚴肅的面容,只有眼球透出笑意。

「確實,這裡是我的要害。但是僅僅如此還不夠。縱然是直死之魔眼,還是沒能讓活了超過兩百年的我喪命。不知何時這個身體也會死去,不過我早就做好了準備。正是為了能夠捉住兩儀式。代價即使是自己的死也十分合適啊。」

魔術師的左手動了。

……是的。勝敗,已然分曉了。

緊緊攥住的男人的拳頭,順勢打在了式的腹部上。

連大樹也能貫穿的一擊,將式的身體打飛起來。僅僅一擊,式吐出的血比起胸與頭都被貫穿的魔術師所吐出的還要多。

隨著喀喀的聲音,內臟,以及保衛內臟的骨碎裂了。

「————」

式就此暈了過去。縱然擁有直死之魔眼,以及卓越的運動神經,但她的肉體也不過是脆弱的少女。儘管卸掉了一半的力量，但還是不可能承受住連水泥牆都能夠擊碎的荒耶的一擊。魔術師單手抓起少女的腹部，隨後撞向公寓的牆壁。

以撞碎式全身的骨頭的勢頭進行的凶殘行為，卻又變為了奇怪的現象……被撞擊在牆上的式的身體，如同沉入水中一般被牆壁吸了進去。

待到公寓的牆壁將式完全吞沒之後，魔術師終於放下了手。

……他的頸部依然殘留有式的短刀，眼中已沒有了之前的威壓感。

短暫的空白流過，黑色的外套連動也沒有動過。

要說當然也的確是當然的。

魔術師的肉體，已經完全地死掉了。

／8（螺旋矛盾、5）

日期已轉為十一月十日，式依然沒有返回自己的房間。式有著不鎖家門便出外的壞習慣，不過最近都好好地把門鎖上了。

因此我也進不了門，在外等了好幾個小時。

……說起來之前秋隆先生也曾這樣在門外等過，無法進到屋內的他將要給式的東西托給我轉交。

式在夜裡散步直至天亮也沒有回來的情形並不罕見。平時的話還無所謂，只是昨天式臨走前的樣子令人感到有些不安。由於擔心這一點於是我繼續等待下去，但是一直到早上她也沒有回來。

／11（螺旋矛盾、6）

在等待著沒有歸來的式的時間裡，小鎮迎來了清晨。一片陰鬱的天空。

懷著難以言喻的不安來到了事務所。

時間已過上午八點。桌子的對面除了橙子小姐以外別無人影，式也許在這裡的最後一絲期待也破滅了。

一如往常打過招呼之後來到桌前，總之先繼續昨天的工作……無論懷有怎樣的不安身體還是能自由的活動。或許是由於做的是至今為止重複過不知多少次的工作吧，黑桐幹也本人再心不在焉，日常積累的能力也如常地將這種生活送走。

「黑桐，關於昨天的事情。」

從背向視窗的所長辦公桌前傳來橙子小姐的聲音。我呆呆地應了一聲。

「關於那棟公寓的入住者。雖然對於五十家人只調查到三十家人很不滿意，不過調查就到此為止了。那並不是不能調查，而是資料從一開始就不存在。僅存有名字和家庭成員的記錄的三十家之後的入住者統統是架空的。雖然試著去調查過，不過直到第四家都是同樣的情形便放棄了。只不過是利用已死亡的人的戶籍和履歷來捏造出的住戶。」

我再一次歎了口氣。

「被捏造出來的只有東棟的人，這到底是怎麼一回事呢——」試著問去，橙子小姐皺起了眉。露出了好像是身上爬有無數螞蟻一般不快的表情，低聲說道有入侵者。

橙子小姐從桌子的抽屜中取出一枚用草編的戒指，扔給我。

「拿著這個站到牆邊去。不必戴上。很快會有一位客人出現，你只要當他不存在，也別出聲。這麼一來客人就不會發現到你。」

橙子小姐以滿是不快的神情說著。其中有著不容辯駁的切迫的緊張感，我便乖乖地照做。

握著編得十分粗糙的戒指，我站到牆邊那個式常用的沙發後面。

不久便聽到了腳步聲。在這個建到一半便放棄的大樓的水泥地板上，響起大得誇張的腳步聲。腳步聲毫無停頓，直線來到這間作為事務所的房間前。

在沒有門的事務所入口，出現了一個紅色的影子。暗金色的頭髮與碧藍的眼睛，面容深得如同雕刻出來的一般，有著高雅的氣質。

從年齡來看，像是二十多歲的德國人。身穿紅色的外套，如同繪畫般的美男子來到事務所，很開朗地舉起手來。

「哎呀蒼崎！好久不見了呢，身體還好吧？」

臉上充滿著親切的笑容。但是在我看來，那只是如同蛇一般滿是惡意的笑容。

身穿紅色外套的青年，在橙子小姐的桌前停下腳步。橙子小姐依然坐在椅子上，沒有半點歡迎的意思，只是向青年投去冷冷的視線。

「柯尼勒斯・阿魯巴。修本海姆修道院的次任院長到這個偏僻的地方來有何指教？」

「哈哈，這還用問嗎！都是為了來見你啊。在倫敦受到過你許多照顧，所以作為過去的學友來給你提個忠告。還是說，我的好意反而給你添了麻煩呢？」

青年誇張地攤開雙手，作出滿是善意的笑容。感覺上比起德國人來更像是法國王子一般，與橙子小姐是完全相反的類型。

橙子小姐的眼神依然很冷漠。儘管如此，青年的臉上依然帶著笑容。

「說起來日本還真是一個好地方呢。雖然你說是偏僻的地方，不過正因為這樣才能避開協會的監視。在這個國家中存在著獨立的魔術系統，與我們的組織並不相容。大概是從大陸派生過來的密教吧。我是不大明白和神道有什麼區別啦，不過也不是什麼大問題。他們的優點在於絕對不會在自己的支配範圍之外行動，與協會不同偏向於閉鎖一類。在發生事件之後而不是之前採取行動，是事後處理的專家。日本人都是這樣的人呢。噢噢，這可不是懷著什麼惡意才說的。對於我來說這一點反而更令人高興。計畫之中不會有任何打擾，這在我的國家裡是不可想像的。對於從協會脫離的魔術師來說，這個國家還真是理想鄉呢。」

不過原本我就是協會的魔術師所以沒關係，補充這麼一句後，青年笑了起來。

……他只是看著橙子小姐。似乎確實是看不見且發覺不到我的樣子。側目盯著如機關槍般滔滔不絕的青年，橙子小姐終於開了口。

「要是來說廢話的話你還是回去吧。以後不要隨便踏入別人的工房。即使被殺也沒法抱怨的。」

「什麼嘛，妳不也是隨便踏入我的世界嗎。還帶著別人進來，讓我連個招呼都不好打，原本應該是我來抱怨妳沒規矩吧。」

「哦，那棟公寓是你的工房嗎?那個充滿漏洞的結界是你做出來的花招的話，我還真得改變一下對你的評價呢。」

橙子小姐露出了捉弄人的笑容。青年微微皺了皺眉。

「我們的工房在現代之中不過是某種程度的異界而已。所謂群體是能夠忽視外部的異界的，不過對於內部的異界則會在出現問題之前加以排除。為了免遭此患，魔術師在群體之中需要張開隱藏自己的結界。這樣一來魔術師便將異界化為了更深層次的異界。不過若是將隔離出異界的結界設置得過為強大的話，又會被協會感知到——說到底，能夠瞞過任何人的結界，在這個人類社會中並不存在。所謂究極的結界，既不會被文明社會所感知，也不會被魔術協會所發覺。那棟公寓正是如此。可以稱得上是渾然一體了，進行魔術實驗的另一方面，為了使其異常性不外見而施與其社會性的機關。那是半吊子的魔術師永遠無法抵達的結論。

據我所知能夠進行實踐的只有一個人。是呢，你終於追上那個傢伙了。祝賀你呀，柯尼勒斯·阿魯巴。」

「不要這麼看不起我，蒼崎。我根本沒把荒耶放在眼裡。借助人偶的身體，只憑藉腦髓來活下去是我所獨有的技術。沒有我的力量也就不會有那個異界了。」

方才還充滿年輕氣息的聲音聽不到了，青年的聲調如同威嚴的老人般提高了。

「哎呀哎呀。那麼，有什麼事嗎阿魯巴。莫不是專程來這裡自吹自擂的？又不是學徒時代了，彼此都是脫離協會的身分。自己的研究成果還是去向弟子炫耀吧。」

「哼，妳還是老樣子呢。好吧，這種話就留到以後再說。總有一天妳會來到我的世界和我交談的。在妳的根據地果然很難冷靜下來。有趣的事情還是在更為寬敞的地方談比較好。

——蒼崎。太極就先放在我這裡了。」

對於青年自信滿滿的話語，橙子小姐微微有些吃驚。

「——你們在太極之中置入了太極嗎？雖然我對於想要靠近根源的認真心情十分理解，但是這樣做的話還是會產生抑止力。世界或靈長，哪一方會先動是還無法預測。從過去的經驗來看，沒有魔術師能夠控制住它。你們打算自我毀滅嗎，阿魯巴？」

橙子小姐側眼看著身穿紅色外套的青年。不過青年卻是一副得意洋洋的神情，甚至笑了起來。

「抑止力？那個礙事的東西不會啟動的。因為這次並不是要開闢通道，而是沿著原本就開闢好的通道走罷了。理應不會出現反動才是。不過，即使如此事情還是要謹慎地進行下去。名為兩儀的樣品會慎重地去使用的喲。」

——兩、儀？

「你這傢伙把式怎麼了！」

一瞬間，我叫出聲來。

兩個人一齊向我這邊轉過頭來。

似乎在罵著笨蛋一般皺起眉來的橙子小姐，以及愣著注視著我的青年。慘了，即使是這般罵著自己，也已經於事無補了。

身穿紅色外套的青年看著我，好像是忍不住一般——笑了起來。

「是昨天的少年呢。雖然妳說自己沒有弟子，不過這裡不是好好地站著一個嗎。好高興啊，樂趣又增加了，蒼崎！」

他轉向橙子小姐這般說道。如同歌劇的演員一般攤開雙手的他，怎麼看也不像是正常人。

「就算我否認……看來也只是白費唇舌。」

橙子小姐像是很頭痛一般用手指抵住額頭，歎了口氣。

「事情就這麼一些嗎。特意跑來通知一趟十分感謝，不過你就沒有想過我會去通知協會嗎？」

「哼，妳做不出這種事情的。即使妳去通知了，那些傢伙要來到這裡還要花上六天。協會的人來到日本必然要向我這邊的組織打探情報，這樣又能多花費兩天。那麼看吧，要讓某本書上所記載的神創造出一個世界來不是也足夠了嗎！」

啊哈哈哈，青年笑得彎下腰去。這樣笑了一陣子，似乎是滿足了。青年直起腰來轉過身去。

「那麼，再見。妳也需要一些準備吧，不過我可是很期待盡可能早的再會喲。」

最後用開朗的語氣打過招呼，青年翻動著紅色的外套離去了。

「橙子小姐，剛才到底是怎麼一回事！」

「啊啊，就是說式被綁架監禁了。」

身穿紅色外套的青年離開後，我立刻來到所長的辦公桌前追問，然後橙子小姐便給了我這樣的回答。

如此平淡的語氣讓我很猶豫到底該說些什麼，於是我便繼續著連自己也不明白的追問。

「被監禁什麼的，在什麼地方？」

「小川公寓。恐怕是最上層。說起來，那裡沒有通往屋頂的路呢。也即是在第十層的某個房間裡。式屬於陰性所以在西棟吧。」

橙子小姐極為冷靜。從胸前的口袋中取出香菸，望著天花板的同時將之點燃。在等待她吸菸的過程中，我的樂天主義已經不知跑到什麼地方去了。雖然一時還不敢相信式會被搶走，但這即使是謊言也有必要去確認。就在我將要跑出去的那一刻，橙子小姐把我叫住。

「——怎麼。所長平時不是抱持事不關己主義的人嗎？」

對於我帶著不滿說出來的話，橙子小姐很為難似的點了點頭。

「基本來說是那樣的。但是這一次不是別人的事情了。不管怎麼說這都是與我有關的事件。原本，在下決心與式扯上關係時就已經預測到會發生這樣的事情了。」

真是命運啊，橙子小姐重複著以前經常說出口的話語。

「那個呢，黑桐。前往魔術師的城堡就意味著戰鬥。我的這間工房也好，阿魯巴的那棟公寓也好——對於魔術師來說雖然名稱是城堡但是並不是用來防禦的東西。準確說來是用來進行攻擊的東西，是用來將來犯的外敵確實處刑的東西。先不說我，黑桐要是想侵入的話在玄關口就會被殺死了。」

這麼一說，我終於想到那個身穿紅色外套的青年與橙子小姐原來是同類的人。

……確實，我也想過那個相當奇特的怪人不是普通的人。

「不過，昨天不是什麼事情也沒有發生嗎。」

「那是因為昨天你被認為是一般的人。之前不是也說過嗎？魔術師不能對魔術師以外的人使用魔法。隨便出手引起麻煩的話，至今為止的辛苦都化成泡影了。那棟公寓的異常被外界所知曉，並不是阿魯巴所希望的事情。」

雖然這麼說，魔術師想要玩弄我這種程度的人的話不是很簡單嗎。連催眠術也會讓人的記憶模糊起來。要是魔術之類的東西效果應該更高才對。

將這個疑問說出口，橙子小姐點著頭的同時否認了我的說法。

「那個呢，關於人的記憶這方面的話，有許多方式可以操縱。如尼符文中的忘卻刻印就是一種。但是，這種方法已經是過去的事情了。在過去記憶被消除的人出現一個兩個還沒有問題。只要說是被妖精誆騙也就沒事了。可是現在就不一樣了吧？一個人的記憶有異常的話就會被徹底調查。要調查的並不是被消除記憶的本人，而是周圍的人們。家人或友人，以至上級都沒有疑點的可能性也會存在，瞭解到這一點的話就不能輕易去將人的記憶消除。與結界相同。為了隱蔽一個異常而操作記憶的話，下一次便會顯露出操作記憶的異常來。不但再度回到那棟公寓的可能性並非是零。被消除記憶的本人突然回想起來的可能性，也不能說絕對沒有。」

一臉為難地吸著香菸，橙子小姐說道。

……原來如此，確實是這麼回事。雖然對於神經質的擔心多少有些反感，不過在現在的社會中再小的不可思議的東西也會被窮追到底。不，為了去說明所有的事物，最終使得無法說明的事物浮現出來。

那麼不只是記憶，讓那個人整個消失的話又怎樣?破壞理性使其成為廢人，或是消去生命使其成為亡者。死人是不會講話的，這樣一來也就不會洩漏秘密了。

……啊啊，是了。即使這樣結果也還是相同的。周圍的人一定會注意到的。在將資訊化漸漸推至極限的現代中，追蹤一個消失的人的足跡並不困難。最終結果是，來到了那棟公寓。所以說——去到那棟公寓的一般人不會看到任何的異常。那裡奇異的建築設計，就是為了在沒有外界因素干擾的情形下將之驅逐的東西。那個名為阿魯巴的魔術師，縱然是暗地在策劃著什麼不好的事情（這一點，只憑剛才的對話就可以推斷出來），他也只能保持沉默。即使知道偶然來到公寓中的溜門竊賊，還有被暴徒襲擊逃入公寓的女性會將員警叫來，也還是不能出手。操作他們的記憶，或是殺死他們的話，反而會引起關注。

是的——作為一個完全普通的公寓，只是接受那些運氣不好的人們所引發的事件。我想起之前鮮花在這間事務所中所說出口的反論。

為了消除現象而引起的現象，最終會變成將自己向絕境逼迫的行為。但是果然，即使留下最初的現象不管，也會演變成被逼迫至絕境的情形。無論怎樣努力，現象這個詞的含義是不會消失的——

是問題自身將問題逼迫至絕境。已然發生的現象，在某種意義上只能進行修改粉飾。因為現象本身是絕對不會化為無的。

「就是這麼回事。那個結界沒有缺陷。如果沒有那兩個事件的話，式便會在我們沒有注意到的情形下消失，就連其位置也無法確定。從中應該吸取一些教訓呢，黑桐。由於事物總是連帶有許多阻礙，所以並不存在完美的事物。」

橙子小姐的言辭一針見血。

……縱然其本身是完美的，外界卻總存在著無法預測的阻礙。襲向那棟公寓的阻礙，可以說只是偶然發生的那兩個事件吧。

「那個，方才那個人所說的抑止力就是指這種事情嗎？」回想起剛才的對話而問道，橙子小姐依然一臉為難地點點頭。

「——也許是指這個吧。所謂抑止力呢，就是指既是我們最大的同伴，同時也是最大的敵人的方向修復者。我們人類不想死，想要擁有和平。就連我們所身處的行星也不想死。想要永遠存在下去。

所謂的抑止力正是這個。是名為靈長的群體中的任何個體都擁有的統一意志，是想讓自己在這個世上存續下去的願望。收束起除去自我後所剩下的名為人類這一物種的本能中所存在的方向性，因而產生了形態的東西。那是被稱作抑止力的反作用。

是了，假設要讓一個名叫a的溫柔的人來征服世界。他身為正義的人，其統治也相當理想化。通過只有人類才能看到的道德性來治理世界。然而a的行動從靈長全體而非個體的角度看來是惡的，也即是成為了毀滅的要因的情形下，抑止力便會具現。

這是想要存續靈長的世界，這一個就連a也包含在內的人類無意識下的念想的集合體。

為了保護人類而將人類拘束的這個存在，在任何人都注意不到的情形下出現，在任何人觀測不到的情形下將a消滅。人們無意識下的渦作成的代表者，由於無意識而無法意識到。

縱然是這麼說，也並不是指有什麼沒有形體的意識通過詛咒將a殺死。抑止力呢，通常寄宿在能夠成為媒體的人們中間，化作敵人來將a驅逐。成為媒體的人們只擁有將a推翻的能力，而沒有被賦予更強大的力量。也無法將a取而代之。能夠接受下所謂抑止力的靈長全體的意志的受信者，是被稱為擁有特殊頻道的人的稀有存在。歷史上，通常稱之為英雄。

不過到了近代這種稱呼就不再使用了。文明發達了，人們變得很容易就能夠將自身滅絕。

某處的企業的社長傾盡財力來增加亞馬遜森林的採伐量，一年時間地球就完蛋了。看吧，不管什麼時候在什麼地方地球都處於危機之中吧？抑止力的衝動在任何人都注意不到的情形下拯救著世界，這樣的事情有很多。

英雄在一個時代只有一個。拯救世界這種程度的事情在現代還不至於被稱為英雄。再有，如果人類的力量無法制止那個a的話，抑止力便會化作自然現象將a連同其周圍一同消滅。

在過去，某處的大陸沉沒等等也都是這個東西的力量。這樣說起來確實是人類的守護者，但是這傢伙並沒有人類的感情。有時也會在使萬人幸福的行為之前起到阻礙作用。

雖說是相當麻煩的東西，這傢伙到底是人類的代表者。縱然我們無法去認識它，抑止力卻又是最強的靈長。過去不知有多少次，它出現在挑戰某種實驗的魔術師們的面前，將魔術師們全部斬殺。」

……橙子小姐的話相當長。但是與此相似的論點，我似乎在高中的課上聽到過。到底是在什麼課上，又是怎樣的內容呢。似乎是講人類都是以個體生存，卻又在某處維繫在一起之類的論點。

……另一方面，我從方才的話中聯想到了聖女貞德。平凡的農家女孩受到了神的啟示而戰鬥的故事。實際上只是採用了被當時的騎士們認為是卑怯、下賤的戰法，卻取得了出人意料的結果。

突然像變了一個人似的活躍起來的某人。僅在那一刻人格轉變與惡人鬥爭的某人。那都是名為抑止力的，靈長的守護者。

「……說的話我明白了。那麼，那個實驗與式有著什麼關係吧？」我也與橙子小姐相處了不短的時間，能夠讀出這個人對話前進的方向。這個人不會說一些沒有意義的事情。到了後來必定與主題發生關聯。所以——那個實驗應該與式被掠走有著某種關聯。

橙子小姐將香菸捻熄，似乎很高興似的看著我。

「——我不知道阿魯巴打算把式怎麼樣。只是那傢伙的目的是抵達根源漩渦。那麼恐怕需要打開式的身體，可遺憾的是那傢伙沒有那種勇氣。直到期限來臨之前都會在思索。從過去就一直是這樣呢，將小紅帽活捉很興奮，卻找不到合適的解剖法，最後只好任其腐爛。其本人既然是這種性格，式的身體在七天內應該是不要緊的。當然，那是在毫髮無傷地將其捕獲的前提下。」

橙子小姐說著相當不吉利的話。

「——式沒有危險。那傢伙，說的是在他手裡吧。那也隱含了依然活著的意思。」

反駁著橙子小姐的我，無意識地瞪著她。

因為，從自己口中說出的——式被殺之類的話，本身很容易形成相應的印象。

「——所以，必須儘快救出她。」

但是要怎麼做？這個時候，我沒有任何手段。只能是叫來員警調查那棟公寓。但是，即使那樣做也未必會有什麼效果。那可是能將準備工作做到那種程度的對手。警方大舉出動的話，他肯定會毫不猶豫地消失掉。

要想救出式的話，方法只有兩個。打倒那個身穿紅的外套的男人，或是在不被其發現的情形下將式帶出來——對於我來說最為有可能的是後者。

……嗯，再重新調查一下那棟公寓的設計圖。也許在某處還存在著連製作者本人也沒有注意到的入侵通道——

這樣陷入自行思考的時候，橙子小姐略帶吃驚地打斷了我。

「等一下。為什麼一遇上與式相關的事情你就管不住自己呢。這可是很危險的，黑桐你還是老老實實等著。這一次可沒有你的出場機會喲。

——因為魔術師的對手，就只能是魔術師。」

說著，她站起身來。在平時穿的襯衫上面披上一件長外套。褐色的革質外套顯得很厚重，似乎連小刀都切不透。

「——阿魯巴那傢伙是這麼說的呢，去挑戰那傢伙的城堡用不著花兩三天去準備。如他所願我現在就動身。黑桐，我的房間的壁櫥裡有一個手提包，幫我拿過來。是橙色的那一個。」

橙子小姐的語聲中並沒有感情。在身為魔術師的她的催促下我來到隔壁的房間，打開壁櫥……裡面放的並不是衣服而是手提包。比起一般的手提公事包要大上一些的橙色的提包，以及另一個可以拿來旅行用的大提包。

我取過橙色的提包。相當的沉重。製作得很奇特，包的外側還貼著種種標籤一樣的東西。回到事務所遞上手提包，橙子小姐從胸前的口袋中取出香菸盒，遞給了我。

「先幫我保管著。這是臺灣製的難抽香菸，就只剩下那些了。當然不是什麼大公司做的，是某個好事的人手工的一箱中的一盒。是啊，在我現在的持有物中是第二有價值的東西喲。」

留下了很奇怪的話語，她轉過身走去。

……莫非最有價值的東西是指我吧？正當我想這麼問時，她回過頭來作答道。

「真失禮呢。縱然是我也不會把人當作東西對待呢。」

完全像是戴著眼鏡時的她一般，彆扭地噘起嘴來。之後，又回復原先冷淡的神情繼續說道。

「黑桐。所謂魔術師這一類人呢，對待弟子也好親人也好都和自身無異。因為是如同自己分身一般的存在，所以也會拼上性命來守護……不過正是因為如此，你就安心地等著吧。今晚我就把式帶回來。」

腳步聲再次響起。面對她的背影我什麼也說不出來，只是目送著身穿茶色外套的魔法使離去。

5
Paradox Paradigm.
矛盾螺旋・下

／12（矛盾螺旋、9）

火紅的陽光，映照著螺旋之塔。

在即將日落的橙紅色的世界裡，蒼崎橙子踏入了這棟公寓用地。

她身上那件如同蜥蜴皮被茶色染透的皮革大衣，並不適合她纖細的體型。外套不像衣物，反倒洋溢著一股盔甲的感覺。

她抬頭望了一眼公寓，便單手提起橘色包包走了進去。

穿過被綠色皮草所覆蓋的中庭後，她進到公寓內部。

鋪滿玻璃的大廳，果然被夕陽染成一片赤紅色。

無論是地板、牆壁、或是用來往上層的電梯柱子，都像存在於太陽中般豔紅。

稍稍考慮後，她轉過身決定變更目的地。

目標不是電梯，而是繼續向東走下去的大廳……這個公寓被分為兩半，在東棟及西棟都設有各自的大廳。

她走向其中之一，位於東棟一樓的大廳。

大廳是半圓型的廣闊空間，

可說是一、二樓連接在一起，沒有地板隔開的空間。在處於建物中的此處，並沒有染上夕陽那股橙紅色，只有電燈的黃色光芒照耀著大理石地板。

上夕陽那股橙紅色，只有電燈的黃色光芒照耀著大理石地板。

「真令我驚訝，原來妳這麼性急啊？」

一個就男性來講相當尖銳的聲音在大廳響起。

橙子沒有回答，一言不發地抬起視線。有如劃出緩緩斜線通往二樓的樓梯上，那中間站著一位身著紅色大衣的男人。

「不過，這也算是一件令人歡喜的事，歡迎來到我的地獄，最強的人偶師。」

魔術師柯尼勒斯・阿魯巴高興地笑著，他用如演戲般誇張的動作，深深地行了一個禮。

◇

「地獄？」

「是的。這裡正是欣嫩谷（註2）火之祭壇的再現之處，將人們灼燒、殺害、施加痛苦之負面想法集合起來的熔爐。不恰巧的是，身為神殿主人的摩洛不在此地。這裡是個相當完美的地方不是嗎？有了這樣的異界，便可切斷外界的物質法則。為了準備打開那條通道，我們老早就開始調查了啊，蒼崎。」

紅色的魔術師看著下方的橙子，得意地說著。和開朗的青年相反，橙子終究只是抑制

2　「地獄」的希臘原文是「磯漢拿」　這個音譯詞，意思是「欣嫩谷」。

自己的感情如此回答：「阿格裡帕的直系受到猶太思想影響，這真是諷刺啊。（註3）正因如此，所以你才沒發現到自己的本質。

地獄？那種東西地球上各個角落都存在著，想看超越人類知識的殺戮就去戰場。想看不合理的死法就去饑餓的國家吧！像這種東西根本不是地獄，單單是座煉獄罷了。」

說完，她便將包包放到地上，

發出「喀碰」的一聲。

「因為犯了一點小罪，無法落入地獄也無法進去天堂，遭受永遠的折磨的靈魂所在地，便是這裡的真面目。並不是有所目的而使他們痛苦，只是為了讓他們嘗受折磨為目的的封閉之輪。因為如此，所以並沒有任何魔術方面的效果——當然，處於狀況外的你也是。」

彷彿刺進心中的話語，讓紅衣魔術師皺起眉頭。她微微瞇起眼睛，好像對手是這整棟大樓，而不是眼前這位青年。

「太極圖的具現化不會是你的點子吧？好了，快叫荒耶出來。你器量根本不足，之後會發生的事對你也沒什麼好處！雖然我並不知道你究竟有何目的，但這裡的價值並沒有你想探求的那麼容易理解，作為你之前給我的忠告的回禮，我就先提醒你吧。」

說完，橙子便開始留意周圍，完全不將目光放在應該注意的紅色魔術師上，而開始尋

---

3 阿格裡帕全名為柯尼勒斯．阿格裡帕（1486-1535），當代科學家、哲學家、猶太神秘哲學家，主張除舊約以外的猶太教書籍應全數毀去，卻招致聖職人員的憤怒，所寫的書也遭禁止出版。

找不存在的對手。

魔術師就這麼看著她。

用彷彿要哭出來般，充滿殺意的眼神。

「妳總是這樣！」

這句話像是忍不住說出來一般。

「沒錯，妳總是這樣，就像這樣貶低我的評價。如尼符文是我先專攻的，人偶師的名聲也是我先得到的，明明如此，妳的態度卻騙過那些低能的傢伙。那種貶低我的態度，讓那些傢伙也跟著認為我的能力低劣。仔細想想就知道吧！我可是修本海姆修道院的下任院長啊！我學習魔術已經超過四十年，這樣的我，為什麼一定被排在二十幾歲的小女孩後面……！」

他的話語何時激昂到響透整個大廳。

面對這位捨棄至今總是裝出親切態度，開始散佈詛咒之語的對手，橙子只是興味索然地看著他。

「學問和年齡無關，柯尼勒斯，雖然你外表看起來很年輕，但你總是只注意外表，所以內在才會追不上啊。」

雖然是一句冷靜的話，但沒有比這更為挑撥的侮辱了。

年過五十的青年聽完，美貌的面龐充滿憎惡地扭曲。

「——我還沒說過我的目的是什麼吧。」

努力讓自己冷靜下來，紅色的魔術師改變了話語。

「我啊，才不管荒耶的實驗呢。我其實對什麼根源漩渦也毫無興趣，追求那種不知是否存在的東西實在太沒意義了。想碰觸神的領域，只要追求真理就好，沒有必要追溯本源吧？」

說完，他向後退了一步，打算爬上二樓而緩緩向上走。

「告訴妳兩儀式的消息也是我擅自作主的，荒耶為了活捉兩儀式連命都丟了。還真是兩敗俱傷啊。為此這個結界已經是我的東西了。可是呢，我不打算接著完成那個傢伙的實驗。

這是理所當然的吧……？蒼崎，我啊，可是為了殺妳才來到這個窮鄉僻壤的啊！」

用像是弄壞喉嚨的聲勢，魔術師高笑著快速跑上樓梯。

而她只是默默看著魔術師上去二樓。

……一樓的大廳，已經完全充滿魔術師惡意的具現之物了。此時，她用包含前所未有的侮辱和憎惡口氣說：

「這些是史萊姆嗎？」

蒼崎橙子簡潔地描述充斥在自己周圍的異形們。

可是從大廳外壁滲出的它們可不是這麼單純的東西。奶油色的黏液從牆壁溢出後，立刻急速成形。

有些是人型、有些是獸型，

表面的疤痕疣狀雖然開始溶解，可是他們的外表立刻重新成型，再也沒有比那個更像真實的東西了。比喻來說，就像是人或野獸永遠不斷在腐爛著，是同時具備醜惡和精巧的東西。

「在這裡你只能具現化這些東西嗎？阿魯巴，你真該從魔術師轉行去當電影監督，有你在的話應該能省下不少怪物道具的費用。不過，你大概也只能專門參加一些小規模的恐怖作品吧？怎麼樣，比起院長，這職業更適合你啊！」

她被塞滿大廳的怪物包圍，一邊抱怨著。

的確，這個狀況很像恐怖電影，說到不同點的話，大概是十字架或霰彈槍都對這些東西無效吧？

明明被包圍到身邊只剩下一公尺左右的距離，她仍眉毛動也不動地將手伸進胸前的口袋。

「……嘖。」她不禁咋舌。「這麼說來，香菸好像寄放在幹也那了。」說完，橙子稍稍感到後悔。「早知如此，日本製的也沒差，先買起來就好了。」她在內心暗罵自己。

她完全沒有意料到會出現這麼無趣的東西，這麼一來，不抽點菸就會受不了。

「不，看來你連監督也當不成了，演出效果實在太爛了。這種程度無法使現在的客人得到樂趣，沒辦法，說到奇怪，至少應該維持這樣的水準。」

說完，她用腳尖用力地踹了腳邊的包包。

「出來吧——」

那是不容許拒絕、充滿威嚴的命令。

作為呼應，包包「吧嗒」一聲開了。如鬱金香般打開的包包內，空無一物。

同一時間——某個黑色的物體，環繞在名為蒼崎橙子的魔術師周圍。

黑色的物體，是持有身體的颱風。

以橙子為颱風眼呼呼地高速迴轉著。瘋狂般的氣勢不出數秒間，讓大廳變得空無一物。

大廳不斷溢出的怪物們，也不留蹤跡地消失殆盡。

仍存在的，只有蒼崎橙子和緊閉的包包、以及坐在她身前的貓而已。

「——什麼？」

阿魯巴作夢般地望著這個光景。

貓比橙子的身形還大，它的身體全黑，並沒有所謂的厚度，是一隻用影子構成的平面黑貓。

不，連判別它是否是貓都辦不到。像是貓的影子，只有在頭的部分有狀似埃及象形文字的眼睛。

「那是，什麼——」

他從二樓俯瞰著那隻貓。

和貓如同畫一般的眼睛相對時——貓開始微笑起來，它把臉孔嘴巴的部分消去來表示笑容。

「我該不會是在作一場惡夢吧?」阿魯巴不禁噓了口氣。

橙子一句話也不說。

只有從不知哪裡傳來,唧唧唧唧唧唧的聲音。

「和我聽到的不一樣啊!傳聞妳的使魔已經敗給自己的妹妹難道是假的?」

或許是無法忍耐這股沉默,阿魯巴開始大叫。

她只是回答了一句:「誰知道呢?」便將視線轉向黑貓身上了。

「——讓你吃了難吃的東西啊,不過接下來就好多了,等等就不是那種能源塊,而是真正的人肉,靈力的儲存量也十分足夠。因為他是我的同學,所以你不用顧忌。我平常也好好教過你了吧,只要是敵人就吃。」

她一說完,黑貓立刻衝了出去。

它像是滑行在大理石地板上,橫越大廳跑向樓梯……

然而,貓的雙腳並沒有在動,還是維持坐著的影子,只有眼睛衝向紅衣魔術師。

從橙子所在的一樓大廳到阿魯巴所在的二樓平臺,大概花了不到十秒,

但是,及時作出反應的阿魯巴也不是普通人。

他畢竟是魔術師。

消失吧!幻影,我將化有形為無形
忘卻吧!黑暗。無形之物將無法碰觸

「Go away the shadow.It is impossible to touch the things which are not visible. Forget the darkness. It is impossible to see the things which are not touched.

沒有疑問，答案顯而易見；我的左手持有光，右手持有真理——

The question is prohibited. The answer is simple.
I have the flame in the left hand. And I have everything in the right hand

——————」

阿魯巴冷靜下來，並以接近限界的速度詠唱咒文。

——對於魔術而言，咒文不過是給予個人的自我暗示。起風的魔術和一把武器相同，從一開始就被決定該性能擁有的力量。無論哪個魔術師使用，效力都不會改變。只是，詠唱能讓它有所差異。詠唱咒文是為了發現刻在自己體內的魔術，那段內容可以深刻表現魔術師的性質，除了含有發現該魔術所必要的固定關鍵字，詠唱的細部也是根據各個魔術師的喜好。喜歡誇大、矯揉造作、容易自我陶醉的魔術師，詠唱往往很長。不過光是詠唱增長，威力也會因此增大也是事實。給予自己的暗示越強，從自身導引出來的能力也能向上提升。

從這方面來談，阿魯巴的詠唱可說很優秀，既不誇大也不過長，用最低限度的韻文，以及包含讓自己精神高昂的話語，詠唱的發音連兩秒都用不上。

這個事實讓橙子「喔～」地一聲感到欽佩。

名為阿魯巴的青年雖然喜愛超出必要長度、採用許多無用內文的詠唱，但看來這幾年的確有相當大的成長。

咒文詠唱的組合形式和速度、讓物質界動作的回路聯繫，令人驚訝的靈巧。他的詠唱若只單純從破壞物體的魔術來看，絕對是一流的技術。

「I am the order. Therefore, you will be defeated securely——！」
（我是萬物真理／在我之前，你終將自取滅亡！）

阿魯巴伸出單手。當黑貓來到樓梯第一階的一瞬間，大氣微微震動——樓梯立刻燃燒起來。

彷彿從地面搖晃升起的海市蜃樓般，青色的火海將樓梯吞噬殆盡。僅僅只花數秒的時間，火焰從樓梯出現，貫穿二樓的地板消失在天花板中。就像是火山地帶的間歇泉一樣。

短短一瞬間，奪去大廳氧氣的火海，只將黑貓從這個世界中燒滅掉。這是理所當然的，超過攝氏千度以上的魔力之炎，不管怎麼樣的動物都能將它如奶油般從固體轉化成氣體。中間變為液體的過程，連千分之一秒都不到。

可是阿魯巴看到了。

他看到在火焰燒盡後，意外出現的奇怪的黑貓之姿。

「——不可能……」

碧綠色的雙瞳凝視著樓梯。

黑貓可惜的舔著自己變淺的黑色身體，突然，將視線轉向紅色魔術師身上。黑色的奇怪物體再度疾走。

阿魯巴連看破黑貓本體的餘裕都沒有。

「Repeat……！」

阿魯巴用撕裂般的尖銳聲音，不斷地重複咒文。

樓梯再度起火，不過，這次黑貓卻沒有停下來。或許是已經習慣這股火焰了，它一直線地衝向魔術師。

「Repeat！」

炎之海再度噴上，然後消失。黑貓爬上樓梯。

「Repeat！」

第四次的火焰，也告無疾而終。

黑貓到達二樓後，立刻接近阿魯巴並張大口。像人那麼大的貓的身體，從腳底開始大大張開，如果在頭頂上加一個鉸鏈，就很像開啟的寶箱。

沒有厚度，應該是在平面的黑貓體內剛剛吞進的異形殘渣像泥巴般黏著。阿魯巴終於知道了，它只是外形像貓罷了，其實根本是個只有嘴巴的生物。

「Repeat——」

死前的恐怖讓他重複念出最後的咒文。

但是在那之前，像鯊魚雙顎一樣的黑貓的身體夾住魔術師。從紅色的大衣開始，都一併被大口吞了進去。阿魯巴失去了意識。

◇

「……王顯，」

不意間，傳來短短的韻文。

將阿魯巴的身體吞至肩膀的黑貓停止不動了。

彷彿旁觀者般觀看事情發展的橙子，也對這個聲音立即有所反應。阿魯巴的背後，站了一個男人。男人臉上充滿無法忍受的苦惱、一臉嚴肅，身著一襲黑色外套。

他像是從一開始就待在這裡般，完全看不到他現身的形跡。黑衣男子單手抓著阿魯巴，輕鬆地將他從黑貓的口中拉出置於地板之上。

黑貓碰觸到男子身上三重結界之一，因此無法動彈。

男子轉向下方的女子，光是這麼做，大廳的空氣便為之一變。空氣為之凍結就是指這件事嗎？

先前大氣的緩和已經漸漸消失，像是為了迎接真正的主人般，公寓本身都不禁感到緊張。

「——好久不見了，蒼崎。」

「啊啊，彼此彼此，不過我們都不想見到對方吧。」

一樓和二樓——就像分為天與地，橙子和名為荒耶宗蓮的元凶對峙著。

「看來阿魯巴似乎做得太過火了，本來應該是預定在妳不知道的情況下結束這一切……可是沒辦法，我一個人沒辦法準備六十四個人的身體。妳會在這個城鎮雖然是偶然，但或許其中也有必然的存在吧？」

「雖然不知道是誰把我們牽引在一起，不過，就是這麼一回事吧！偶然這個詞便是神秘的隱語，為了隱藏無法知道的法則，而創出偶然性這個詞。」

一邊回答，橙子一邊向牆邊移動。這個對手和阿魯巴的等級完全不同，也許能力方面大同小異，可是在這建築物內，荒耶宗蓮比任何人都佔有優勢。不靠著牆把意識集中在前方的話，大概會被發現很大的破綻。

「——那麼，這公寓是為了什麼目的而做的裝置？不會是既有生也有死，將這種不確定性彙集成形的箱子吧？捏造一天完結的世界，再收集面臨死前那一瞬間炸裂的靈魂，這樣的作業沒什麼效果，老早在幾百年前就作出這種結論了吧？就算收集數百個死亡，你的目的還是無法達成。」

「當然。但還有妳所無法知道的真實。的確，我總是追尋著死亡的數量，我相信體驗過幾萬個不同人類的相異死法後，在那之中會有通往根源的靈魂擴散。不過，那還是無法到達萬物的大元。用那個方法所能到達的，只有人類的『起源』而已，無法走到靈長類總體的起源。而且重要的不是死的數量，而是死的質。要追溯本源的話，死亡的種類也有相當大的差別。我將可能的死途大致分過類，結果總共接近六十四種。在這裡所集中的人們，便是背負各種種類的死。真要說的話，這裡是世界的縮圖。終究會從八卦單純化為四象，而最終是為了到達兩儀。」

「哼，世界變成單一真有這麼好嗎？荒耶，光與暗並不是因為敵對而被區分，是因為它們包含最多事物的屬性才被分開。所有萬物變為一個很孤獨，所以才會劃分為多樣化，你只是無法容許這一點罷了。調查各式各樣的死，專注地研究各個人生，並將其化作自己的東西蓄存起來。連我的死也一樣，你已經將名為蒼崎橙子的人從誕生到死去，化為知識保管在腦髓的角落吧。

雖然要如此檢定人類的價值是個人的自由，不過那可是夜摩（註4）的職務啊。對於身為人的你來說，那只是不斷吸收死亡的地獄罷了。」

「——那樣就夠了，不管是地獄還是天堂，接近真實的事還是不會變。」荒耶的話中毫無迷惑。

結論是「這世界上只有我一個人」——如此過度強烈的意志。

橙子想：在這不斷重複名為日常的螺旋建築物，是人類體驗一切死之原型的漩渦。至今名為荒耶宗蓮這個肉體所執行的記錄，現在已經交由這棟建築物繼承了。

所以這裡是他的化身，也是荒耶宗蓮的意識。

……也就是說，我現在就是位於他的體內。橙子自言自語完，便開始觀察充滿在大廳裡的空氣。這緊繃的空氣，不是荒耶所造成。而是與他為敵，在這棟建築物裡被殺害的人的怨恨。這股連她都要被壓垮的怨恨，荒耶一天又一天不斷讓它增加。因為數百個

4　即閻羅王，其概念從印度婆羅門教的夜摩神所流傳而來。

死，到頭來還是一種死法而已。

為愛情死——也就是家庭、戀人、母性、父性、養育。

為憎恨死——也就是家族、戀人、朋友、前輩、他人。

因各種各樣的理由所造成的死。

每天都在重複，每天都更加確定結局。

——越來越濃厚的，死。

這棟建築就是咒文，這是為了讓荒耶宗蓮的意識更為堅固的祭壇。高度的魔力，還得加上犧牲生命和土地本身的力量才行。荒耶現在藉由蓋起神殿，打算使用更高度的魔術。不、不是魔術。造成這種異界的神秘，已經不是魔術的領域。

沒錯，這是——以現在的世界常識來說不可能的神秘領域。要行使人所不及的禁忌力量，才能稱作魔法。

「——是要打開通往根源的道路嗎？但是要怎麼做？就算不張開魔術結界以證明自己不是魔術師，也騙不了靈長的意志。只有魔術師才能用近代技術造出結界蒙蔽事物，這棟建築物的確可以打開道路，因為這是太極圖的體現，洞一定會開啟，但首先從那洞裡出現的東西，會是靈長的守護者。我們既然以自我的身分存在，絕不可能勝過那玩意。」

「——抑止力已經發動了，就拿住在這裡發生的事來說吧，毫無理由的碰上猶如被附身的闖空門男人，還碰到上班女子遭遇這裡從沒發生過的殺人事件。我明明已經將自己的行動壓抑到這種程度，抑止力卻還是發動了三次。不過這也到此為止了。我縱使無法更加接近根源，也不會讓數次的失敗白費。雖然能夠不驚動抑止力開啟道路，但還是不可能騙過那個東西。就算要找出打倒抑止力的方法去打倒抑止力，那個東西還是會帶著更強的力量出現。結論只有一個——就是我沒有才能。」

第一次——他發出帶有情緒的聲音。黑色的男子看著下方的魔術師。

「抑止力會這樣拼命阻止人前往道路，是因為那乃是人所不能取得的力量、這種行為也是造成回歸虛無的原因。人類的個體若是完成，生存的意義就會消失。但各種人類卻只為了生存下去的欲望而無意識地拒絕它，所有的人類在以人類身分思考時，變成比動物還要不如。明明為了完成而生存，卻為了生存而拒絕完成。人的起源，就是這種矛盾開始的。那麼為什麼會有到達根源的人呢？答案很簡單，不是有可以到達的方法，只是有已到達之人。不論學習再多智慧，魔術畢竟是後天才能得到的東西。才能就是這麼一回事，差別就在誕生時有或沒有、被選上或沒被選上罷了，那是從出生時就已經與根源連結的人類啊……雖然靈長已經太複雜、種類太多，距離根源也已經非常遙遠，但偶爾還是會有直接從根源中誕生的人。與『　』連結而出生的無色靈魂，那就是唯一能夠到達根本的存在吧？那麼我只要找出那個東西就好了，為了把那個東西找出來，我花費了十年的歲月。」

「原來如此，然後你就得到破壞兩儀式的結論。」她瞇起了雙眼。

兩儀式——是兩儀家為了創造極致泛用性的人類，這個族群經年累月嘗試藉由容器的身體產生出空之人，而空也就是指「　」。他們沒發現自己在進行多麼危險的事，而創造出式這個與「　」相通的身體。

「——所以你利用了巫條霧繪還有淺上藤乃對吧？因為你親自行動會讓抑止力察覺，所以得用間接、不會讓人發現與你相關的方法來解決式。我沒說錯吧？藉由讓式與本質相反的殺人者較量，察覺自己體內的本質。讓一個人瞭解事物，與其教他、不如讓他自己體驗來得快。

那麼，荒耶你期待什麼？是式跟織相殺而成為空，還是只不過遇見兩儀式而已？」

「——兩年前是為了讓『兩儀式』出現，但現在已經不同了。我說過我已經有了結論。對式來說，她不需要那個與根源相通的身體，所以由我來接收。」

荒耶堂堂說出這些話，橙子「咦」的一聲張大嘴巴，她因為一瞬間瞭解荒耶所說的意思，意識一瞬間變得空白。

「你該不會是想把自己的腦髓移植到式的身體裡去吧……？」橙子訝異地說道。「真是難以置信。」

但荒耶卻沒有回答。看見他一副「這還用說」的眼神，橙子說：「你的興趣還真奇怪。不過既然你還待在那個身體裡，代表式還是平安的。為了保險起見還是問你一下，你有打算把式交還回來嗎？」

「妳想要的話就儘管來吧。」

「哼，也就是只能一戰的意思吧？真是的，我原本就不擅長戰鬥，跟那種東西扯上關係還真麻煩。」

「我也為了保險起見問一句。蒼崎，妳願不願意協助我？」荒耶帶著毫無變化的敵對眼神及殺人的意志開口道。

橙子回答了。

她那琥珀色的眼眸回答著「絕不」。

「……是嗎，真是遺憾。我對妳的評價很正面，也想過要一起競爭前往根源，真要說的話，甚至能說我很中意妳。」

荒耶「咯」的一聲往前走了一步，他朝通往一樓的樓梯靠近。

「在那個學院裡，只有妳不屬於群體。我追求魂之原型，妳則追求肉體之原型。我確信，會先到達的人一定是妳。

但是——妳卻放棄了。為什麼？現在的妳，連自己是魔術師的身分也捨棄了。捨棄妳那為了某種目標而學習、而取得力量、為了拯救、為了完成的過去。」

黑色的魔術師吼叫著。

他的口氣平靜、跟平常沒兩樣，只有眼神裡燃燒著怒火。

面對他的憤怒，橙子回答：「並沒有什麼大不了的理由，我只是對學習越多反而產生越多相反之事感到累了而已。我們越學習就離目標越遠，根源漩渦也一樣。明明是無知的存在才能接近，但因無知卻無法瞭解，所以也沒有意義——我跟你一樣，只不過我承認、而你不承認，在於這種微小卻具有決定性的差別而已。」

對於這股帶著哀傷的告白，荒耶連眉頭也不皺的聽著。兩者的視線相遇了。橙子告訴荒耶魔術師的本性、那股越是聰明就越愚蠢的諷刺。

荒耶對橙子說魔術師的本質、那個越是學習越能往上提升的道理。

「妳墮落了。」

他簡短地帶有各種感情這樣說道。

「那麼妳的目標是什麼，又為了什麼來這裡？」

「……這個嘛。我會在這裡的理由其實沒什麼，對式的身體我也沒興趣，那玩意充滿了秘密，連相似的東西都做不出來。」

沒錯，她沒有什麼明確的理由。說不定連她也在不知道的情況下，被抑止力這種莫名其妙的東西帶到這裡。

但是，就算那樣也沒關係。她接受目前這個蒼崎橙子的生活，她知道那個環境積累了許多奇跡與偶然，是無法再度產生的東西，就算跟這棟矛盾公寓一樣不斷重複，也無法回到跟現在一樣的生活。

「……真是的，實在太墮落了。我真是越來越弱了。荒耶，能超越我理想的人應該稱作仙人，雖然擁有卓越的力量和知識，卻什麼也不做只是待在山中——我一直很憧憬那種存在，但當我回頭才發現已經回不去了。我一直認為我的體內積累太多東西，不可能到達那個境界。

荒耶啊，魔術師為什麼想躲避死亡？如果只為了自己其實不需要跟外界接觸，但是他們又去接觸外界。為什麼要依賴外界，是要用那股力量做什麼？是要用王者之法來拯救什麼嗎?若是那樣，就不要當魔術師，當王好了。

你雖然說人類是活著的污垢，但你本人卻不可能那樣生活，連想要邊承認自己醜陋、沒有價值地苟活下去都做不到。如果不認定自己特別，不認定只有自己才能拯救這衰老的世界，彷彿就無法繼續存在。

沒錯，我也曾經那樣，但是那卻一點意義也沒有——荒耶你承認吧!我們就是因為比誰都要弱，所以才選擇成為魔術師這種超越者。」

魔術師沒有回答。

他一步又一步地走向樓梯。

「……通往根源之路已經得到了。再走幾步，願望就能實現，誰敢阻擋，我會一律將其視為抑止力。蒼崎，妳也不過是個人類而已啊!」

大廳的空氣越來越緊繃。空氣凝固了，帶有一種或許被魔術師的殺意給扭曲、危險的壓迫感。

在那之中，她遠遠看著以前的同學。

填補長期分離的回答交流，到此為止了。

在最後，她以一個魔術師——蒼崎橙子的身分向荒耶宗蓮詢問。

「荒耶，你在追求什麼?」

「真正的睿智。」

「荒耶，你在何處尋求?」

「只在自己內心。」

男子毫不猶豫地回答，腳步聲在樓梯入口停了下來。

為了將彼此的存在從世界上排除，兩人開始行動。

◇

荒耶從黑色大衣下舉起了一隻手。

緩緩的，將左手舉到與肩同高。其手掌無力地張開，姿勢就像在召喚遠方的某個人一樣。

他舉著一隻手和對手對峙著。這就是荒耶宗蓮這個魔術師的戰鬥姿勢。

相對的，蒼崎橙子則只是抬頭看著黑色魔術師，她腳下的皮箱放著不動，全神貫注地看著敵人的行動。

她的使魔黑貓，目前被封在荒耶的背後無法動彈。

橙子已經看穿荒耶以自己為中心建立了三重結界。不俱、金剛、蛇蠍、戴天、頂經、王顯。

那是在地面與空間，平面與立體間架起來的魔術師蜘蛛絲，只要生物在接觸到那構成圓形的線時，就會瞬間被奪走動力。

……一般來說，結界是保護不會移動之物、也不會移動的界線。以自己為中心帶著它，明明看得到卻感覺不到氣息，讓攻擊敵人的方式有如怪物一般。

在接近戰中，荒耶宗蓮可以說是無敵的。但反過來說，荒耶宗蓮也就只有這招了。

橙子跟荒耶原先都沒有學到阿魯巴那種可以直接破壞物質界的魔術，不過橙子所學到的如尼符文帶有攻擊的手段，古文字是一種具有力量的刻印，是藉由刻在對象身上來發生文字效果的魔術。若把象徵火的如尼符文刻在荒耶身上，荒耶的身體將跟著燃燒。

……然而，缺點就在於非得直接寫上文字，從遠處貼上文字對魔術師無效。間接的魔力影響對於直接讓魔力在體內流動的魔術師而言，效果會在對方的身體外彈開。

從學院時代起，兩人就對攻擊魔術沒什麼興趣，橙子只製作人偶、荒耶只對收集死亡有興趣。

所以，荒耶要除掉橙子的方法就只有進行格鬥戰。

荒耶是經歷過動亂時代的男人，假如光論使用身體來戰鬥，當今世上沒人能贏過他吧？

橙子即使知道這點，還是等著他靠近。也只能等待了。她打算等荒耶走下來大廳的瞬間進行攻擊。

但是，魔術師卻只站在樓梯前，微微動了一下伸出的那隻手。

「──肅。」

他簡短地說。

魔術師將張開的手掌一下合了起來，那個動作彷彿在捏碎什麼東西。橙子的身體同時突然開始震動。

她那能夠遮蔽各種魔術系統回路的大衣，此時變成碎片散落在地上。被擊中了。

那是眼睛無法看見的衝擊，從所有方向均衡地打向全身，她跪了下來。

橙子在一瞬間領悟到剛才的衝擊是什麼了。

……荒耶把橙子所站的空間整個捏碎了，要舉例的話，應該就跟全身被碾過一樣。

橙子難以置信地嘖了一聲，她並不知道荒耶竟然也有那種靠一點動作就能夠影響空間的魔術。

「……中招了。可惡，肋骨斷了幾根？」

橙子邊吞嚥嘴裡湧出的血，邊確認自己身體的損傷。對於沒有鍛鍊身體的橙子來說，她無法像式一樣知道自己斷了幾根骨頭。她能理解的，應該只有因為大衣才能撿回一條命。如果再被命中一次，就一定會被捏碎。

「——去吧！」

那麼，她也不能手下留情了。突然——動作被封印的黑貓動了起來。

剛才的僵硬都只是在演戲，黑貓往放心背對它的荒耶撲了過去。

「什麼！」

荒耶流露一絲驚訝快速轉過身去，然後毫不停頓地——張開伸出的手掌再度用力握緊。四周產生一陣「嗡」的震動。

橙子看到荒耶面前的空間，正一步步往內側崩毀的景象。黑貓在被壓碎之前往上跳了起來。有如重力反作用力一樣，它站在天花板上看著魔術師。

「到此為止了。」

藏在黑大衣下的另一隻手，用力握起了手掌。黑色的貓，跟天花板一起被捏碎了。天花板的一角往外開了個洞，黑色的貓被壓縮直到看不見眼睛，然後消失了。

「棋子消失了……妳在學院時說過——魔術師本人不需是強者，只要做出最強的物品就好……

的確，人偶師在其人偶被擊敗的瞬間，就等於輸了。」

荒耶再度轉過來看著橙子，張開手掌這樣說道。而她則是一臉不高興地聽完這段話。

「嗯，我並沒有修改這個論點，不過你的確了得，我都忘了這裡就等同在你的體內，能隨心所欲地操縱空間。

我早已掉進一個巨大的魔術之中……哼，既然準備得如此周到，怎麼還會差點被式逼到無路可退？」

「——要活捉可不簡單，要是我使出全力，將會毀了她。但現在不同。對於該殺的對手，我會用全力來加以對付。」

「你這麼想要式的身體啊。對你來說，式是唯一一條道路。要不讓她死的話，應該是弄斷了幾根骨頭吧？我祈禱這不會反而成為你的致命傷。」

重整快倒地的姿勢後，她慢慢靠上了牆壁。

「——雖然我對阿魯巴說過，但你也不懂恐怖是什麼東西，你知道要讓一個人感到恐懼，有三個條件嗎？

第一，怪物不得開口說話。

第二，怪物必須是來歷不明。

第三，怪物若不是不死之身，那就沒有意義了。」

「——！」

荒耶轉過身去。

在應該已經被破壞的天花板上，黑貓彷彿什麼事都沒發生般生存著。

「——肅！」

他朝天花板用力握拳。空間一瞬間就被壓縮起來。

黑貓因為那歪曲而搖晃，一邊朝魔術師跳下來，然後「啪」地張開嘴。黑色的魔術師逃避不及，被一口咬了下來。

「——嘎」他喊出死前悲鳴一般的聲音。

「刷」的一聲響起。跟對付式時不同，魔術師來不及反擊，失去了一大半身體。

只剩下頭跟肩膀的魔術師「咚」地掉到地上，帶著死還是充滿苦惱的表情，曾是魔術師的肉片滾下了樓梯。

橙子一邊冷靜觀察那景象，一邊簡短地說著：

「要殺人就要一招斃命。荒耶，這才是真正的偷襲。」

橙子離開了牆壁轉身走出去。

——噗。

有一個沉重的聲音——她想著，彷彿是別人的事一樣。

血從嘴裡流了出來，被趕出內臟，無處可去的血從身體忍不住吐了出來。

她稍微將開始模糊的視線往下移，那裡看見一隻手。

某人的手，從自己的胸口伸了出來。

蒼崎橙子想，這真是奇怪的藝術品啊……自己的胸口伸出了一隻男性的手腕，手上握著一顆心臟，那一定是自己的心臟吧？

結論很快就出來了。

自己被從後面出現的敵人貫穿了身體，快要死了——

「殺人就要一招斃命是嗎，有道理，我受教了。」背後傳來了聲音。混雜了憂鬱、歎息、憎恨的沉重聲音。無庸置疑的，是來自荒耶宗蓮這個魔術師。

「剛剛的那個是——人偶嗎？」

橙子邊吐著血邊說道。

從她背後突然出現的魔術師說道：

「那當然。我製造人偶的技術雖然不如妳，但我有著先人們的技巧，妳應該不會不知道，那個製造人偶的『妖僧』之名吧？」

魔術師貫穿橙子的身體，邊看著拿出的心臟邊說。

「──嗯，而妳是真的。從這顆心臟可以知道沒有錯。美麗、造型完美，要握碎很可惜，但沒辦法。」

荒耶握碎了她的心臟，有如裝水的塑膠袋摔到地上一樣。

「妳的使魔機關我也看出來了，魔物並不是從皮箱裡跑出來。那只是皮箱照出的影像吧？」

被荒耶一瞪，放在地上的皮箱就碎裂了。

破碎的皮箱裡，有個裝有鏡頭和底片的機器。它「唧唧」地發出聲音，那是台還在運轉的投影機。

「投影魔物啊？原來如此，這樣就能讓各種攻擊無效了。就算破壞空氣反射出的乙太體，只要本體機械還在運作，就能不斷重生……我越來越覺得可惜了，竟然非得除掉這麼優秀的才能者。」

橙子沒有回答荒耶的話。

在消失前，她說出了自己的問題。

「……荒耶，我問一個以前問過的問題。作為一個魔術師，你期望什麼？」

「──我什麼都不期望。」

跟那時一樣的問題，一樣的答案。

橙子聽完格格地笑了，帶著血跡的雙唇，有股悲壯的美。

什麼都不期望——以前提出這問題的不是橙子，而是他們的師傅在集合弟子後所問的問題。

集合的弟子們紛紛得意地訴說完成的魔術理論或是光榮，但只有荒耶回答：「我什麼都不期望。」群眾的弟子嘲笑他是無欲的男人，但她笑不出來。

……那時侯，橙子所感覺到的是恐懼。

這個魔術師並不是回答沒有期望。

什麼都不期望，代表對世界上的一切——包括自己都不抱期望。荒耶宗蓮期望的東西是完美的死之世界。

正因如此，他的期望才會是什麼都不期望。

這個男人憎恨人類到這種地步，因此自己做了殼與外界隔離。要說無欲是無欲沒錯，這男人連些微的幸福都說不需要，只憎恨人類這個矛盾。

「荒耶……最後我想說些話。」

「我在聽。快點，妳只剩幾秒鐘了。」

橙子回嘴：「明明是你自己下手的還這樣說。」

但現在的確如他所說的，她的身體，已經連嘴唇都無法好好動作了。

「……想接觸根源漩渦會讓抑止力發動。因為像你這種憎恨人類的人要是全能，發生世界末日的機率就會提高，而這裡說的抑止力又分為兩種。一種是身為靈長類的人，想讓自己的世界存續下去的無意識集合體。還有一種，是這個世界自己的本能……這兩者的目的雖然一樣，但性質卻有微妙的不同。世界自己的本能之所以會限制接觸根源漩渦的人，單純只是因為現在支配地球的是人類而已。人類文明社會的崩壞，很可能直接造成這個天體的毀滅。所以世界意志所創造出來的救世主，會跟英雄一樣防止人世的崩壞。」

「——所以說？」

聽見橙子對他說出再也清楚不過的事，荒耶皺起了眉頭。

她雖然呼呼的喘著氣，但還是很清楚地繼續說著。

「也就是說，把星球整體當成一個生命蓋亞論的抑止力，這跟我們人類所擁有的抑止力不一樣……而荒耶你當作生涯之敵憎恨的，到底是那一邊呢？」

——唔，魔術師不禁思考了起來。要這麼說的話，的確是有這樣的看法。

荒耶思考至今都沒察覺的事……沒錯，學了很久、很久，久到過頭的神秘學，但他至今連想都沒想過這件事。

蓋亞論的抑止力——這意圖讓人類世界存續的東西，結論卻是只要世界沒事，人類怎樣都無所謂。

相反的，人類全體產生的抑止力，就算是侵蝕掉星球，也要讓人類世界存續下去。

……答案明顯是後者。

「這還用說，我戰鬥過無數次的信念，荒耶視為敵人的東西——就是無可救藥的人性。」

「那可是地球上所有人類的意識，你是想憑一人之力，勝過近六十億人口的意志嗎？」

「──我會贏的。」

魔術師毫不猶豫、毫不誇張的馬上回答。

集合各種人死亡而作成的活地獄啊……就算是再怎麼樣沒有價值的死，魔術師都會構想那人的歷史和應有的未來，並要將其當成自己所有。

橙子思考著。

那種就算與全人類為敵也會勝利，真是鍛鍊到有如鋼鐵般的極限自我。

而荒耶宗蓮沒有這種東西，是否真的如此並不是問題，因為他那如此斷言的意志是真實的。

在進行這個回答時，荒耶宗蓮一定清楚設想與六十億人類尊嚴一個個戰鬥的場面。帶著非常接近真實的假想，就算知道那是何等艱苦的事，但荒耶還是斷言他會勝利。

這股強勁的意志，正是這個魔術師厲害之處。

但是──那之中也存在著最大的漏洞。

那是他這種程度的魔術師馬上會察覺的事，但他卻始終沒領悟最大的矛盾與抑止。

「……真悲哀啊，荒耶。」

「什麼──？」

荒耶雖然發問，但她早已停止了生命活動，蒼崎橙子的身體已失去身為人的功能了。剩下的死滅只有腦髓，沒有血液流動的腦，也不用多久就會毀壞，她所累積的知識和技術，也會全部喪失。

黑色的魔術師把手從蒼崎橙子的身體裡抽出來後，就這樣把手掌放到她的頭上，抓住臉後一使力，將脊椎給折斷。

接著他把頭從身體上拔出來，將沒了頭的身體丟棄在地板上。

魔術師一手拿著以前同學的頭，轉過了身子。

他來到的地方——是位在蒼崎橙子背後的公寓牆壁。

橙子確信勝利後而離開的這面牆壁，正是荒耶宗蓮之後出現的場所。

橙子雖然嘴上說著，但到最後，都沒有真正瞭解意思。

這棟公寓就是荒耶宗蓮本身，不管是牆壁或地板，一個建築該有的常識都對荒耶宗蓮本人沒用。

他能存在公寓的任何地方，能夠抓到任何的空間。這裡是名為荒耶宗蓮的異界，只要他在這個範圍裡，就能瞬間移動到任何地方。

作為本體的黑色魔術師，像沉到水中一樣，消失在公寓的牆壁裡。

（14／）

⋯⋯

能想起來的，只有一片燒焦的原野。

走到哪裡都能看到屍體，

鋪滿河岸邊的不是沙石，而是骨頭的碎片。風帶來的屍臭味，就算充滿三千年也沒有止境。

這是戰爭的時代。

在沒有兵器這種東西的時代裡，人們活在沒有明天的世界裡，空手互相殘殺。

不管走到哪裡都有鬥爭存在，人們的屍體都被淒慘地丟棄，無一例外。

弱小村落的人被強悍的人屠殺是常有的事，

誰殺了誰不是問題，戰場上本來就沒有善惡。

有的只是死了幾人，救不回幾人而已。

聽到發生了爭鬥，就往哪個地方去。

聽到發生了叛亂，就前往那個村子。

有趕上的時候，也有晚一步的時候。

但不管如何，結果都相同。屍體堆成的小山，是準備好的結局。

人類，是無法抗拒死亡的東西。
有邊哭邊死去的女人祈禱孩子能多活一天就好，
也有邊哭邊斷氣的孩子。
死毫無道理地侵襲而來。
不斷做善事度日的人生，在死亡面前也變得毫無意義。
人一點辦法也沒有，企圖反抗還會死得更慘。
就算這樣，他還是為了救人而走遍全國。
映入眼簾的，是只有無盡的焦黑原野。
他們無法得救，人類沒有被救贖。在宗教裡，不可能有人的救贖。
原因在於——
人不該被拯救，而是要讓其結束。
絕望疊上了絕望，昨天的歎息在更濃厚的今日歎息裡淡薄而去，面對死亡不斷重複的壓倒性數量，我領悟到自己的渺小。

——我救不了任何人。

既然救不了他們，至少要將他們的死明確記錄下來。
把至今的人生，還有未來等待人生給保留下來。

那股痛苦，我會讓它持續存在。

生命的證據不是如何去追求歡樂，

因為生命的意義，就是要去體會痛苦。

——於是我開始，

收集死亡。

⋮

在蒸氣和滾水的聲音中，他醒了過來。在沒有光亮的黑暗裡，被公寓住戶包圍的荒耶宗蓮靜靜站了起來。

是夢……嗎？

「沒想到我還會作夢……雖然我看過很多人的遺憾，但看到自己的遺憾還是第一次。」

魔術師一個人說著。

不，他不是一個人。在他旁邊還有鳥籠般大的玻璃容器，裡面放著的，液體還有……人類的頭。

只剩下頭的那個東西，像在睡眠般的閉上眼在液體裡漂浮著。

不用說，那正是蒼崎橙子的頭。

「咻」的響起了蒸氣的聲音。只有放在房間中央的鐵管亮著，燒得通紅的鐵板亮著光，照耀這個魔術師的研究室。

魔術師，只是靜靜等著。

兩儀式和蒼崎橙子，這兩人使用至今的身體完全被破壞了。

現在存在於此的肉體，只不過是用來當作預備品而已，要完全熟悉得花上一段時間。

雖說到頭來還是要轉移到兩儀式身上，但如果因為使用了不熟悉的身體造成失誤，可就無法挽救了。

荒耶宗蓮只是等待著，現在已經沒有任何威脅他的東西存在了。

「荒耶！」

突然，另一個魔術師走了進來。

穿紅大衣的魔術師不停說著「無法接受」，並向荒耶質問道：

「你怎麼還能這麼悠閒？還有事情要做，不快點設法不行吧！」

「……事情已經結束了，不需對蒼崎的工房動手，臙條巴也一樣，那個就算不管他也什麼都做不成，你應該比任何人都清楚。」

「的確，他差不多到極限了……好吧。我承認外面的事不會構成問題，但兩儀式怎麼辦。她現在只不過是失去意識而已，一旦清醒過來就會逃出這裡，這是非常明顯的事情吧！我不想再多做無謂的事，不但要阻止逃走的小女孩，別說要一直監視她了。」

「不用你杞人憂天，她可不是關在公寓的房間裡，她被送到連接空間與空間的無限裡，創造這個扭曲異界的第一目的，就是要產生封閉之輪。這是不論用什麼手段、什麼力量都無法逃出的黑暗，就算兩儀式到時醒了過來，她也毫無辦法。你不需要監視，原本她的傷就已經很難起身，就算醒了也無法自由使用身體。」

面對還是一臉苦惱的荒耶，紅色魔術師不滿地閉上了嘴。

「……算了，我原本就對兩儀式沒有興趣，之所以答應你的邀請，是別有目的的。」說完，紅色魔術師轉移了視線，朝放在桌子上、內有橙子頭顱的玻璃壺看去。

「荒耶，這跟約定不一樣。你說過要讓我殺了蒼崎，是騙我的嗎？」

「我有給你機會，但你卻失敗了，所以我親手解決蒼崎也是沒辦法的事。」

「解決？別笑死人了，那傢伙還活著。像你這種人竟然會留對手一命，真是變得很仁慈了嘛。」

聽見紅色魔術師的質疑，荒耶開始思考。的確，現在蒼崎橙子並沒有完全死亡，頭腦的機能還存活著。只是處在無法說話、無法思考的狀態而已。要說這算活著，的確是還活著沒錯。

「荒耶，你處理得太天真了。蒼崎可是被稱為『傷痛之赤』的女狐狸，就算只剩頭，有機會還是會反擊，你應該確實殺了她。」

「——住嘴！柯尼勒斯，你說了不該說的話。」

「什麼？」

紅色魔術師一時之間啞口無言。

荒耶無視他的反應，將手伸向玻璃壺。

「拿去吧，這確實是你的東西，不管怎麼做我都沒意見。」

荒耶率直地把橙子的頭顱交給紅色魔術師。

紅色魔術師兩手拿著鳥籠大的壺，感覺有點困惑——之後，他發出一聲令人不快的竊笑。

「那我收下了，既然這個已經是我的東西，荒耶，不管我怎樣處理都沒關係吧？」

「隨便你，反正你的命運早已注定。」

荒耶沉靜但卻沉重的聲音，並沒有傳到紅色魔術師的耳朵裡。

他一邊愉快地忍著笑，一邊很滿足似的離開了這個房間。

／13（矛盾螺旋、6）

卡答、卡答、卡答、卡答——

……頭痛變得很嚴重，身體的疼痛也越來越強，像是到處被釘住一樣。我忍耐著疼痛，抱著膝蓋縮成一團。

牙齒在顫抖、意識不是很清晰，我一邊重複著「可惡」這兩個字，一邊毫無意義地瞪牆壁。

——從那之後已經過了多久呢？

自從兩儀式敗給荒耶後，我就什麼也不做地呆站著，荒耶保持站姿死了。

這是當然的，胸口跟脖子被刀刺中，脖子上的深度還直至刀柄，若還活著才奇怪。

但是荒耶打算活過來，插在脖子上的刀一點點往外移動著。直到瞭解那是肌肉在將刀子推出去前，我只是一直看著他。等到刀子發出「喀啷」的聲音掉在地板上，荒耶已經停止的呼吸又再度開始了。

我——則因為那刀子掉落的聲音終於能重新開始思考，我趴著爬到掉落的刀旁，然後用兩手緊緊握住。抬頭一看，荒耶那對剛剛醒過來的眼睛正在瞪著我。

我想，我應該叫出來了吧。荒耶非常恐怖，雖然他是兩儀的仇人，但我也只能一直拼命地逃。

奔跑、奔跑，有如喘不過氣般地奔跑，我逃出了公寓，就這樣跨上騎來的機車離開那座塔。

……然後，回過神來才發現我在這地方不停地發抖。這是主人恐怕已經不會再回來的兩儀公寓，在這殺風景的房間裡，我又只能抱著膝蓋而已了。

「……可惡。」

我說著這句已經講過千百遍的臺詞。

除了這個，什麼也做不到。我真是差勁透了。

我丟下兩儀逃了出來，明明看到父母的屍體就在眼前，卻不覺得有罪。明明看到自己被殺的夢變成了現實，卻沒有任何感覺。

至少——明明應該可以整理出那是什麼，腦袋卻無法順利轉動。

「……可惡。」

我無法停止發抖，又再說出這句話。

接著，我大笑起來。明明到現在為止什麼事都是一個人去做，但現在，一個人卻什麼也做不到……連幫助兩儀也做不到

「……可、惡……」

就算叫喊，腦袋還是故障。

要幫助兩儀，也就是要和那男人戰鬥。我光是想到荒耶的身影就不停發抖，更別提什麼要去救兩儀了。

唠噠、唠噠。

……有一種時鐘齒輪轉動的怪聲。左手肘受傷了，應該是逃跑時撞到的吧？

現在的骨頭有如裂開般地疼痛，我的身心都已經到達極限了。

頭痛停不下來，關節的疼痛也一直沒有消失。呼吸都沒辦法順利進行，真的非常痛苦……

「……」

哭了、我哭了。就這樣抱著膝蓋，悔恨地哭了。我一個人哭、很可憐、很痛苦地哭著。

這讓我想起，只能這樣一個人哭泣的我是假的。我果然跟其他人一樣，只是單純活著的假生物而已，雖然我想像兩儀那樣變成真物，但與生俱來的屬性無法作假。真物……？

沒錯，我有一次曾經想變成那樣。那是——對，是最近的事。我不再抱著膝蓋，將視線投射到床鋪上。總是在那裡的兩儀不在了，只有一把日本刀丟在床上。

……相信我是殺人犯的女孩。

……很自然對待我這個殺人犯的女孩。

……幫助我的女孩。

……我第一次想在一起的女孩。

——為什麼我會忘了呢？那份心情並不是虛偽的，我是認真的——想要保護她。

「──那我做了什麼。」

雖然要保護她、想保護她。但是──

「──」

我真的搞不清楚，但我應該從沒認為自己的性命更為重要才對。到底有什麼別的事，因為什麼很重要的事，因為想要誰幫助我找什麼，才讓我在那一天離開了自己的家。

「──可惡。真像個娘娘腔。」

「你能為我而死嗎？」

但是兩儀這樣問我，而我不是回答了嗎？有什麼好怕的呢？該做的事已經決定好了，所以就算是不論誰看來都很遜的忍耐，我也非站起來不可。

「……沒錯。嗯，可以喔兩儀，臙條巴要為了妳而死。」

說完，我緊緊握住兩儀留下的刀子。

這時候，房間的門鈴響了。

一陣「叮咚」的明亮聲音，讓我轉過了身子。是荒耶追來了嗎，或者只是普通的客人呢。

因為這裡是兩儀的家，所以不可能有客人，那麼來者就一定是荒耶了。

雖然我決定假裝不在，但很快改變了主意。

……我已經有所覺悟了，我決定在開門的瞬間展開攻擊，讓對方說出兩儀的所在。

我拿著刀子走到玄關後，用放鬆的聲音說道：「來了——請問是哪位……」

接著，我就用力把對方拉到了房內。我把對手撲到走廊上，然後用腳跟踢上了門。

對手因為出其不意而無法有任何反應。

我跨上那傢伙打算揍下去。但，接下來卻停手了。

因為被我壓倒的對手，一看就知道對人畜無害，也不會讓人認為他是兩儀的客人或是荒耶的手下。

「……你是誰啊。」

他沒有回答我的話，這個被壓倒的對手只是邊眨眼邊看著我。

那傢伙是個黑髮配上黑框眼鏡，有著溫柔眼神的男人。年齡應該比我大幾歲吧。雖然全身都穿著一身黑，卻完全沒有奇怪的感覺。

「你——是兩儀的朋友嗎？」

「是沒錯，那你是——？」

男人雖然突然被拉進房間，甚至差一點被揍，但卻很冷靜地回答著。

「我？我是——」

這樣說來我到底是兩儀的什麼人呢？因為想不到好的說法，我嫌麻煩了起來。

「這不關你的事吧！兩儀不在，你趕快回去吧！」

我從他身上離開站了起來。

但男人就這樣倒在走廊上，一直看著我的手。

「幹嘛？推倒你是我不對，但我現在沒空理你。」

「那是式的短刀吧？為什麼在你那邊？」

男人用不能大意的敏銳瞪著我所拿的短刀。

「……這是寄放在我這裡的，和你沒有關係。」

雖然我別過頭去回答他，他卻是像中國人般的口氣說：「有關係喔。」接著站了起來。

「式不會讓任何人碰自己的刀子，特別是那把短刀。既然你拿著那個，如果不是式徹底改變了自己的信念——」

男人一下抓住了我的領口。

「——就是你從式那邊搶過來的了。」

男人雖然沒有魄力，但卻有一對讓人不想移開目光的直率眼神。

我撥開男人抓住我領口的手。

「兩種都不是，這是兩儀掉的東西，所以……我想儘快還給本人。」

我轉過身背對男人，因為我得去房間準備一下才行。

「等等……你是他們的同伴嗎？」

我背後的男人這樣問道，雖然我打算不理他，但男人說法的某個地方讓我在意起來。

「他們，是指哪個他們？」

「小川公寓。」

男人用有如刀般鋒利的聲音簡短說著。

我停下動作，男人應該是在試探吧，但我回應他說「是」。男人聽完重重地歎了一口氣。

「……是嗎。式真的被抓住了啊。」

然後，男人就把手放到玄關的門上。

不知為何，我那時察覺這樣會被搶先一步，於是我終於開口叫住了他。

「喂。」

雖然可以不管，但我感覺不能讓這男人一個人前去……再加上我察覺到這男人跟我有著相同目的，因而感到放心起來。

「喂，等等！」

我帶著跟剛才完全不同的情緒，將男人強迫地拉了過來。

◇

這男人是兩儀式從高中起就認識的朋友。有關這傢伙的詳細故事我現在沒興趣聽，我只是想救出兩儀，而這傢伙只是想幫助兩儀而已。

我們兩人連名字也不說，只是交換著彼此的情報。根據這男人所說，今天來了個叫阿魯巴的紅大衣男人，公開說他綁走了兩儀。我跟兩儀前去公寓是在昨天晚上，時間聽起來符合。我瞄了一眼時鐘，時間剛好到了晚上七點，從那以後已經過了整整一天。

男人似乎在等一個叫橙子的人，但那人卻始終沒有回音。僅剩下自己的男人，無法忍耐到明天便開始行動了。我跟他說了所有昨晚發生的事。

包括公寓東棟與西棟的事、我的兩個家、兩儀被叫荒耶的怪物抓住……還有我殺了父母在街上遊蕩時，遇見兩儀的事。

男人認真地聽著我說。連處在那怪異中心的我，都覺得這些說明像在說謊一樣，但這傢伙卻毫不懷疑地聽著我的話。

「……你接下來有什麼打算？」

男人聽完我說後，表情一臉沉重地問我。

「沒怎麼想，兩儀現在也還在那棟公寓的某處，除了救她出來也沒別的選項了吧？」

「不是問那個，我是說你父母的事，４０５與４１０室，你覺得哪邊才是真的？」

男人用很擔心的眼神說出我想都沒想過的事。我的父母——我殺了養育臙條巴的至親。

「……那種事情跟現在沒有關係吧？」

「有關係，橙子說那棟公寓的構造刻意讓人容易精神失常，若有自殺的家庭，責任也不在家庭，而是在設計者身上吧？你也一樣，你說害怕夢見自己被殺死，才會殺死父母，但那真的是你本人的意思嗎？你真的有殺人嗎？或是說，其實你的父母是不是早就死了？」

男人像是看穿般地看著我。這傢伙的視線並不銳利，但卻有透入人心的力量，他跟兩儀完全相反，是能看穿真實的一方。

……其實我也察覺到那個矛盾，不，我心裡也因為母親而全死光了吧。我所殺的父母，是彷彿每晚都在殺害我的父母。

那個夢是現實。我不是為了逃離夢境——而是為了從現實逃離，所以乾脆就親手——

「卡答」地響起了一聲齒輪轉動聲。

「——吵死了，那怎樣都無所謂？我只想把兩儀救出來，其他的事情我都不管。」

沒錯，現在只有那個是我的真實，現在沒空考慮其他的事，也沒有意義。

「你有什麼方法嗎？既然打算一個人去救人，應該有考慮過什麼計畫吧。」

我瞪著他說完後，男人一副不太能接受的樣子點了點頭。

「方法的話只有一個，但聽完你說的話後我改變主意了，這不是我們能解決的事，或許應該交給警察來處理。」

男人一臉奇妙的表情這樣說道。

……這傢伙現在還在說這種話，怎麼可能去依靠那些人呢。

「你說的是認真的嗎？」男人像是在說「怎麼可能」般地搖了搖頭。

「雖然不是認真的，但這種判斷也是必須的。從我看來，你太鑽牛角尖了。式雖然很重要，但你不能不珍惜自己的生命。」

「少囉唆，你根本不懂我的心情……！我已經一無所有了，從來沒有人保護過我，我也能保護得了任何人，我只剩下救出兩儀這件事。除了實現為她而死的誓言之外，什麼都沒有了——！」

說到這裡，我胸口一陣難過。我知道，這跟那一晚相同，我並不是想幫助兩儀，是為了想救兩儀而死。現在的我已經太多痛苦而不想苟活，什麼都不剩，那連活下去的意義都沒有了。既然如此——為了兩儀賭上性命而死，就算非常有意義的事。能為了喜歡的女人而死，對我來說已經十分足夠。

……這個男的因為察覺了我的真意，所以才會哀傷地看著我。

「——你是不會懂的。」

我只能這麼說著。

男人靜靜的站了起來。

「我知道了，我們去救式吧。不過在那之前我要先去一個地方，你也一起來吧，臙條巴。」

他說出我還沒告訴他的名字，便走進夜晚的街道上。

我跟在男人後面搭上了電車。電車跟目的地公寓方向完全相反，最後我們在一個陌生的地方下了車。

那個城鎮是遠離喧鬧市中心的寧靜住宅區，在車站前只有兩家小小的超市，寂寞但卻熱鬧。

「走這邊。」

男人很快看了看站前的地圖，接著便走了起來。

走了幾分鐘，周圍只剩下吃過晚飯又歸於寂靜的住家，路上很昏暗，只有路燈很不可靠地照著道路。

狹窄的路、狹窄的天橋，垃圾場裡的野狗像是流浪漢般群聚在一起，充滿低俗感。

男人似乎是第一次來到這個城鎮。

一開始我以為要做拯救兩儀式的事前準備，但看來似乎並非如此。我邊跟著無言的男人前進，心中越來越不滿，我們可沒有在這種地方散步的空閒啊！

「喂，夠了吧？你到底打算去哪裡。」

「就快到了，你看那邊的公園，旁邊有一塊空地對吧？就在那邊。」

我只好跟在男人後面通過那個公園。

夜晚的公園杳無人煙，不，這種公園就算白天也不會有人吧！它只是個狹小又有著平坦地面的遊樂區而已，連溜滑梯之類的東西都沒有，只有湊數般的生鏽單槓，已經不知幾年沒整理過了。

「——咦。」

我的腦中突然浮現出了什麼，我……的確認識這個公園。小時候，在已經記不清楚、甚至沒有回憶必要性的小時候，我曾經在這裡玩耍過。當我站著凝視公園時，男人已經走到很遠的地方了。

他停在旁邊空地上的一戶房子前，我小跑步往男人的方向跑過去。

男人沉默地看著那房子，當我接近時，他就直接把視線轉到我身上，那是一種非常悲哀的眼神。我被那眼神催促著，將臉轉向男人剛剛還在看的東西。

——我感到一陣眩暈。

……那裡有一間房子，只有一層樓的小房子。

房子的門已經腐朽了一半以上，庭園十分荒涼，生長出的雜草已經侵蝕到房子的牆壁，油漆到處剝落，與其說是房子，還不如說是勞累而倒下的老狗。從無人居住開始到底過了多久？這已經不是房子，而只是一棟廢墟而已了。

「…………」

我發不出聲音來，

只能緊盯著那棟廢墟看。不知不覺間哭了出來。我明明不難過也不悔恨，但眼淚就是停不下來。我不知道這東西，也沒見過這東西。

但是，魂魄記得，膩條巴一定不會忘記的。就算長大的我捨棄了，巴還是一直記得這個地方。

——我……的家——

我自己在八歲前所住的地方，早已忘卻每個回憶的日子。

「……臙條，你的家在哪裡？」

當我回答這個問題後，少女搖了搖頭。

「不對，是你真正想回去的家，不知道的話就算了。」

……兩儀，妳是指這個嗎？都到了這個地步，這裡還剩下什麼嗎？一個崩塌、毀壞、連外型都失去的廢墟，對我來說沒用處。

我對於家，只有痛苦的回憶。

無法工作後便拿我出氣的爸爸，在家裡是個暴君，而母親則是一個只會對父親連聲應和的木偶。能吃飽的食物和溫暖的衣服，我都沒有。

對我來說，父母只不過是個累贅罷了，所以比起父母已死的事，兩儀的事對我來說重要得多。

應該很重要啊……

但為什麼——我卻哭成這樣呢？

感覺麻痺、無法動彈，在看見父母屍骨時也一樣……我忘記了很重要的事，因此感到這麼難過。

「……是什麼……？」

說著，我踏入了廢墟的庭院裡。

庭園很狹窄，對一家三口來說還算剛好吧？但是現在的我已經是大人了，比起小時侯，現在覺得庭院變得狹窄多了。

……我記得這個庭院。

我記得父親很幸福地笑著，用手撫摸著我的頭——

我記得溫柔的母親很幸福地微笑著，目送我離開——

令人難以置信，那種夢一般幸福的日子，我竟然也有過。

那種理所當然般的幸福，我也曾擁有。

「——巴。」

一個聲音響起，我回頭一看，那裡站著一位面孔很精悍的青年。

「我要拜託你保管一個很重要的東西，來這邊一下。」

小小的孩子往青年腳邊跑過去。那是個有著紅頭髮、像是女孩子一般的孩子。

「爸爸，這是什麼？」

「這是家裡的鑰匙，小心拿好，別弄丟了！因為巴也是男孩子，要用那個去保護媽媽喔。」

「用鑰匙保護嗎？」

「沒錯，家庭的鑰匙是守護家族的重要物品。不但能鎖上門窗，就算爸爸媽媽不在也沒問題吧？鑰匙啊，可是家族的證據喔。」

……當時還年幼的孩子，瞭解多少父親的話呢？但孩子還是緊緊握住了鑰匙，抬頭說道：

「嗯，我知道了。我會好好保管。爸爸你放心，我會保護家裡的。就算一個人，我也會好好做的——」

我的腳突然使不出力來，跌坐到庭院的地上。就算想站起來，也沒辦法好好的站。過去的回憶鮮明刻畫在腦海，現在的肉體無法順利活動。

……沒錯，對我來說，家裡的鑰匙是用來保護家族的東西、是家族的證明，有如寶物一樣的東西。

但那個家族毀壞了，以前的影子一點也不剩。

我詛咒它，是因為現今太過嚴酷，因而忘掉了過去的事。

……那是以前家族還很平和時的記憶，溫柔的母親、值得誇耀的父親，把孩子成長擺在第一位的父母。那是真的，只因為過了一段時間而失去它的我，竟然就把它當成假的，真是太愚蠢了。

明明父母是這麼溫柔。

明明世界看來是這麼耀眼。

我只顧看著眼前，把父母當作沒救的人而加以隔離。無視他們求救的聲音，給了他們最後一擊。

事物——難道必須是永遠才行嗎？

不對，不能希望永遠，父母的心情是真的。而遺忘這件事的我——把真的被害者當成加害者而逃了出去。

……父親受到周圍的迫害，想工作也沒班可上。母親在打工處一直被說壞話，還是忍耐著繼續工作。對這兩人來說，我是唯一的救贖。

我上班回來後，母親一定等待著我，雖然母親想說什麼，但我不想去聽父母的聲音，只是一直背對著他們。明明辛苦的不只是我，母親一定比我還要辛苦。

她沒有交談的物件，被父親毆打，只是靜靜工作著。她的心會壞掉當然是理所當然的，我——要是有回過頭一次，就不會發生那種事了。

「——我真——愚蠢。」

眼淚無法停止，我掩面而泣。

殺了父母是因為夢境的緣故，還是公寓的緣故，對我來說已經沒什麼分別了。不對的人是我。

明明母親是被害者，我卻更加責備她，連頭也不回。殺死父母的人是我，我明明比任何人更得去拯救他們不可。要補償那件事，現在不做不行——我就這樣坐在庭院裡，緊緊握著庭院的泥土。眼淚停了下來。

之所以在哭，並不是像剛才那樣因為悔恨而哭，是因為難過——因為父母已死的事實太過沉重，我才流下淚來。

第一次……這是在父母死了半年之後，才終於流下的告別儀式。

不過那也到此為止了，我沒辦法一直在這裡浪費時間。

——風停了，信號也已響起。

來吧——該開始認真的奔跑了——

……當我察覺之時，才發現男人一直站在我背後。

他什麼也沒說，只是看著蹲在庭院裡的我。

雖然不想承認，但我的確非來這裡不可。可是被別人看見正在哭泣，我怎樣也沒辦法直率面對他。……不對，我一定到最後都跟這傢伙不合吧？畢竟，我可是沒有跟情敵建立良好關係的興趣。

「可惡，你滿意了吧？」

我頭也不回地這樣說著。

男人一臉難受般地點了點頭。

「……抱歉，我雖然清楚你的不幸，但卻說不出一句話來。」嗯，沒錯。能瞭解我的痛苦，只有我自己而已。

我可受不了別人帶著一副同情模樣去解說我的痛苦，就這一點來說，這傢伙說出的話還算令人不難過。

「因為我出生在幸福的家庭、幸福的成長。所以，我什麼也說不出來。」

……對，這傢伙是好人。對現在的我來說，連安慰的話都是謊言。我雖然討厭別人的同情，但我知道拒絕別人同情的代價，最後報應會發生在自己身上。而這傢伙不想讓我有那種討厭的感覺。

「……哼。既然知道就閉嘴啊，笨蛋。」

「可是這非得說出來才行吧。雖然不知道是第幾次了，但若什麼也不剩的話——現在的你最重要的就是你自己，如果你想輕蔑自己，絕對是錯誤的舉動。」

在月光照耀下，男人這麼說著。

比起其他任何事，自己都是最重要的，

即使欺騙人也得要守護的，就是骯髒巴這條命。

——嗯，大概是最純粹的真實。

不虛假、不帶有修飾，真正的本性。

如果會認為那是醜陋的，一定是因為自己軟弱的緣故，在說出要為兩儀而死的那一晚，式會輕蔑我也就是因為如此。

……真厲害啊，如此不同類型的人，竟然到頭來都對我說同一件事。我保持蹲姿笑了。

然後，男人的手伸了過來。

「一個人站不起來的話，我就助你一臂之力吧。」

……他讓我感到刺眼，於是我緩緩把他的手推開。雖然體內各個關節都在發出哀號，但這乃是我死都非得堅持的面子。

臙條巴站了起來。

「多管閒事，我不論什麼時候都是靠自己一個人。」雖然這只不過是我一個人認真而已。

男人「嗯」的一聲，毫不做作地笑了。

「我也認為你應該會這麼說的。」

那是一股不可思議、連我也想回報的笑容。

◇

男人構思的計畫很單純。

兩儀被困在公寓西棟十樓的某個地方，就算從正面大廳進去搭電梯，也很快被對手發現。

所以男人提案由他當誘餌，把拯救兩儀的任務交到我身上。男人確信地說，比起那棟公寓住戶在走動，他這個外人走動會讓荒耶等人更加注意。

「不過，到頭來我不是一樣會被發現嗎？」

「你從地下侵入，這是那棟公寓的藍圖，有看到地下停車場嗎？從離公寓一段距離的孔進入下水道，就可以潛入其中。那棟公寓的地下停車場沒有在使用對吧？」

男人的每一句話都很正確，正如這傢伙所說，那棟公寓的地下停車場並沒有開放，電梯雖然有B的按鈕，卻不會移動到地下。

「我認為那裡應該是他們的工房，地下停車場非常不錯，那裡既不會讓聲音洩露，也完全不會令人起疑。」

男人邊說邊推給我一個裝著螺絲起子等工具，用來從下水道爬到地下停車場的袋子。

男人駕駛的車就這樣到達了公寓所在的填海區。

我們在離公寓約一公里遠的地方停車。時間是晚上十點，四周不見人影。

「那裡就是下水道口。沿著往西邊的下水道走，第七個下水道口就是停車場。」

「真是的，別說得好像很簡單一樣。」

我一邊抱怨一邊進行準備。除了放有工具的皮帶，還有兩儀留下的刀子。

加上……為了保險起見，從兩儀房間借來的日本刀。因為被荒耶發現時，武器是越多越好。

「那麼我們開始對時，大約十點半我會進入公寓，你也要在那時入侵停車場。」男人用我習慣的作法開始下達指示。於是我決定，把一直放在心裡的疑問說出來。

「……雖然我是已經習慣這種事了，但你為什麼要做到這種地步。為了兩儀嗎？」對於我的疑問，男人只是一臉困惑的表情、並沒有回答。

「喂，搞不好可是會死喔。你一點都不怕嗎？」

「害怕是當然的，因為我本來就不是負責扮演這種角色的人。」

男人閉上眼說著，那寧靜的說話方式，就有如說給自己聽一樣。

「我自己也感覺到驚訝，因為這對我來說是很大的冒險……但不久前，我認識的一位自稱可以稍微『看透未來』的人。」

「啊？」

……他突然說出一句我無法理解的話。

「根據她說，跟式扯上關係，就會碰到賭命的事。」男人認真地說著，而我則是配合他的話問道：「對，那就是指現在啊，一定是的。那麼，結果會怎樣呢？」

「不管怎樣——結果都不會死。」

男人這麼回答，接著補上一句。

「所以這就是我逼迫自己的理由喔！」

聽完這句很曖昧、但很適合這傢伙的理由後，我背起了行李。這種事如果在平常很輕鬆……但現在非得開始奔跑了。

「我就先謝謝你了。對了，我們還沒互報姓名呢。我是臙條巴，你呢？」

……雖然我知道對方曉得我的名字，但還是刻意自己報上了姓名。

男人叫黑桐幹也……我知道，那是兩儀曾經提過的名字。

「是嗎，你還真的有像是詩人一般的名字啊。」

然後，我抓住男人的手讓他握住鑰匙。

那東西是對我來說已經沒用的——兩儀家的鑰匙。

——在很久以前。

被我當成是寶物、那個小小的金屬片。

「這個是？」

「你就拿著吧，因為這以後得由你來守護才行。」

我努力露出燦爛的笑容，但不曉得是不是順利笑了出來。

「事情結束後，我們別再碰面比較好，也別再尋找對方。愛上同一個女人的同志，就爽快分手吧！」

為什麼？男人話說到一半，臉色暗了起來。

……這個乍看之下很悠哉的男人，頭腦其實很靈敏。因為他在一瞬間就瞭解我想說的事。

「就是這樣，我不認識你，所以你也不用在意我。要是因為某一邊的責任讓某一邊死去，可是會讓人睡不好的。所以——彼此約定不再見面比較好。」

然後，我踏出了一步。男人什麼也沒說地看著我離開。我一邊開始奔跑，一邊揮手說再見。

「再見了！全部結束後，我要從頭開始。我雖然愛兩儀，但對她來說我是不必要的。雖然你不適合兩儀，但就是這樣才因此適合。

……我啊只是因為在兩儀身上看到同一個東西而感到安心，對我跟她這種人來說，像你這種無害到令人嚮往的傢伙最合適——」

然後我開始奔跑。不再回頭往後看。

／14

黑桐幹也走進那間沒有人的氣息、有如機器生活般的公寓。穿過感受不到綠意的庭院，來到充滿人工照明的大廳。

大廳裡面一點聲音也沒有。

統一成奶油色的大廳，只有非常乾淨的感覺而已。電燈的光線不會反射，而是被吸進地板和牆壁，這裡不存在有所謂的明暗可言。

白天來的時候——這個公寓裡充滿了溫暖的惡寒。但現在不同，晚上來到這裡，只有充滿令人喘不過氣的寂靜。

腳步聲輕輕響起，隨即就被抹殺掉了。

好冷——連空氣都彷彿被確實訂定角色般，每走一步就令人無法呼吸。黑桐幹也深切感受到，自己對於這個異界來說是完全的異物。就算這樣也不能轉頭回去，於是幹也有如撥開水面般地前進。

「總之先到三樓吧。」

他不想走樓梯，決定坐電梯上去。按下了電梯的按鈕。一陣巨大的引擎聲響起，電梯從五樓降了下來。門一聲不響地開啟了。

「——耶？」

幹也一下子無法理解在那裡的是什麼東西，他嚥了口氣之後稍微往後退。

「哎呀，你來了啊？正好，我剛好打算去找你的說。」

搭電梯的紅大衣青年，邊笑邊這麼說。

幹也用一隻手拼命壓抑湧上喉頭的噁心感覺，他搖搖晃晃後退了幾步，用因為恐懼而一臉要哭出來的表情一直看著青年。明明知道只要不看就好，但他就是無法把眼睛從那個東西上移開。

「做得很好對吧？真的，我也很中意呢！」

青年愉快地笑著，一手把那個東西舉了起來。那個幹也怎樣也無法移開視線的東西……

紅大衣的青年，用一隻手，提著蒼崎橙子的頭。

橙子的頭顱，製作得非常完美。顏色和質感都與生前沒有兩樣，像是睡著般閉上眼睛的臉龐，有如一幅美麗的畫——除了頭部以下完全不見這件事以外。

「啊——」幹也用手捂著嘴，拼命忍耐想吐的感覺。

不，他是只能這麼做而已。他只是站著，拼命壓抑要從嘴裡湧出的各種東西。

「你是來替師傅報仇的？真是有心，蒼崎有個好弟子啊！真令人羨慕。」

紅大衣青年從電梯裡走了出來。臉上的笑容像是把人工做出來的東西貼在臉上一樣。

「正如你所見，你的師傅死了，不過還不算完全死了喲。她還有意識，還是可以聽見外界聲音，並理解那是什麼的機能存在，這是我的慈悲心喔，是慈悲心。雖然她造成我很多的麻煩，但我起碼還知道要尊重死者。我打算讓她再多活一下。」

穿著紅色、有如鮮血般紅色的青年，往幹也的方向走去。如同惡魔般自然的說話模樣，彷彿忍耐誘惑而動彈不得的聖職者。

「你問我為什麼？很簡單，因為光這樣我還無法完全發洩。只是將她殺死，無法讓我長年受到屈辱的憤怒平息，我得讓她更瞭解什麼是痛苦才行。啊，不對不對，這樣會讓你誤解的，我並不是想讓她知道『痛苦就是這樣』喔！因為對只剩下一個頭的人來說，肉體的痛苦是很瑣碎的問題吧？」

說完，青年就把手指伸向拿著的頭顱，然後將手指插進她已經斷氣的雙眼中，血淋淋把眼球拿了出來。

像眼淚一般的鮮血，化成瀑布從她的臉頰流了下來。沾滿鮮血的眼球，跟她生前的眼眸完全不同，在那裡的，只不過是圓形的肉塊而已。

青年把那個交給了無法動彈的幹也。

「看啊，就算這樣她也不會呻吟。但你放心，痛覺還是有的。雖然蒼崎很會忍耐所以不會說什麼，但眼睛被挖出來到底是什麼感覺呢？很痛很痛嗎？痛到令人想哭嗎？你認為呢？既然是弟子的話，應該能瞭解師傅的感覺吧！」

幹也沒有回答，他的神經已經快要燒斷，已經沒有辦法思考事物了。紅大衣的青年很滿足地看著他。

「哈哈——不過啊，這一定只是沒什麼大不了的痛苦吧？老實說，與其痛苦我還比較想讓她悔恨。像這樣子變成只剩頭顱，對蒼崎來說一定是難以忍受的屈辱吧？但我還準備了更高一層的屈辱，所以我需要你，你知道自己培養的東西被破壞掉，那是什麼感覺麼？而且那東西就在眼前，讓自己一邊體會連聲音都發不出來的無力，若是我的話一定無法忍受，就算只殺了破壞者也會不甘心。你知道嗎？這女人一直無視我，恨我恨到想殺了我。真是太棒了，還能有更棒的復仇嗎！雖然直接下手的一擊被荒耶搶走了，但這個我怎樣也不會讓給他。」

紅大衣的青年毫無表情地跟她的頭顱說話——接著突然地，用兩手抓住流著血淚的頭。

「在我知道蒼崎有弟子的時候，我實在太高興了，從那時開始我就盯上了你。要恨的話別恨我，去恨你師傅吧。放心，我不會只讓你下地獄的——我不是說，這個頭就算這樣還是活著嗎？不過……」

青年「嘿」的一笑，就像用上拼命的力氣一樣用兩手壓碎了頭顱，像是蘋果一般，曾為蒼崎橙子的東西碎落到地面上。

「看，這樣就死了。」

青年有如要填滿大廳一般笑了起來。

幹也連聲音都發不出來，只能開始跑著。眼前橙子變成一堆肉片的光景，讓他僅存的理性也斷了線。

幹也不是往外，而是往東邊的大廳跑去。

現在的他完全想不起來那是一條死路，只是——看在他沒慘叫的份上，還可說他真是了不起吧。

「好了，要落幕了。你等著，我馬上去追你。」

青年停止了笑聲，開始悠閒地追著他。那雙沾滿鮮血的手也就保持那樣，邊走邊在地上落下紅色的水滴。

◇

地下下水道有如迷宮一般，理所當然沒有什麼照明，只有污水流動的聲音，讓人感受到時間的流逝。

即使這樣，巴還是一手拿著幹也準備的下水道說明圖，一邊走到了目的地。那裡有個通往天花板的窄小洞穴，他關掉變成一點光源的手電筒，開始攀爬牆壁上的梯子。

爬幾公尺後就碰到了天花板，他把螺絲起子插進被當作天花板的下水道口，在變大的空隙裡插進扳手，然後用力撐開蓋子。

圓形的鐵蓋「喀啷」一聲掉到地上。地下停車場的情況，漆黑到無法辨識。巴先把放有工具的袋子丟進停車場裡，然後拿著式的短刀爬了上來。

「────」

停車場裡沒有光線，巴靜靜地看著周圍。

……感覺有點不對勁。明明是偷偷潛入，卻完全感受不到會被發現的危機感。

地下停車場有多寬廣，巴無從把握起。這裡連一點亮光都沒有，只有蒸氣聲迴響著，讓人不知到底是寬是窄。

「蒸氣的聲音？」

巴突然一陣昏眩。他知道，這股黑暗、這個空間的味道。不對，不是知道。而是像現在一樣，很切身地感受到。

——我……回來了……？

身體不斷的發抖，「卡答卡答」的怪聲在腦袋裡來回著。

膔條巴不自覺地環顧了四周。

這裡很熱。

只有鐵板燒紅的聲音，和岩漿般的光線可以倚靠。

周圍的牆上排列著很大的壺，地板上佈滿了細長的管子。

一個人也沒有，只能感覺到蒸氣的聲音以及水的沸聲…………………………

………

………………………………像他平常感覺的一樣。

「————」

巴沉默地走了起來，身體很重，已經越來越接近極限了。

在房間中央的鐵板被燒得通紅，鐵板上會定期灑水，而水則化為蒸氣消失在房間天花板上。

天花板上有好幾層管子，管子吸入了蒸氣後，就會沿著牆壁把如同空氣般的東西送到周圍的壺裡。

「——哈哈。」

巴無力地走近了壺，

剛好是人類頭般的大小。

裡面放了不知是什麼的一塊東西，像被泡在實驗室的福馬林裡一樣，輕輕漂浮著。

不管怎麼看，都像是人的腦。

從壺下面伸出了一條管子，它沿著地板伸展到牆上，然後穿過天花板。巴有如面對他人之事般想著，那大概是連接到公寓各個房間吧？

「什麼嘛，這不就跟廉價恐怖片一樣了嗎？」

巴一邊笑，一邊沿著牆走著。

……他應該要試著思考，每天重複同樣生活的人們，並不是重複跟昨天一樣的今天，那樣一來，就會讓異常性洩漏到外面去了。

以人來說，他們每天過著只有細微變化的螺旋日常生活。因為這樣，所以不能殺人，得讓會思考且使身體活動的腦存活，雖然很難假定只會思考的東西能存活，但總之必須讓腦活動才行。每一天只是為了在夜晚死去，在跟死去身體不同的地方度過每一天。

那不就是地獄嗎？

死亡、生存、死亡、生存，僅僅是這樣的封閉之輪，但人類就只是這種被封閉的輪。甚至對逃走或停止都不會感到疑惑，一個靈魂的牢獄。

……每一天醒來，都把晚上發生的這段重複結局當成夢境。

臙條巴每晚，都把這個現實當作夢境看待。

「……原來如此，原來是這麼回事。」

說完，臙條巴觸碰其中一個壺——聽到了不該聽的聲音。

應該不存在的意識，說出一句話「幫幫我」……壺這麼說著。

巴笑了。

……因為他也只能笑了。幫你是要幫你什麼？幫你恢復成原來的人類嗎？又或者是從這個不斷重複中解放出來？但不管哪種，都是不可能的要求。

「——我只能殺了你。」

所以要笑，即使悲傷、即使悔恨、即使滑稽，也只能笑了。

「……我也一樣，希望有人來幫我，一直希望有人來幫我，但是，我卻不知道該把自己從那裡解放出來……而結果也不該知道的，因為根本沒有可以幫助我的方法。不管意義如何替換，只有一開始的現象無法消除。」

巴一邊道歉一邊尋找著。那東西一定在某個地方，沒有的話就相當奇怪，也不符合邏輯。

……名叫荒耶的魔術師，並不是自己殺了公寓住戶後再收集腦髓，而是在住戶自殺後，為了重複最後一天而將腦髓予以收回。

所以……應該會有的。臙條巴每晚重複那一夜的原因……在半年前發生的那段現實。

沒多久，他找到了那個東西。

不過，他還真希望只有那個東西是不存在的。

「哈哈——」

巴很溫柔地摸了那個壺。

有如看著鏡中的自己一樣，他用肉眼看到了現在正在思考的自己。管子有兩根。一根延伸向天花板，另一根中途斷裂開了。

簡直就像遭到廢棄處分一樣，徹底從這公寓隔離開來——

響起了「啪」的一聲。從昨天起就受傷的左手肘，從手腕處發出掉落的聲音。

像血一樣的東西，啪嗒啪嗒地從手肘滴了下來。

在掉下來手腕的斷面上，除了像肌肉和骨頭的東西之外，還夾雜著齒輪般的東西。

卡答、卡答、卡答、卡答、卡答。

這個怪聲從那一晚開始——在自己什麼都不知道，只是呆坐著的時候開始響起。

在被揍、被叫喚名字的那一天——這個叫做髒條巴的東西，在啟動時開始發出了齒輪聲。這個人偶對一直重複的夜晚、一直被殺害感到厭煩——因而在預定的調和之前殺了母親後逃走。

那就是——我。

「呵呵——啊哈哈。」

巴失神般地跪下，開始大笑。

「哈哈、哈哈哈、呀哈哈哈哈哈哈哈哈！」

已瘋狂的人類聲音，充斥在停車場裡。

——我笑了。

我早就知道了，雖然我早就知道自己是假的。但沒想到竟然真是被製造出來的東西。

腦袋空空如也，一片空白，什麼也想不出來。

但是……明明已經什麼都無法思考了，卻還是停不住地笑。

「……哈哈、哈……啊哈哈——哈。」

真是件奇怪的事。

既然重複了這麼多次，為什麼——不論我或我的家人，連一次都無法避免悲劇呢？

重複了數十次，數百次——竟為了逃出螺旋而殺了母親，真是無可救藥。是因為我不是真正的臙條巴，而只是被製造出來的巴，所以才無法改變發生的事嗎？

假的臙條巴，所以只能按照荒耶的想法行動。因為是假的——所以那傢伙知道我什麼也做不成，才會讓我逃走。

「——不對，」

說完，巴走了起來。卡答、卡答。

齒輪的聲音響起，這聲音讓他聽到這裡的人不斷重複「救救我」，不允許他發狂……不允許他發狂……允許不去正視這個現實。

……不對——又或者說……

巴靠近了鐵板後，就把斷裂的左手肘壓到鐵板上。

「□□□□□□□□——————!!!」

流出一陣苦悶的聲音，

肉燒焦的滋滋聲響起。

從切面漏出的血液，因灼燒而停止了。

巴邊笑邊把止血的左手從鐵板上移開。

……又或者是，他其實早已發狂了也不一定。巴一邊大口喘著氣，一邊尋找電梯。電梯位在房間的角落，他按了一個按鈕，把停在一樓的電梯叫了下來。

巴拿著短刀和日本刀搭上電梯。

他回頭看了一眼，

那個被蒸氣和水聲包圍的地下室非常安靜。

那是連自己死了都不知道，到今天也還繼續夢見日常之輪的腦髓靈魂安置所。

巴思考著。

永遠不會改變的每一天，以及永遠不會結束的每一天。

兩者哪個能稱做螺旋呢？他不懷疑這棟公寓充滿了怪異，不懷疑那就是永遠。

因為就算死了——就算是相同的每一天，到了早上就能夠重來。但是只要身在那個輪中，螺旋就不會扭曲。

只要一點點……若這個輪扭曲一點點的話，總有一天臙條巴不會被母親所殺、也不會有殺害母親的一天吧？但那也是不可能的，扭曲的輪不會在同一個地方轉動，若死者不能親自結束身為死者的存在，日常生活永遠不會到來。

就算是這樣，巴還是思考著。

——啊，

若這個螺旋裡有矛盾存在，那該有多好啊？

那是不可能存在的答案，不可能實現的願望。臙條巴按下了十樓的按鈕，並深刻體驗到自己身體終結的日子即將到來。

◇

黑桐幹也正喘不過氣地跑著。

如果現在能變成毫無理由就大哭大鬧的嬰兒，該有多好啊？他只能一邊尋求不可能的援助，一邊拼命跑著。就像是要逃離紅大衣的青年般，頭也不回地跑著，等到跑到東棟的大廳時，他停了下來。

「……無路……可走……」

他猛然看向整個大廳，

雖然有通往二樓的樓梯，但大廳完全是死路。

幹也終於察覺自己失去了冷靜。

「——可惡，為什麼會變成這樣。」

雖然已經有所覺悟了，但他還是不斷對慌亂的自己抱怨。但眼見昨天為止都那麼親密的人腦袋在眼前被破壞，他的舉動已經可說是正常了。幹也用雙手壓著不停發抖的雙膝。總之，現在非逃不可。

幹也四處張望著大廳。此時——走道上響起了堅硬的腳步聲。

「——！」

糟了！幹也開始跑了起來。先走樓梯上二樓再說，這種直覺讓幹也動了起來。但是他的腳還未能踏上樓梯。「刷」的一聲，當他聽到身邊發出砍斷東西的聲音，他的雙腳失去力道而跪到地上。

「啊——」

他伸出去的手雖然碰到樓梯的扶手，但幹也就這樣滑了下去，整個人倒在樓梯上。幹也趴在階梯上，看著自己的腳。

……從膝蓋的部分，流出了紅色的液體。他有如看著他人般，瞭解到有人從背後用刀子之類的東西砍斷他的膝蓋，但這種感覺不像是自己受傷了。原因是，傷口與其說是痛，不如說是燙，而動也不動的腳真的像他人的腳般沒有感覺。

「喂喂，你這樣就倒下我可是很困惑喔……這一下只是打算嚇你而已耶！連這種只是放出魔力的招式都彈不開，年輕人，這樣不行喔！」

穿著紅大衣的青年有如在演講般地張開了雙手。幹也一句話也不說，就這樣趴在樓梯上看著自己的血，紅色的血，有如倒下的杯子裡流出的水一樣。

他意識越來越模糊，不是因為那股紅色太恐怖，而單純是生命所需的血液一直在消逝而已。

「還是說你只擅長製造呢？但是無法保護自己的人，是不能被稱為魔術師的喔。

……嗯，看來蒼崎作為一個老師並不太優秀嘛——沒錯，她原本就充滿了缺陷。你知道嗎？在我們的協會，最高階的魔術師會被贈與顏色的標號。其中又以三原色是該時代最高的榮譽。

蒼崎正如其名，想要『藍色』的稱號。但協會並不給她。她被自己妹妹奪走繼承權，為了報仇而入會的人並不適合純粹的顏色。很諷刺的，蒼崎得到跟她姓氏相反的紅色系稱號，跟她的名字一樣的俗氣顏色。跟橙色魔術師相配的顏色！

那是想當原色卻不成功的傷痛之赤。哈哈，這不是很適合那女人的稱號嗎？」

紅大衣青年走到了樓梯旁。

他俯瞰倒在樓梯上的黑桐幹也，浮現了滿足的笑容。

「跟師父死在同一個地方也真是有緣，因為你是蒼崎的弟子，我還以為你會有什麼不得了的招式呢！真是令人失望。」

青年邊笑邊伸出手，緩緩地、為了要抓住倒地少年的臉而彎下身。然而跟他緩慢的動作相反，黑桐幹也的身體忽然彈了起來。

「嗚——！」

因為驚訝，青年的思考空白了一瞬間。

就像要抓住著空隙一般，幹也「啪」地彈起上半身，把藏在身體下的銀色小刀刺向青年。

黑桐幹也，把應該不會用上而屬於蒼崎橙子的小刀用力往青年刺了過去。

因為是有生以來第一次擁有殺意的緣故吧，少年閉上了眼睛，有如在忍受什麼般的咬緊了牙關。幹也拿著小刀的雙手，確實感覺刺到了什麼。

嘴裡不知說著什麼的紅大衣青年，照理說應該會一時大意，不可能躲過這突如其來的反擊才對。

……如果沒受重傷就好了，在朦朧的意識間，幹也睜開了眼睛。

但是……因為腳部出血而意識漸漸渾濁，他最後看到的東西，是青年用手擋住刺出小刀的影像。

在他伸出的手掌上，小刀深深地插了進去。

青年奸笑起來，容貌變得有如惡魔一般。

———

短暫的一瞬間。

「你真是過分……竟然刺人，這很危險啊！」青年說完伸出另一隻手，他抓住黑桐幹也的臉後，用力往樓梯敲了下去。

幹也的後腦就這樣碰上樓梯間，敲了一次後馬上又被抓起，然後再用力敲下去。

「很危險啊，很危險啊，很危險啊，很危險啊，很危險啊，很危險啊，很危險啊，很危險啊，很危險啊，很危險啊，很危險啊，很危險啊。」

大廳裡只有「槓槓槓槓」的敲擊聲，與他說話的聲音相互迴響著。過了一會，青年在察覺黑桐幹也這少年的呼吸已經很微弱時，終於放開手站了起來。

「啊呀，真痛。要說有多痛，應該是痛到想哭出來吧？你啊～想長命的話就不能作這種惹人嫌的事喔。」

青年很不快地拔起插在手掌上的小刀，有如對自己的話深表同意般認真地點著頭。

「好了——工作完成。雖然我對荒耶的研究成果有興趣，但還是回老家去吧，這國家的空氣很髒，我實在受不了了。」

青年轉身背對動也不動的黑桐幹也走了出去，往那細窄、僅有一條通向中央大廳的通道前去。

但在那之前，他看到一樣意料外的事物出現在眼前，於是停了下來。不，應該說是被迫停了下來。

有一陣腳步聲從通路上傳了過來。青年——柯尼勒斯·阿魯巴看到了無法置信的東西，不由自主地開始往後退。

因為發出咯咯的腳步聲來到大廳的人竟是昨天來到這裡的那個人。青年發愣道：「真難以置信。」

一手拿著超大行李箱，應該已經死亡的蒼崎橙子就站在那裡——

／15

「柯尼勒斯，你可別說『妳應該已經死了』這種老掉牙的臺詞喔！這會讓人看穿你的程度，別讓我太失望啊！」

蒼崎橙子用含有一股溫柔的聲音靜靜地說著。

紅衣青年——阿魯巴無言地看著她……他的身體，因為恐懼而微微顫抖著。

橙子走到大廳後，「嘿」地一聲把行李箱放到地板上……只有這點與昨天不同。昨天的行李箱跟公事包差不多大，但今天的則大到彷彿可以塞下一個人。

「——雖然我用趕的，還是來不及了啊。你說黑桐不是我徒弟這句話得更正一下。雖然我什麼都沒教他，但他仍然是我的人。」

「妳——妳應該死了啊。我明明親手殺了妳！」

阿魯巴根本沒聽見橙子說的話，只是握緊手大喊著。

他不肯承認眼前的橙子是真的，有如一個耍賴的小孩般地說：「一定是什麼地方搞錯了！」

跟拼命隱瞞心中慌亂的阿魯巴相比，橙子卻非常冷靜。她無視雙眼血紅瞪著自己的紅大衣青年，從口袋裡拿出了香菸。而阿魯巴……則因為對手的動作越像橙子會有的行為，就越無法阻止自己背上發出一陣寒意。

最後，他終於受不了而說道：「妳不可能存在在這個地方，一定是哪裡搞錯了。蒼崎，妳瘋了嗎？雖然不知道妳把什麼東西留在這世上，但死人就乖乖的像個死人一樣去陰間吧！」

阿魯巴用力一揮他那沾滿鮮血的手。被幹也刺傷的手掌血液四濺，魔術師自己的血和怨恨形成詛咒，一碰到空氣就象汽油著火般燃燒起來，化成火焰包圍在那個不應該存在的敵人。但……火焰雖然想包住蒼崎橙子，卻在還沒有接近她之前，就在一瞬間消失了。

橙子輕輕撥了撥頭髮後，把叼在嘴上的菸點燃。

「死者就不能存在於這個世上嗎？這間公寓可是充滿了矛盾呢！我想，不管是屍體還是什麼，活人和死人的差別，應該是菸抽起來舒不舒服吧。」

說完，橙子便用力地點了點頭。

「沒錯！那可是很大的差異啊，沒辦法享受這個的話，就算活著也沒什麼用了。」橙子格格地笑著。

看到她那太過自然的態度，阿魯巴才理解站在眼前的這個女人確實活著，而且是跟以前毫無兩樣的正牌貨。但就因為這樣，他才一直重複著同樣的疑問雖然理解眼前的現實，但對其答案卻一無所知。

「——妳應該已經死了啊！」

聽見青年的話，橙子皺起眉頭。她那琥珀般的眼眸，透露出已經聽膩這句話的事實。

「嗯，我的確是死了。身體被完全破壞，用來保留住靈魂的頭也被你親手毀了，那不叫死還叫什麼？」

「那麼在這裡的妳又是什麼東西！」

「這還用說麼？當然是蒼崎橙子的代替品。」她很快地回答道。

太過直率的回應，讓青年不禁張大嘴遲遲無法合攏。

「替代品……妳是人偶嗎！」

說完，阿魯巴自己下了否定的答案。

他也算是製造人偶方面知名的創造者，不管再怎麼神似人類舉止的自動人偶，他一眼就能看出真人與製造物的差別。

就算外表再怎麼像人，內部的構造還是無法矇騙過去。製造出的身體，從血液流動到肌肉構造全都無法完美，就算再怎麼模仿人類，也不可能成為跟人一樣的東西。

「就算製造出的是超越人類的人偶，也不可能做出跟人一樣的東西」——這是魔術勢力最大的光榮時代，中古世紀所留下來的絕對法則。

但是眼前的蒼崎橙子卻完全沒有那些做不好的地方。

以結論來說，站在這裡的蒼崎橙子是如假包換的本人，這麼說來——

「原來如此,那麼我所殺的才是人偶吧……!」
「柯尼勒斯,欺騙自己不好喔。你不可能對一個人偶出全力的。」
「嗯——的確,那是真人。毫無疑問的是妳沒錯。蒼崎,但這樣就產生了矛盾。妳意思是以前的妳和現在的妳都是真的嗎?那妳要怎麼解釋這個矛盾!」
阿魯巴喊著,然後——找到了答案。他拼命地搖著頭。真難以置信。不,那種事情是不可能的。
……但是,除此之外就無法說明這一切——那麼,眼前這狀況就是有可能的了。但,阿魯巴又再一次問道:那種事情,真的有可能嗎?
「蒼崎。妳該不會是——」
「答得好,以前的我跟現在的這個我,都是被製造出來的。阿魯巴,連我自己啊,都不知道是什麼時候跟本人交換的呢。」
橘色的魔術師邊浮現邪惡無比的微笑邊說著。
「什麼——那個,那個才是真的不可能啊!那麼妳是什麼?妳不是原始的人?難道沒有原始的人嗎?但妳自稱為蒼崎橙子,擁有自我的智慧,怎麼可能瞭解自己是偽物卻還能正常運作。偽物就是因為擁有明白自己是偽物的智慧,所以才會因為受不了而自我毀滅,這是常理!但是,妳明明承認自己是假的,卻……!」
「知道自己是假的就會崩壞?那種智能是二流的喔。而且你那種想法跟我完全無關。我的身體雖然是被作出來的,但卻是蒼崎橙子唯一的存在。哼,看來沒什麼時間了,這就算免費贈送的吧！我就來稍微解釋一下。

聽好了，現在的我是保管在工房裡的東西。在蒼崎橙子被你完全殺害的時候覺醒。所以，我才誕生了一個小時而已。蒼崎橙子本人是人偶師。我在好幾年前，在某個實驗的過程裡偶然做出了跟我毫無兩樣的人偶。沒有超過自己的性能，也沒有不如自己的地方，是擁有完全一樣功能的容器。看到那個東西，蒼崎橙子思考著——有了這個，不就不需要現在的自己了嗎？」

聽見人偶師的話阿魯巴不禁嚥了口口水。他忍不住懷疑起自己的耳朵，那簡直是完全相反的想法。他能理解作出跟自己同樣的人偶有多麼喜悅。但那畢竟是自己創造的人偶，實在無法想像有人會把自己的存在讓給人偶——

「笨蛋，那只不過是個過程罷了。假設妳做出跟人一模一樣的人偶，既然能作到那種地步，應該要繼續朝更高層次邁進。若是魔術師，就絕不會滿足於現狀！」

「所以啊，若是跟我完全一樣的人偶，就算在我死後也會和我一樣去追求更高的層次吧！就算我不在了，結果也不會改變。」

青年只是靜靜聽著，在他恍惚了一陣後，否定般地搖了搖頭。

「那只是狡辯！自己——身為絕對自己的本身絕對無法完全捨棄！我就因為是我所以才會留下我。就算有跟我一樣的東西，結果也一樣，我也不會把柯尼勒斯・阿魯巴這個存在讓給他！在歷史留名的是不是我並不重要，重要的是，如果我無法觀測在歷史上留名的我，那不就毫無意義了嗎？」

阿魯巴一邊抱著自己的胸口，一邊反駁眼前的人偶師……他的本能告訴他，如果不這麼做，所擁有的一切都將被否定。

終究拘泥在本身的自己，還有選擇捨棄本身的橙子……這差異，是一道分隔凡人與非凡人、令人絕望的牆，這都是因為絕不能承認這件事的緣故。

「這是想法的不同啊，阿魯巴。我不但不會怪你，而且我也羨慕你。連我自己都不知道自己何時變成那樣，我會在活動中的我死亡時覺醒，因為剛剛那個橙子所得到的知識曾被記錄下來，如果繼承那些東西，我就跟以前沒什麼兩樣了。接著，我會在作出跟我完全一樣的人偶後再度沉眠吧！在製造一樣的人偶時，我毫無疑問是本人。所以說，剛才被殺死的我，搞不好是原始那個我也不一定。不，原始的我可能在連我也不知道的地方沉睡著。但因為都是完全一樣的容器，所以早不存在所謂分辨的方法。雖然全都是一堆『不一定』，但這就是真實。跟打開箱子前都不知道死活的貓一樣，重要的是目前發生的現實吧？就因為這樣──我毫無疑問是蒼崎橙子，說得簡單一點，既然我在這裡，你剛剛破壞的就是假貨了。」

接著，她便把手伸向放在地板上的行李箱。阿魯巴則愕然看著與自己能力相差太多的對手。

「……是這樣嗎，並不是荒耶放過妳，而是只要妳活著，就不會讓下一個妳開始活動──？」

橙子沒有回答。

她只是用冷冷的眼神看著穿紅大衣的青年。

阿魯巴已經無法再忍受那股惡寒，用雙手抱緊了自己……但寒意，卻更加地強烈。

橙子的眼神像機械一樣，明明不帶任何感情，卻帶有很明顯的殺意看著他。

阿魯巴不知道她有這種眼神，在學院時也不曾看過。

他無意間想起，自己到目前為止所知道的蒼崎橙子，真的是本人嗎？說不定現在這個無言又靜靜站著的模樣，才是她毫無隱瞞的真實自我呢！沒有感情也沒有自我，非常像魔術師的存在的一種形式。

在這麼想的瞬間，他至今對蒼崎橙子抱有的復仇念頭全瓦解了。

到目前為止，自己到底為什麼對那種東西抱有妄想呢？

到今天為止的自己，真的憎恨蒼崎橙子這個人嗎……至少，他所知道的蒼崎橙子不一樣。她變得能輕易將越卓越就越難捨棄的魔術師的自我拋開，儼然成為一個怪物了。

沒錯，他遇見的橙子更像人類，自己明明一直注意那樣的她……

「妳——是真實的嗎？」

阿魯巴不自覺露出——有如分手戀人般的哀求眼神，他邊發抖邊這樣問道。

她咯咯地笑了。

「你啊！對我來說，那種問題有任何意義嗎？」

她冷淡地、保持太過玲瓏的美麗這樣說道。

◇

橙子把夾在手上的菸，又抽了一口。

她的眼神在說，無謂的對話就談到這裡吧！

「好，回歸正題吧。我家小子的性命也危險了，因為你胡作非為的關係，已經過了大約一個小時的時間了。」

「什——麼？」

才過了一個小時？這麼說來，橙子說過她是在頭部被毀後才覺醒的。

若她沉眠的地方是自己的工房，來到這公寓大約要花上一個小時，不可能快速到只花不到幾分鐘的時間。

阿魯巴猛然看向倒在樓梯上的少年。

……腳上的傷還是一樣，但是——自己敲擊好幾次的後腦卻沒有出血。這個少年，單純只是因為腳部出血而失去意識而已。

「怎麼可能……蒼崎，妳是用了什麼魔法。」

青年無力地問著。

阿魯巴已經沒有一絲活力了，充分看到身為魔術師之間的差異，他不可能還存有攻擊橙子的念頭。

「魔術師可不能隨便把魔術掛在嘴上，我來這個大廳已經是第三次了，只有這裡是我從頭開始建造的結界。為了預防萬一，我多少準備了一些機關。比方說，像是你因為黑桐的反擊而驚訝的瞬間，我稍微介入你意識之類的小手段……」

「是那個時候——」

阿魯巴悔恨地呻吟著。的確，在用手掌擋下少年小刀的同時，他腦中確實出現過一段奇怪的空白。從那時起，自己就陷在夢中了吧！只是茫然等待施術者的橙子來臨而已。

「哈哈，哈哈哈哈——原來如此，從一開始我就落入妳的掌心了啊！蒼崎，妳很快樂吧？雖然不願承認……但這樣看來，我果然從一開始就只是個小丑。」

「倒也不是這樣，畢竟我也沒想到居然會被殺，而且也不打算報被殺之仇。我會來到這裡是別有原因的，黑桐只是順便而已。」

橙子「磅」的一聲把腳下的行李箱放在地面上。那個大過頭的行李箱就算倒了下來，外觀形狀也沒什麼變化。那個幾乎跟立方體一樣的行李箱，讓阿魯巴想起這跟某樣東西很相似。

「妳說……不是來報被殺之仇，那妳來幹什麼？打算阻止進行魔術師禁忌實驗的荒耶嗎？」

「那才更不可能呢！那件事怎樣也不可能成功的。阿魯巴，我啊，其實只是來找你的。」

「果然啊……」

紅衣青年點頭道。

但他還是不瞭解，蒼崎橙子說，她並不會因為被殺而記仇，而且也不打算妨礙他們的實驗。

那麼——到底是為了什麼，讓她用這樣冰冷的殺氣對著我？

「……為什麼。我對妳作了什麼嗎？」

「沒什麼。既然活著，被恨或者恨人都早有所覺悟。說實話，你那從學院時代起就開始的憎恨還不錯，因為那是我蒼崎橙子優秀的證明。」

「那麼，為什麼？」

「很簡單。因為你用那個名字叫我。」

「碰」的一聲。

橙子腳邊的行李箱發出打開的聲音。

大行李箱裡面，正是那股黑暗。

那黑暗的固體連電燈的光線都無法照入，就那樣集中在行李箱裡面。

在裡面，有……兩個。

「這是我從學院時代定下的規矩，只要叫我『傷痛之赤』的人，全都得死！」

行李箱中發出了光芒。

是——兩個眼睛。

「原來如此。」阿魯巴點頭道。

自己從剛才就一直注意的箱子，潛意識裡老認為跟什麼東西很相似……但答案其實很簡單，為什麼自己沒察覺到呢？

那個說成行李箱還嫌太大的立方體，不就是哪個出現在神話裡，封印住魔物的那個箱子嗎？

這時，出現在箱裡的黑色魔物伸出荊棘般的觸手，抓住了柯尼勒斯・阿魯巴。

阿魯巴就這樣被拉進箱子裡去，怪物開始用數千張小口從他的腳開始吃起。他只能這樣活生生的被吃下去，在失去意識以前，他只剩下頭顱的視線，對上超然看著他的人偶師。

一邊看著這可怕的死法，她眼神中還帶著輕蔑。

光是看見這樣的眼神，他便開始後悔自己不是她的對手。荒耶最後的話在他腦中響起，他應該早就預料到柯尼勒斯・阿魯巴會有這樣的下場吧？

最後一片腦漿被咀嚼著。

……我失敗了。不該跟這些怪物扯上關係啊！

……那就是，紅大衣魔術師最後的思考了。

／16

電梯上升著。

在沒有他人的小箱中，臙條巴靠著牆壁凝視虛空。

巴的呼吸很急促。

他的手只剩下一邊，為了止血而灼燒的傷口，神經發狂般地持續傳送著痛苦。他腦海裡長期無視的真現實在來到眼前，支離破碎的自己在想些什麼也變得很朦朧。

巴只能想，自己的心靈與身體都試著突破極限。

在上升的電梯中，他重複深呼吸以求呼吸平穩。

只有今天，感覺用慣的電梯速度緩慢，用幾乎要停下來的速度朝十樓上升。

途中——巴把手上的刀放開了。「喀」地一聲，日本刀落在電梯地板上。

刀這玩意比想像中還重，光拿幾分鐘手就麻了。如果兩手還在時應該可以揮動吧？但只剩一隻手的巴，現在連把刀拔出來都做不到，只用單手拿小刀還能讓自己好過些，於是，他剩下的右手便緊緊握住了小刀。

電梯停下。十樓到了。穿過兩邊的門，巴離開了大廳。眼前是通過東棟的走廊，成為死角的電梯後方則是通往西棟的走廊。巴朝沒有光亮，放著真正屍體的西棟前去。他繞到電梯後側，來到繞著公寓的走廊上。

時間，已經將近晚上十一點了。

從走廊看出去的夜景很安靜、很寂寞，公寓周圍只存有旁邊那棟形狀相同的公寓，公寓之間鋪著柏油道路，還有綠色的庭院。

那光景，與其說是夜景，還不如說是被綠意包圍的墓碑。

他「呼」地深深吐了口氣。雖然面對的是眼前的夜景，但他也確實感應到剛剛出現在旁邊的人。

所以他才大口呼吸，來整理混亂的意識。

巴手握著小刀，轉向橢圓形的走廊。

走廊上充斥著沒有光明的黑暗，連月光都顯得相當微弱。

在離巴約兩個房間的距離，站著一個黑色外套的身影。

那個枯瘦並且高挑的骨架，光看影子就能判斷。

刻畫在他臉上的苦惱，應該永遠都不會消失吧。

魔術師荒耶宗蓮就站在那裡。

在跟魔術師對峙的瞬間，臙條巴整個人無法動彈。

混亂的呼吸、疼痛的身體，都像是結束般的平靜。

面對眼前的對手，他感到無比恐懼，幾乎連意識都要凍結。

自己……什麼都作不到。

——但是，他反而感謝這種情況。因為剛剛都還紛亂不已的心，現在已經像湖水一般平靜。

「荒耶。」

面對荒耶這個絕對強者，巴已經失去了自由。但是，明明什麼也做不到的自己，卻開口說了話。

互相交談同時也是對等的證明，現在的他，已經不是以前那個害怕荒耶宗蓮的東西了。

面對這個事實，魔術師的表情更加嚴肅起來。

「為什麼回來。」

魔術師用沉重的聲音問著。

巴無法回答，只是一直看著荒耶。他沒有回答的餘力，若不是全力集中精神，他連正面看著魔術師也作不到。

「這裡沒有你存在的餘地，臙條巴的替代品已經準備好了。你是從這螺旋被排出去的東西，再回來也沒有什麼意義。」

魔術師睜著那雙恐怕沒有光芒的雙眼問道。

……巴想，我的確從這裡逃了出去。但是我現在卻回來了，為什麼？是的，第一次是被兩儀帶來……但這次，一定是因為——

「為了救兩儀式嗎？愚蠢。你到現在都沒有發覺自己的心不是臙條巴的東西，你畢竟只是一個人偶，離開這個螺旋就無法正常動作了。」
「什麼……？」
「你的確離開了這個螺旋。但我也知道，你在那之後選擇了自殺，是因為家族死亡而選擇死亡的死者。你離開自己的家庭後自殺，放著不管的話你一定會死，但如此一來就會讓外界發現有你這個異常。既然這樣——我就給你一個新工作讓你活下去，以跟今晚死亡的臙條巴不同的臙條巴身分，那個工作——你知道吧？」
巴喊著：騙人！
但那沒有變成聲音，他只是靜靜站在原地而已。
魔術師的表情沒有改變，只有眼球像是在嘲笑般地扭曲。
「沒錯，這對我來說是不太重要的賭注。雖然遲早都要引她來，但事情若能秘密進行最理想。你並不知道我是誰，只要是跟我毫無關係的臙條巴自己把兩儀式帶來，真是再好不過了。雖然我並不期待，但你竟然成功把她帶了過來，原本打算因為這樣而放你一馬的，但沒想到你還敢再回來。自大也該有個限度，你不是因為自己的意志而喜歡上兩儀式的，那是因為我對逃走的你附加了唯一一件事，那就是你的無意識裡，刻下『關心兩儀式』這件事。」
臙條巴從頭到腳都失去了力氣。
對於荒耶所說的事，他無法反駁。因為確實如此。
明明自己從不曾真正喜歡過別人，為什麼單對兩儀式那麼關心？因為第一次見面時，就有什麼在命令他觀察那個少女、跟那個少女培養關係。

「理解了嗎？你完全沒有用自己的意志決定任何事情，你只是照我的希望把兩儀式帶來而已。說到底，你體內擁有的東西只是我讓螺旋進行一天的記憶，在這天之前、還有這一天之後的記憶，一概沒有。

你的意志只不過是由幻想產生，由幻想所活化的東西而已。在這個世界死亡的臙條巴，已經只能在這裡生活了。

所以你什麼也做不到，所以才讓你負責引出兩儀。若是什麼也作不到的人——也就不會成為任何障礙吧？」

魔術師的發言就像是咒語，讓巴急速回想起自己被創造出來、只擁有在這間公寓裡發生的一天的記憶，在藉由那個幻想過去和未來。對兩儀式的思念，還有對死去的父母的思念，全都是——現在的自己捏造出來的，臙條巴從出生生活至今的想法。那是僅只有一天戲份、毫無歲月積累的自己產生的淺薄的想法。

……那些究竟是真正存在的東西嗎？自己是一開始就不可能存在的人，從這個螺旋離開的自己，已經無處可去了。

「被製造的你，到頭來也只是假貨而已。連殺的價值都沒有，隨你滾到什麼地方去吧！」

說完了想說的話，魔術師便從這個臙條巴身上抽離了一切的注意力。

荒耶把眼睛轉離了巴。

但是——所有生存意義都被破壞的他，卻浮現笑容看著魔術師。

「……什麼嘛，荒耶。這沒什麼大不了的嘛！」

雖然那只是逞強——但無比純潔的逞強也足以動搖魔術師鋼鐵心靈。

「……面對你這種人，我終於領悟了。我到現在為止都跟你一樣，不肯去承認脆弱的部分，所以一直錯到現在。但是事物沒有虛假，不管真的或者是假的，不管是否會成為結局，雖然只有一天——但我即是臙條巴，就是個擁有完整過去的臙條巴！雖然沒有過去，但巴身上有著這麼強烈的思念，這樣就足夠了。」

咬緊牙關的聲音響起，那是他覺醒的力量，那是他決意對抗的堅強意志。

「……我真的喜歡兩儀。雖然我不知道理由，跟她度過的日子也沒有剩下什麼東西，但那樣就夠快樂了。所以——若給予契機的人是你，我甚至還想感謝你呢。」

現在才算是真正的與魔術師對峙著，巴嘖了一聲。

……喜歡妳，現在一定也還是喜歡。不管多久以後，只要想到她都會感到解脫。巴想，這就叫愛嗎？他又嘖了一聲，不過——即使這麼思念式，但現在她並不是最重要的。來到這裡的理由不是為了幫助兩儀式。

在被黑桐帶到以前的家時，我想起來了，那段自己不應該知道的過去，臙條巴的靈魂所無法忘記的每一天。

我來到這裡的理由是為了贖罪，臙條巴非做不可的事情，我也非做不可。

「抱歉，兩儀。我無法為妳而死，我——必須為了自己，賭上這條性命才行。」

他開始喃喃自語、道歉，

並將兩儀式的記憶，從思考裡排除了出去。

「荒耶，我是假的嗎？」

聽見這含有堅強意志的話語，魔術師皺起了眉頭。

「——已經不用我說了。」

魔術師用明顯帶有輕蔑的口氣回答道。

巴說著「也許吧」，並率直地點了點頭。

那裡不存在迷惘。

他明顯以跟魔術師對等存在的身分站在那裡。

「明明是個人偶也想假裝覺悟嗎？那只不過是夢境，就算你得到明鏡止水的境界，但你不過是製造物這個事實也不會改變。」

「嗯——即使這樣，我的心還是真的。」

靜靜的話語，乘著風迴響在夜裡。

魔術師舉起一隻手，這個把手伸到眼前的姿勢，代表荒耶宗蓮認定對手是一個值得消滅的物件。

巴看到那個，用力地壓抑牙齒的顫抖。

「我——要殺了你。」

握緊小刀，黵條巴並非為了誰而開始奔跑起來。

◇

黵條巴的目標只有一個，那就是荒耶宗蓮的中心。

魔術師胸口的中央，是以前式毫不猶豫刺下的地方，如果把刀插進那裡，說不定可以打倒這個怪物。

黵條巴抱持著這個信念奔跑著。

與魔術師的距離跟式那天一樣是大約六公尺，我要用全力跑完這段距離。我將所有精力集中在腳上，一次又一次用比在學校練習還快的速度接近魔術師。

魔術師的周圍浮起了圓形的線。或許是輕視黵條巴，那線只有一條，不像對付兩儀時有三條之多。

線分佈在魔術師眼前大約一公尺的地方。

黵條巴不知道躲開那個東西的正確方法。

他只是從正面來挑戰。

身體「咚」的一聲停止了，踩著地面的腳也無法使出力氣。

真的——什麼也做不到。

魔術師維持滿臉苦惱的樣子往前走了一步。

這是已經知道結果的緩慢動作，他向無法活動的朧條巴前進。

魔術師伸出的手，緩緩地、有如要抓住朧條巴頭顱一般伸長。

「果然還是不行啊。」朧條巴說完就閉上了眼睛。

但——就在視野變暗的同時，記憶逆流了。朧條巴本來不可能體驗的這一個月記憶、我以巴的身分存在這裡的確切證據，頓時爆炸了開來。

「在這裡——」

朧條巴的身體注入了力量。

他把全身的氣魄灌進站在地上的腳，一邊想著，就算腳變得粉碎也沒有關係。不能就這樣在這裡結束，因為自己並不是無價值的存在。

「因為我存在——！」

他動了起來。

其中一隻腳在一邊發出聲音的情況下毀壞了。

多虧如此——他邊向前倒下邊往前進，鑽過魔術師伸出的手，來到可以碰到荒耶毫無防備的胸口。

巴這時叫了出來。

「——沒錯，我的家人不是什麼正常人！但他們也沒有壞到該這樣子被殺，他們的罪並沒有深到得這樣子死……！」

聲音化成了力量，他的手爆發開來。

小刀揮舞著，

留下銀色的軌跡，深深刺入了魔術師的胸口。

但是，那也僅僅如此而已。

「沒用。」

魔術師強悍的手隨著聲音伸長了。臙條巴的頭被一把抓了起來。

「——兩儀式的魔眼不光目視到死亡，還得捕捉得到才有意義。你雖然想攻擊我的死亡，但對於看不見的東西，是無法擊中死亡的。」

魔術師的手開始用力。小刀從臙條巴的手上落到了地面。

「我會選擇你的理由，還沒有講吧。」

臙條巴沒有回答。

因為他從被魔術師的手抓住開始，就徹底奪走他活下去的意志。

「聽好了。人類有著其存在根本的現象，那並不是前世的業，而是成為臙條巴的因，我們稱那個混沌的衝動為『起源』。我在你殺了母親對自己絕望時救你，是因為你的起源其實很明確。」

臙條巴沒有回答。

魔術師將他的身體舉高後，用冷酷的聲音說道：

「最後告訴你，你什麼也做不成，那是因為——你的起源是『無價值』。」

魔術師的手揮動了。構成膩條巴形狀的肉體，隨著這一揮而完全消失。身體變得粉碎，連頭也沒有留下。

有如一開始就是那樣一般，變成魔術師所說的無價值灰燼，消失在虛無之中。

◇

在解決膩條巴後，魔術師不帶目的地停留在走廊上。

時機接近了，從用到昨天的身體移到現在這個身體已經半天，終於可以讓意識到達身體的每個角落。

荒耶宗蓮不像某個人偶師準備了跟自己完全一樣的東西才死，他還沒有體驗過死亡。

雖然身體在漫長歲月中數次腐朽，但每次荒耶都保留意識因而活到現在。

荒耶宗蓮只有一人，一旦這個肉體消失，就真的無處可逃了，事情必須謹慎進行才行。

但現在可以不用等了，荒耶宗蓮這個靈魂所擁有的意志，已經完全支配了這個不知道是第幾代的肉體，讓肉體活動的魔術回路伸展到了指尖，魔術師終於讓這個暫時的肉體昇華成了真正的肉體。

於是魔術師開始追求原本的目的的行動。

但是在那之前，他感覺到公寓內發生了變化。

「——阿魯巴，輸了嗎？」

不帶有感情的說完，魔術師閉上了眼睛，在沒有光亮的走廊上，猶如要潛入海底一般，荒耶讓自己沉睡過去。

◇

睡著的魔術師意識把身體留在十樓，就這樣出現在她面前。

無形無影，看著一樓大廳的情況。

……一樓東棟的大廳，蒼崎橙子跟那個叫做黑桐幹也的少年在那裡。

蒼崎橙子正在照顧趴著的少年，那裡看不到柯尼勒斯・阿魯巴的身影。

「果然是那樣的結果。」魔術師點點頭說道。

在確認了事情的經過以後，魔術師讓意識回到十樓的身體裡。

但，卻被她給留了下來。

「荒耶，你要去哪裡？偷看可不是好興趣喔！」

有如看到不存在的魔術師一般，蒼崎橙子轉過頭來。

她在樓梯下方，魔術師無形的意識在樓梯上方。很巧的，兩人用跟以前一樣的位置對峙著。

『哼，雖然知道妳用某種手段殺死了阿魯巴，但沒想到竟然有另外一個蒼崎橙子啊？

我貫穿的心臟確實是真的，那不是人工物。那麼，妳就是被製造出來的了。』

只有聲音在響著。不，那連聲音都不是。荒耶的話，只有蒼崎橙子聽得到。

聽見魔術師的話，她只歎了一口氣。

「不管阿魯巴也好或是你也好，老愛研究些無聊的事耶！那種事怎麼樣都沒差吧？差別只不過在於一開始出生的東西跟其次出現的東西，對於只有一點不同的事，別一直拿出來說。」

『聽那種口氣，妳的確是真的。那麼——要再跟我比劃一次嗎？』

「不要，因為我在這公寓裡沒有勝算。」

堅決地回答後，她將視線從魔術師的意識移開。

對她來說，照顧少年的傷勢比跟荒耶宗蓮進行問答重要，她從大衣下取出繃帶，很俐落地包著少年的雙膝。

『這樣好嗎？那箱子裡躲著的魔物，說不定可以打倒我喔。』

「我拒絕，這傢伙的胃口是無底洞，弄不好的話整棟公寓都會不見。作出這種招搖的事協會也不會不理，到時候就換我被協會通緝了。好不容易才隱瞞行蹤，我才不做那種會讓協會發現我的事呢。」

雖然回答著魔術師的問題，但她還是看著別的地方。

「我在自己被殺時候就已經輸了。我不打算現在出手，你要拿出式的腦袋，然後接收她的身體都請便，若是有阻止的東西在，那絕對不會是我。」

『到現在還在期待抑止力嗎，但我說過那個不會有反應的。』

她搖了搖頭。那與其說是否定，到不如說是有種憐憫的成分在。

「抑止力原本就不會發生了，所以說不定你這次真的能成功。我不知道憎恨人類的你在接觸根源時會發生什麼事，大部分的魔術師在接觸到根源就會前往那個世界，並遺忘這個世界全部的事。但你不同，你一定會在這邊留下影子，結果來說可能造成這個國家消失吧？如果討厭人類的你真的要拯救人類，那只會是痛苦後來臨的死亡而已。

所以說荒耶，你並不是憎恨人類。你只是愛你心中的理想人類形象而已。所以你才無法原諒醜陋的苦界人類。拯救人類？哼，別笑死人了。你才不想拯救人類呢！你只是拯救荒耶宗蓮所幻想的人類形象而已。」

聽見她的話魔術師沒有回答。兩人間的接點，這次才真正的，徹徹底底的斷絕了。

『……不用妳說，救濟到頭來也只是種固定形式而已。再見了蒼崎，沒有證據證明接觸根源的我還會以我的形象存在，但我相信——最後阻止我的人是妳，是有其根據的。』

魔術師的意識打算離開了。她在打算對他送行時，忽然想到了一個問題。

「荒耶等等，我問你一件事，這公寓本來的目的是為了納入太極而成為太極的具體顯現吧？」

『正是，為了將兩儀式完全從外界隔離，所以我創造了這個異界，其他機能只不過是附屬品。』

對於魔術師坦然的回答，她——突然莫名哈哈笑了起來。

『——有什麼問題嗎?』

她的笑聲讓魔術師的聲音粗暴了起來。

蒼崎橙子用完全無法克制的聲音不停地大笑著。

「原來如此,這棟大樓就是一個魔法啊!要抓住式,然後不讓我或者協會、甚至世界發現的封閉世界,也就是牢籠。若是出現跟你有一樣目的想殺式的人,世界一定會發動抑止力。為了隱瞞關住式而製作的這個異界,這裡還好,到這裡都還很完美。但是很諷刺的,荒耶,你最後犯下了一個非常大的錯誤。」

魔術師沒有出聲。荒耶宗蓮即使被說成如此,還是無法抓住她真正的想法。

魔術師感到困惑……為什麼自己怎樣都想不出來,究竟犯了什麼像她所說的巨大的錯誤。

『——沒有錯誤。』

這個聲音如此斷言,但卻沒有人能否認它帶有一絲迷惑。

她邊克制大笑邊說道:

「嗯,你沒有犯錯。因為對身為魔術師的你來說,這是最棒的答案了。但是,作為那前提的東西根本就是錯了呢?把式隔離起來?你不是用這個公寓的某個房間,而是用公寓全體來隔離吧?這叫做空間遮斷,已經達到魔法的程度的結界。這只有身為結界專家的你才能做到,是只有你才做得到的神業。被關在梅比斯之環這個密閉空間的人絕對無法逃出來。不管什麼物理衝擊都無法逃脫的牢籠。你把式丟在那裡之後就放心了。

那結界確實很完美，但那種東西對那個東西是沒用的。就猶如魔術在文明世界是萬能的一樣，那個東西跟我們這些活在觀念裡的人相剋，『雖然我們的存在是常識的威脅——但式則是非常識的死神』，這你明明應該體會過了！」

聽完她的話，魔術師的意識凍結了。的確，能目視死亡的兩儀式是非比尋常的存在。但，只求能夠殺人的能力者在世界上多如牛毛，若只求殺害生物，不可能勝過文明產生的各種近代武器。

沒錯，兩儀對魔術師來說是異質的原因，絕對不只是因為如此。

連不可能的東西，沒有實體的概念也能抹殺，究極的虛無正是那個東西的本性。

『至無之死』就是兩儀的能力。

沒有出口、無限延伸的空間，是各種兵器都無法干涉的密閉世界。因為沒有形體，所以只能跟有形之物衝突的物理兵器絕對無法接觸，但是——兩儀式的能力，就是對付這種沒有實體的東西。

那麼——？

「對，要關住式的話把她埋在水泥裡就好了。要關住腕力只有少女程度的式，只要單純準備鐵製的密室即可。

荒耶宗蓮，你因為身為魔術師，所以把魔術當成絕對的東西，封閉空間一點意義也沒有。那種半調子的東西，那個東西很快就會突破的……！」

一直背對魔術師的她，把臉轉了過來。

在知道眼神是何種意義之前，魔術師的意識突然被拉回原本的肉體。

◇

回到肉體的魔術師，察覺到自己身體的變化。
他的身體發冷、指尖麻痺……
額頭在出汗。
一部分的內臟，通知他功能停止的危險。
『被砍了嗎?真難以置信。』
魔術師喃喃說著。
但這是事實。
就在剛剛——可說是荒耶宗蓮本身這棟公寓的某處，被硬生生砍開了。
有如切奶油一般滑順、毫無窒礙，空間本身「啪」地被切開了。
和魔術師將意識支配身體一樣，他也讓這棟公寓建築的活動，跟自己的意識通話。
這棟建築就是他的身體，電燈的配線是神經、水管的分佈是血管，身體被清楚切斷的痛苦，不是能輕易忽略的東西。
證據就是——痛苦讓魔術師的意識中斷，使他從一樓大廳回到了十樓的走廊……有如被巨大的手拉住一般，是他無法抵抗的強制力。

「……這是，怎麼回事。」

他邊說邊用單手擦去額頭上的汗。

背後有股像蜘蛛一般侵入體內的寒氣。隔了數百年，他才又想起這就是恐懼。

「你在怕什麼——荒耶宗蓮！」

魔術師在怒罵自己的軟弱。但是，身體的變化卻無法停止。

剛才遍佈各處的力量，現在沒有了。命令身體活動的魔術回路，從指尖一路啪滋啪滋斷了線。

——死，已經來到了身邊。

嗡——

突然聽到了聲音。

在走廊的前方，從大廳傳來的震動，毫無疑問是電梯的聲音。

有什麼東西要上來了。

沒多久聲音消失，他感覺到門打開了。

輕輕的、不帶有痕跡的聲音迴響在大廳裡，那聲音像是木屐之類的東西在硬地板所產生的。

「喀啦。」腳步聲接近這裡。

魔術師將身體轉向面對大廳的方向。

雖然很難相信，但荒耶承認了，那個即將來到這裡的對方的身分。

那個人，很快出現了。她背對大廳的光線，只能看到影子般的輪廓。

白色的和服，還有很不搭配的皮衣。有如濕了般豔麗的黑髮，點綴藍色的純黑眼眸。

少女的手上，拿著一把刀。

在夜晚的黑暗中，鞘裡的刀「刷」地被拔了出來，她毫不做作一手拿刀的模樣，猶如佇立在戰場上的武士一樣。

帶著無比靜謐和死亡的氣息，兩儀式來了。

17／

當式來到公寓的走廊上，她便停下了腳步。將單手拿著的刀朝向地面，然後把遠處的黑色魔術師映入眼簾。

兩者的距離大約是三間房間——以數字來說大約是十公尺了吧。

「我不瞭解——妳是怎麼逃出來的，兩儀式。」

魔術師保持一臉苦惱的樣子發問了。

那是在他心中重複無數次的疑問，黑色的魔術師荒耶宗蓮雖然知道答案，但是還是問著。

她逃出幽閉空間的方法，他心裡早已有數了。

昨晚——因魔術師的一擊而斷了幾根肋骨且喪失意識的少女，在被封閉的空間裡，她在公寓的房間與房間中所存在的異界中醒來，用她的手砍開不存在空間裡不存在的牆。

無限，並不是「　」。要讓無限成為無限，就必須界定出有限才行。

沒有有限，無限也不會存在。

事物就是因為有盡頭，所以才能觀測到無限這件事。

兩儀式在陷入的無限中，找出了不存在的有限然後將其斬斷。

但當然，無限裡不存在有限，因為無法砍斷不存在的東西，所以要逃出那牢籠是不可能的事情。

但是——沒有有限，也就沒有無限。不論有沒有無限之牆，在兩儀式之前那種無盡的世界原本就沒有意義。

若真的沒有有限，那就不是無限而是「　」。若含有有限，式就會找出它然後砍斷這一切。

……原本應該是絕對的黑洞，對這人來說卻只是狹窄的暗室，魔術師對自己感覺到可恥。

「但——應該有原因的，我在妳身上造成的傷到現在也沒有痊癒，妳的身體為什麼能動作，妳傷這麼重為何會醒過來。為什麼，不再多昏睡幾分鐘？」

維持充滿苦惱的表情，魔術師只有聲音焦躁了起來。

沒錯——就算這個結界沒有意義，只要式昏睡就沒有問題了。

只要幾分鐘……

若式再晚幾分鐘醒來，事情就已經結束了吧。

這女孩現在醒來了，彷彿沒有存在任何外在影響，就像從睡眠中醒來一般，自然而且理所當然地清醒。

在她瞭解自己被關住以後，於是毫不猶豫地砍開了牆壁。

真要說原因，只能說是運氣不好了。

是因為跟蒼崎橙子的對話花上了太多時間了嗎？

不，那對話只有一瞬間。

那麼——浪費掉的時間，究竟在哪裡呢？魔術師回想著，然後不愉快地皺起了眉頭。

他往手掌看了一眼，那是幾分鐘前殺害臙條巴的手。

只有幾分鐘，但卻是無比關鍵的幾分鐘。若沒有管那玩意的話，說不定——

「臙條巴——啊。」

說出來的話語裡，含有怨恨。

但是，那被兩儀式給否定了。她說，自己清醒跟臙條巴並沒有關係。

「我是因為自己高興才醒過來的，並沒有靠任何人的幫忙，臙條來這裡是沒有意義的。」

式靜靜地說著。晚風沙沙地吹拂著她的頭髮。

「不過我可以確定，毀了你的人是黼條。」

式的話讓魔術師的眼睛眯了起來。

式說，是黼條巴毀滅了荒耶宗蓮，但那種事情絕對不可能。

就算有讓自己破滅的原因在，也只會是蒼崎橙子跟兩儀式之一。

那個被操縱的人偶竟然會是原因？絕對不可能。

「說什麼傻話，那個東西什麼也沒有做到，就連帶妳來這裡這件事情，也只不過是他被交付的任務而已，他只不過是一個傀儡。」

「嗯，那傢伙不但什麼也沒做，也什麼都做不成。但是，你並不是從開始就打算把他當作傀儡吧？」

「唔……」

魔術師說不出話來。荒耶想，的確是這樣。

在黼條巴逃出日常時，他想到可以藉由這件意料之外的事，來利用黼條讓他的計畫可以順利繼續進行下去。

但——那並不是荒耶本人一開始就決定的計畫，頂多只算是因為黼條巴逃跑才產生的二次計畫。

那難道不算成就了什麼事情了嗎？本來應該在沒人察覺下而結束的計畫，竟然被那個干擾了，就算那只是非常微不足道的一件事。

式說。

「你看到那傢伙出現預定中的錯誤，利用這件事倒不算壞事。但從那時起，你就已經充滿破綻。那傢伙——臙條巴從這螺旋逃出去，本身就帶有非常大的意義。」

然後，她往前走了一步。那步伐太過自然，讓魔術師連舉起手都做不到。

魔術師看著身穿白色和服的少女，想著：有什麼地方改變了。

的確，現在的式跟昨晚的心境完全不同、她在知道臙條巴已經被殺害之後，可能會因此憎恨荒耶宗蓮。

然而，這種變化是很瑣碎的，因為單是感情的變化不會讓人的力量有所不同。

可是魔術師卻感覺到，眼前這個對手跟昨晚是截然不同的人。

少女又走了過來。那是有如散步般自然的步伐。

在那之前，式很無聊似地開了口。

「嗯，你想怎樣都無所謂。但我可不希望以後因為這件事情一直心煩，所以要在這裡殺了你。」

式的眼神一副想睡、無力的樣子。

「但我一點都不開心倒是第一次，在獵物面前心情也興奮不起來，明明知道能跟你戰到幾乎不分勝負，卻笑不出來。」

「鏘。」式手中的刀發出了聲音。那是把至今都輕輕拿著的刀柄重新用力握緊的聲音。

式一邊走著，一邊緩緩的把刀舉到前方……大約到腰部的位置。

魔術師慢慢舉起了單手，這時，他的周圍出現了三層圓圈。

「——也好。我一開始就不該打算活捉妳的……現在事情完全沒有改變，雖然可能無法順利復活，但我要摘下妳的頭換上我的頭。我可能會死，但只要能接觸到根源，這條命根本不算什麼——」

式沒有回答魔術師的話，也沒有停下來。兩人的距離越來越接近了。

魔術師的三重結界直徑約有四公尺，式來到大約兩公尺前的地方。

她身上散發出來的殺氣，把冬天的晚風變成了夏天的熱風，這股瀰漫著走廊的殺氣，讓魔術師的皮膚彷彿燃燒了起來。

——但是，即使如此。魔術師還是知道自己不會輸給式。

他也理解她所拿的刀是擁有百年歲月的名刀，然而，式的戰鬥技術還是不如自己，如果排除活捉的可能，荒耶宗蓮很有自信不讓式靠近就能解決她。

式走到結界面前後突然停了下來，把至今都用單手拿的刀柄，再用一隻手握住。

她腰部的重心微微蹲低，眼前所拿的刀柄固定在腰部前方，刀身慢慢朝向面前的敵人。

這是正眼的架勢——最常用在許多劍術流派當中，是最基本也是最強的戰鬥架勢。

式就這樣跟魔術師對峙著，然後閉上感覺很想睡的眼睛，彷彿理解般地點頭道：

「嗯，我知道了，我不是想殺你，只是受不了『有』你的存在而已。」

……那種強烈的感情，只針對殺了巴的那個人。

到目前都是銳利的殺氣，化為明確的刀貫穿了魔術師的全身。那是瞬間攻防戰的開始訊號。

◇

式的雙眼「啪」地張開了。

魔術師伸出的手腕開始出力。

這時……

荒耶不是因為戰意，只是純粹、畏懼地直覺自己非殺了式不可。

「——肅！」

荒耶的怒吼，是瞬間破壞空間的惡魔之手，他看向式的周圍的空間，然後連景色一起破壞掉，不存在有任何的延遲。在喊叫、握手的瞬間，式的敗北就已經決定了。

但……

荒耶看到了。

比自己叫聲還晚出手的少女，卻比自己叫聲還早行動的怪異光景。

拿著刀的雙手舉了起來，那速度快到讓人看成閃光一般，那高舉成上段的刀，用比之前還快的速度揮了下來。

被「斬」的刀光砍斷了。

「肅」的叫聲，

原本應該被壓碎的空間歪曲，在她的眼前整個被殺掉了。

魔術師再度把力量注入手上。

只不過是張開然後再握緊手掌的時間，只不過是這樣的行動，但……在兩儀式的疾走之前還是太慢了。

『────』

荒耶發不出聲音，連想都來不及想，就吃下了那一刀。

兩儀式，正如字面般地彈跳出去。

她保持一刀砍斷歪曲的姿勢，靠近魔術師發出一擊。

在踏出去前，她把刀橫向揮舞，

而魔術師所依靠的結界，就這樣消失了。

……若只是最外圍的那圈，就算被破壞也沒有什麼關係。荒耶覺悟般地想著，他認為就算被接近，也會在式殺掉第二層結界的時候分出勝負。

但──她光是一刀，就把距離外的兩個結界同時消滅了。
然後她踏出了一步。
若揮動的刀是神速，那這腳步又快上許多。
兩儀式光用一步，就把四公尺的距離化為零。
她的身體在流動，踏出的這一步，同時也是為了使出必殺的一刀的步伐。
那太過快速的身體，與其說是時間停止，倒不如說讓人感覺時間倒退了。
斬擊出招了，
魔術師往後方跳去。
兩儀式就這樣保持揮完刀的姿勢看著魔術師，從她嘴裡流出了一絲鮮血。
她並沒有受傷，只不過是昨天的傷口裂開了而已，她那斷了幾根肋骨和內臟受傷的身體，光是走路就會讓血流到嘴裡。
受了這麼嚴重的傷，還能使出這麼厲害的刀法……往後跳的魔術師右手掉了下來。
不，不是手，而是從肩膀開始，整塊胸口連著手掉了下來。
魔術師荒耶宗蓮──擁有能夠躲開手槍發射子彈的運動能力，但卻在完全挨了一刀後才往後跳去，連他本人都沒有察覺。
「──妳，到底是什麼人。」
魔術師連自己的傷口都沒看，只是瞪著站在面前的對手。
……現在這一刀可以說是致命的一擊，若式的第二刀殺的不是兩個結界而是三個，荒耶的身體就會被整個砍成兩半。

守護最接近魔術師的第一結界——不俱，因它的保護讓她的步伐稍微減緩，魔術師才能躲開這致命一擊。

不，應該驚訝的不是這個。式跟昨晚比起來，簡直是完全不同的人。

是臙條巴被殺的憤怒讓她發揮超越自己的實力嗎？不，絕對不是。魔術師凝視白色和服的少女。

兩儀式重整了姿勢後，把兩手握著的刀恢復單手拿著……光是這樣，少女就變回了昨晚的少女。

她「咳」一聲吐出了血，要是沒有昨天的傷，她或許會毫不停留地砍向魔術師，取下他的首級。

『……為什麼，這是因為武器的差異嗎？』

荒耶感到愕然。

式變成另一個人的原因，除了發揮極限戰鬥意志的控制法以外，別無其他。

很久以前，在武士們拔出刀的當下，就把殺與被殺當作理所當然般地接受。那不是因為身為武士的心理，而是因為在握住刀柄的瞬間，他們就覺醒了。只為了殺人而存在的肉體，還有只為了存活而存在的頭腦。這不是比賽前集中精神的程度，他們是藉由拔刀來切換腦部的功能，並非把肉體切換成戰鬥用，而是從腦部把身體改變成戰鬥用。

這時，肌肉就以不是生物的使用方法活動，血管改變了血液的流向，連呼吸都不需要了……沒錯，他們把對戰鬥沒有用的「人」之部分完全排除，把一切都換成戰鬥用零件。

「——架勢。這自我暗示造成的改變還真驚人。」

聽見魔術師痛苦的語言，少女「嗯」的一聲回答他。

……在式張開眼睛那瞬間，荒耶所害怕的真面目就是這個。

魔術師詛咒著自己的愚昧，他沒有想到竟然有把這種方法流傳到現在的族群存在。

荒耶知道對以前存在的古流劍客來說，三間的距離猶如沒有，剛才的式不僅是五間……大概九公尺的距離也可以一步踏完吧？

沒有人知道她原本的樣子。他把「魔眼的使用」和「小刀戰鬥」定位成為兩儀式的戰鬥方式，但這女人實際上應該是拿著武士刀的殺人魔。跟現在的她相比，普通時的她完全不值一提。

「……被騙了。看來妳跟淺上藤乃的戰鬥並不是認真的。」

聽見魔術師的話，兩儀式口中念著「不對」，並搖頭否定。

她冷漠的眼神說，不管是什麼武器，自己總是認真的。看到這個眼神，魔術師察覺了。現在——這個女人回答了什麼？

在這裡的容器是什麼？這個對手——從什麼時候開始不是式的？

「原來是這樣……原來我終於遇到了……！」

魔術師一邊按著已經不能說是傷口的巨大傷口吼叫著。

穿白色和服的女子——兩儀式，臉上浮現沒有比那更像女性的微笑。

她就這樣往魔術師殺了過來。

荒耶並沒有躲過這一招的手段，

但就算如此——這裡可還是他的體內，對荒耶宗蓮來說，是不可能敗北的。

就算把這棟公寓破壞，他也非得拿到現在的兩儀不可。賭上勝利的機會，魔術師前進了。

「——蛇蠍……！」

魔術師的聲音響起。

他剩下的左手擋住了兩儀的刀，那埋有佛舍利的左手還留在身體上，就算是兩儀式，也不可能砍斷聖人的保護。

「——！」

在此同時，被砍下的右手動了起來，像蛇一樣在地板上滑動，撲向了兩儀式的脖子。

有如千斤萬力般的手，握住了兩儀式的喉嚨。

就在這一瞬間的空隙裡，魔術師更加往後退，並且伸出了左手。

「——肅！」手掌在瞬間壓縮了空間。來自各種角度的衝擊，以壓碎全身骨頭的力道朝兩儀式的身體而去。

「啊」地響起了死前的聲音。

皮衣粉碎，穿白色和服的少女倒在地上。

不，應該說是倒向地上。

——兩儀式很乾脆地消失了。

但是式並不想放過這個對手。

在確實失去意識的狀態下，白色的影子跳了起來。她，只是單純想要殺死荒耶宗蓮。一刀揮舞過去，刀刺中了魔術師的胸口中央。

自己生命消失的感覺，讓魔術師感到厭惡。

「——開什麼玩笑！」

在這同時，荒耶朝式踢了過去。

那是彷彿要貫穿式的腹部、有如刺槍一樣的中段踢。式往後跳躲過了這一腳。

在刀拔出來的時候，荒耶就領悟了。如果要阻止這個對手——

「——得連異界一起殺掉才行嗎……！」

魔術師的左腕張開了。

第三次的空間壓縮開始，式在一刀砍斷之後，愕然站在原地。

魔術師的身影，隨著黑色外套一起消失了。

式沒打算阻止它。魔術師用什麼方法從這裡消失、要怎樣才能阻止。這些瑣事，式想都沒想。要逃的話就逃吧。

她把手放在走廊的欄杆上。

「——不過，絕不會讓你逃走的。」

她就這麼往外跳了下去。

◇

——荒耶把整個公寓都壓縮了。

雖然兩儀式的肉體會因此而被壓爛，但外表怎樣都行，只要留下能維持一個人活動的身體就行了。原本一開始就不需要頭，就算頭破裂腦漿四濺，只要換上自己的頭即可，重要的是那個肉體，他只要那個與根源相連接的肉體。

這個身體被砍斷一隻手，胸口也被貫穿，大概沒法維持太久，但是，只要能到達根源漩渦，那個所有事物開始的地方，他也不需要肉體了。也就是說在那之前，只要保有自己的靈魂跟兩儀式的肉體即可。

雖然這可能是所能想到的最差方式，但到頭來做的事還是一樣，只不過是失敗時的保險完全不剩而已。

……不論如何，如果這方法不行，他就無計可施了。荒耶思考著。

自己害怕失敗的軟弱，就是最大的敵人，如果一開始就殺掉兩儀式，也就不會走到這個被追殺的地步。

不過無論如何，事情到此也都結束了。魔術師從他體內的公寓，逃到了體外的庭園去。

被綠色草地包圍的公寓，雖然在結界裡，卻不是公寓建築的一部分。就算破壞公寓，這裡也不會受到影響。

魔術師突然出現在庭園裡，在空間轉移完後就毫不停息地伸出了手。

他看著星空，為了要握碎圓形的塔而張開手掌。

在這瞬間，他的身體……從肩膀被切開了。

◇

在這瞬間，他的身體從肩膀被切開了。

「兩儀——式。」

看著星空，魔術師這樣念著。

「這——傢伙。」

「咳」的一聲，魔術師嘴裡噴出血來。

有如粉末般的血液沒有落到地上，也沒有沾到砍向他的兩儀式臉上，就只是這樣消失在風中。

「——真是沒有想到，實在難以置信。」他會這樣說，也是理所當然的事。

出現在庭園的魔術師仰望夜空時，他看見從十樓跳下來的兩儀式。

這個對手……在魔術師從公寓連接空間移動到庭園的瞬間，毫不猶豫地從十樓，走廊跳下來。

他實在無法理解她擁有何種信念才會這麼做，但他也不可能瞭解的。

就算真的預知到魔術師會出現在這裡，但誰會想到從十樓跳下來？

從十樓瞄準一個人跳下去？那和從十樓丟一根針，然後命中目標有何不同？

那已經是超越無謀，可以算是奇跡之類的事情了。

但即使如此，這個對手還是毫不猶豫地跳了下來。

明明魔術師的身影還留在十樓，她仍朝不存在庭園裡的荒耶宗蓮跳了下去。然後，在魔術師出現的瞬間砍斷了他。

為了破壞公寓而伸出的手雖然被當成了盾牌，但是也從肩膀到腰部一起被砍成兩半。

雖說有左手的佛舍利保護，但還是無法承受從十樓落下的斬擊。

式的身體，沒有落到地上卻靜止住。很諷刺的——魔術師擁有的靜止結界還有一個。

藉由這個結界，式沒有受到任何落地時的衝擊。但從四十公尺以上摔下來的壓力，早已讓她的傷勢惡化。

式趴在結界上不動，手中拿的刀插在魔術師的體內沒有離開。荒耶還是一臉充滿苦惱的表情，並恨恨地皺起了眉頭。

「……妳已經抱有砍不到我就會撞到地面的覺悟了嗎？不，不對。就算沒有這結界，妳還是會一樣做的吧——真慘啊！荒耶宗蓮，是不會被妳這種不成熟的人打敗的。」

這不是逞強，而是他真正的想法。他的左手從手肘被切斷，也早就失去了右手。只能單純站立的魔術師，就這樣直接踢向式。有如衝破天空的一踢，狠狠命中了式的胸口。式的身體被踢飛到庭園裡去，即使如此，她還是不放開刀，而刀也還深深插在魔術師的身體裡。

結果，刀從刀身斷成兩段，將它四百年的歷史劃上休止符。

式倒在庭園裡動也不動。

魔術師看著完全失去意識的她，不愉快地說道：

「這樣子，還比較像這個年齡的少女。」

魔術師沒有動。他那充滿苦惱的臉又深了一層。明明要的東西已經在眼前，魔術師卻無法動彈。

這一刀，是無法挽回的最後一擊。

真是的——這真是非常差的一刀，同時也是威力無比的一刀。

接了這一刀，的確只有死亡這條路可以走。

「沒想到又是兩敗俱傷。」

這就是他們的因果。

目標就在眼前卻無法動彈的身體，再加上自己的結界接住式跳下來的身體，荒耶一個人說道：「覺醒於起源者會受制於起源嗎？原來如此──我的衝動原來是『靜止』啊！」

魔術師諷刺地說道，但不是說給任何人聽。

／18

這時，彷彿只有月光還存活著。

此時，有一位魔術師像是散步一般，朝在綠色草地上的式及失去兩手站著的黑衣魔術師走了過來。

「荒耶，你這次也失敗了。」

對於橙子說的話，荒耶沒有回答。

「真是慘啊，收集人的死、製造出地獄、體驗他們的痛苦。做這些事只會帶來痛苦吧？為什麼要逼迫自己到如此地步。你為什麼這麼固執於追求根源漩渦這東西。你該不會還認真做著身為台密僧侶時候拯救人類的夢想嗎？」

「──我早忘記理由了。」

回答完，黑色魔術師陷入了自我沉思中。

沒辦法拯救人類，已經是好久以前的事情了。只要活著，就一定會有沒有回報的人出現，無法讓所有的人都幸福。

那麼——無法拯救的人類是什麼呢？要用什麼來回報他們的一生呢？

沒有答案。無限跟有限是相等的東西，若是沒有無法救贖的人，也不會存在被拯救的人。如此說來——救濟就跟流動的錢一樣。

人類無藥可救、世界沒有救贖，所以他才會記錄死亡。記錄事物的最後，記錄世界的終結，這樣就能徹底分析所有的東西。如此一來，應該就能判斷什麼是幸福吧？

如果能重新看待沒有回報者和無法拯救者——就能判斷什麼才能稱為幸福。如果能瞭解在世界結束以後，這些才是人類的意義——這些因為無所謂原因而死的人，也能在整體上被賦予意義。

要是世界結束，人就可以分辨人類的價值。

只有這個——是唯一、擁有共通性的救贖。

…………

「喀嚓」的聲音響起。

橙子點菸的聲音，把荒耶的意識拉回到現實世界中。

「連理由都忘記了嗎？你的希望是無，起源也是零。那，你到底是什麼？」

「我什麼也不是，只是想要追求結論而已。這些醜陋污穢下賤愚昧的人類，若是他們全死後只能留下這些歷史——那我就能得到這醜陋正是人類價值的結論。如果知道醜陋、無藥可救的存在正是人類、我就能安心了。」

兩位魔術師避開對方的視線交談著。

而荒耶則一直站在原地。

橙子保持著仰望星空的姿勢問道：

「——所以你才想接觸根源漩渦嗎？那裡有所有的記錄，就算沒有，也能讓一切回歸虛無。你為了自己，而想把醜陋的人類全部消滅。」

「沒錯，就只剩下一步了，就在還差幾步的地方，世界妨礙了我。通道不可能打開，連天生就擁有通道的人也會被阻止。真是——真是難看的死前掙扎啊！

明明沒有人知道世界的危機，每個人卻都在無意識下希望活下去。明明每個人都不去拯救壞死的世界而沉迷於享樂，卻人人都無意識排除對世界有害的東西。這個矛盾是什麼？想活下去的心污染了活下去的祈禱。

那個邪念，正是我的敵人。」

聲音裡含有深深的怨恨。

橙子「呼」地歎了一口氣。

「世界——？荒耶，並不是。這次阻止你的並不是靈長的抑止力，你真的做的很棒，抑止力並沒有生效。因為毀掉荒耶宗蓮的東西只有一個，你啊，是輸給了一個叫做臙條巴——僅僅一個人的無聊家族愛而已。」

荒耶不肯承認。縱使與世界為敵，與現存所有人類的意志為敵，他都有自信能夠勝利。誰會承認他竟然輸給了那種小鬼——

「就算是他，在背後推動的也是想維持靈長之世的爛人。真正的朧條巴不可能會做出那種行動，讓他行動的不是什麼家族愛，人類才沒有那種東西！他們有的只是想讓自己活下去的願望而已。他不過是為了隱瞞醜陋的真心，而用像是家族愛的東西遮掩罷了，只因為自己想活著，所以假裝在保護他人。」

荒耶的話裡，只有憎恨存在。

橙子並不認為這個痛罵人類污穢的男人想法正確，荒耶宗蓮活了太久，本身早已變成一個概念。不會變化思考的方向性，就已經不能稱為是人。

雖然多說無用，但她還是繼續把詛咒說下去。

「——荒耶，我告訴你一件好事。雖然你應該不知道，但有個知名的心理學家定義『集團無意識』的存在。他認為，所有人類意識的最深層都連接到同一個湖，『這是原為僧侶的你熟悉到不行的思想』，也就是非蓋亞論的抑止力——靈長無意識下一致的意見。

宗蓮，這個一般稱為阿賴耶識。（註5）」

什……麼？嘶下一口氣的聲音響起。

橙子自顧自地繼續說，魔術師以前曾這麼回答她，自己的敵人是靈長的思想，是很難拯救的人性。

那個詛咒，現在在這裡形成了。

5　荒耶的日文，發音同阿賴耶。

「很奇怪吧，荒耶宗蓮。你的姓氏跟你視為一生最大敵之物相同。但你自己卻不知道，你周圍所有的人也都沒有告訴你。世界真是設下一個壞心眼的陷阱啊，聽好了宗蓮，這次的矛盾非常多——然而，身為支配者的你，就是最大的矛盾！」

詛咒成為凶惡惡魔的形象，侵蝕、攻擊著荒耶的思考，要將他的存在給消除掉。

魔術師沒有回答。但他眼睛的焦點消失了。

即使這樣他還是完全不動，臉上依然露出苦惱的表情，其上的黑暗與沉重，有如哲學家背負永遠無解的問題一般。

不進行否定，只接下詛咒後，魔術師開口了。

「——這個身體已經到了極限。」

「又要重新開始了嗎？這是第幾次了？你還真是學不到教訓呢。」

這正是螺旋。

荒耶到最後都沒有改變他的表情。

橙子用明顯帶有輕蔑的眼光一瞄，便把手上夾著的菸給丟了。結果，點著火的菸一口也沒抽。

雖然輕蔑他——但她卻不討厭這個化為概念的魔術師。

走錯一步。不對，如果她沒有走錯一步，

自己應該也會變成一樣的東西。不是人也不是生物，只是變成一個單純現象的理論體現。

現在的她，覺得那實在很悲哀。荒耶「咳」的一聲吐出血來。那身體，開始從殘留的左半邊化為灰燼消失。

「沒有做好預備的身體，下次再會的話，應該是下個世紀了。」

「那時就沒有魔術師之類的東西了，應該不會再見了吧！你到最後都是孤獨的。就算這樣——你也還是不停手嗎？」

「當然。我是不會承認失敗的。」

橙子聽完閉上了雙眼。

清算長年分別的短暫回答，到此為止了。

在最後——她以身為蒼崎橙子這個魔術師的身分問了荒耶宗蓮一個問題。

「荒耶，你追求什麼？」

「——真正的睿智。」

黑色的魔術師的手，毀壞了。

「荒耶，在哪裡追求？」

「——只在自己的內心。」

外套落下，一半的身體隨風而去。

蒼崎橙子看著這些演變。

「荒耶，你的目標在哪裡？」

荒耶繼續消失著，他只剩下一張嘴，在言語還沒有變成聲音前就消失了。

——妳早知道了，就是這個矛盾螺旋（世界）的盡頭——

她感覺似乎有這句回答傳了過來。

橙子把視線從隨風而去的灰燼移開，又一次點燃了菸。

那股煙，有如不存在的海市蜃樓般晃動著。

矛盾／螺旋

（19）

不知道為了什麼，我現在正走在街上。今天的天氣非常好，抬頭可以看到無垠的青空。

天空乾淨到沒有一朵雲彩，太陽也不會過於毒辣。

如夢一般、白色耀眼的陽光，讓街道有如海市蜃樓般的朦朧，看慣的路也變得像沙漠一樣舒服。

雖然十一月起每天都是陰天，但是今天則是有如回到夏天般的大好天氣。我穿著胭脂色的衣服走進咖啡廳裡。

就算是我，最近也是會來這裡光顧的。

平常的「Ahnenerbe」感覺相當灰暗，都是因為照明只有來自陽光，多虧了今天的福，在這種陽光強烈的日子裡，裡頭的顧客相當的多。不做作的白色桌子上，映照著從窗戶射入的白色陽光。其他部分，則是店裡乾燥陰影的黑。

這兩股明暗營造出有如教堂般的氣氛，約在這裡見面的人絡繹不絕。

今天的我也是其中一人。

桌子只有兩張空著，

於是我坐了下來。

這時，一位十多歲的男性應該也是在這裡等人吧？他也坐進了另一張桌子。

我坐在椅子上等待著。

跟我同時進來的男性也一樣在等待著。

我們兩人背對背，坐在溫暖的陽光中。

——安靜到不可思議。

我的樣子似乎有點沒耐性，雖然我自己並不覺得，但周圍的人都這麼說，所以應該是吧？

不過我也並不因此而不滿，只是一直等待著。我思考，為什麼會這麼平靜呢？

這時，感覺找到了答案。

一定是因為坐在我背後的男人，也一樣靜靜在等待的緣故吧？

因為有人跟我一樣在等待而感到安心，所以我毫無怨言地等待著那個傢伙。

經過了很長時間，我看見窗外那個一直在揮手的人。他似乎是用跑過來的，一邊喘氣一邊揮手。

讓我不禁有些擔心，這樣跑沒問題嗎？但是，這種好天氣他卻穿得一身黑，這種服裝品味遲早要他改過來才行。

我的腦袋甚至開始胡思亂想起來。

仔細一看——外面還有一位在揮手的人，那是一個穿著白色連身裙的女子。

我站了起來。

……我放心了。那個身穿連身裙的女子，似乎就是身後男性在等的人。我鬆了一口氣，朝咖啡廳的出口走去。

不可思議的是這間咖啡廳有兩個各自位在東邊和西邊的出口，簡直像是叉路一樣。

我往西邊，而男人則是往東面走去。

我在離開店前又回頭看了一眼。那位男性也同時往回看。

他是個一頭紅髮，像女性般的華麗傢伙。

那傢伙眼光和我對上後，就輕輕揮了揮手。

雖然是一個沒看過的傢伙，但是這也算某種緣分吧？

也是，我也舉起手回應他。

我們兩個人雖然站在不同的出口，但就這樣打了個招呼。

那男人看起來像是說了一句「再見」，但我完全沒有聽見他的聲音。

我也回了一句：「再見。」然後就走出店外。

——外面的天氣，好到有如剛剛的事是場夢一般。

我在這有如要融化般的強烈陽光下，朝一個為了我而揮手的男人走去。

不知道為何，我的感覺很高興，但又帶著一點傷感。

白色的陽光太過強烈了，讓我還是看不清楚揮手人的臉。

因為那個紅髮男人也有像這樣可以前往的地方，我在心裡向不存在的神感謝著。真是的，怎麼會這樣。

一定是因為「Ahnenerbe」像教堂一樣，所以才讓我產生這種突兀的想法吧！

我轉過去，那裡並沒有什麼教堂，只有像是沙漠一般平坦的地平線。

看吧！什麼都不剩了，這些我都早有覺悟。我想，這真是什麼都沒有留下的人生啊！但有某個人卻堅定的說，人生就是為了不遺留任何東西。

「叮咚。」

門鈴響了起來。

聽到這個聲音，我才瞭解這只是個什麼也不是的夢而已。於是，我緩緩地從有如沙漠般乾淨的城市醒了過來——

◇

聽見不知道是第幾次的門鈴聲，我從床上坐了起來。

看看時鐘，時間只不過是早上九點左右而已。

昨晚像往常一樣在夜晚漫步後，上床的時間是早上五點，這應該不是一段很健康的睡眠時間吧！

門鈴還在響在這種情況下還能確信我在家的頑強角色，一定就是幹也了。

我在床上坐起上半身，讓意識漂浮著。

……一定是因為做了奇怪的夢的關係，不知道為什麼，我提不起勁見幹也。

我粗暴地抱住了枕頭，繼續躺了下去。

此時，門鈴突然停止了。

「——真是的，沒耐性的傢伙！」

我邊說邊重新蓋上被子，真的打算去睡回籠覺。

但是，對方卻使用了不得了的方式強行進來。

響起「喀」的開鎖聲，我嚇一跳而從床上坐起身，但是這時已經來不及了。

「打擾了……式，妳已經起來了嘛！」

黑桐幹也自行跑了進來，一手拿著便利商店的塑膠袋，一邊跟我打招呼。

雖然他冷靜的態度及為何有我房間的鑰匙讓我感到疑惑，但我卻假裝不知道一切地瞪著幹也。

「怎麼，妳在想什麼壞點子。我也還沒有吃早飯，這個才不給妳呢！」

……幹也像是要保護塑膠袋一般，把袋子藏到背後。這個完全錯誤的反應，讓我更加火大了起來。

「你這個非法入侵者，誰要跟你搶那種東西啊！」

「那真是太好了，我今天終於可以吃頓平靜的早餐了。妳那總會想拿走別人東西的習慣，已經改掉了啊？」

幹也這麼一邊說，一邊把各種食物放到桌子上。我看著他幸福的側臉，實際上體會到光陰的流逝。

……從那以後，已經過了大約兩週了。我受了需要治療大約一整個星期的大傷，而幹也則是因為腳傷去了幾趟醫院。

雖然我的傷是比幹也嚴重上許多倍的重傷，但因為我的身體比常人健壯，傷勢只花了一個禮拜的時間就痊癒了……但是幹也卻還得繼續去醫院。他無奈的說，雖然可以走也可以跑，但醫生叮嚀他說最好不要運動過度。

這不光是現在，就算痊癒了也要注意。

然而，關於那間公寓的事情我們一次也沒有提到，因為感覺不到有什麼必要性。只是，幹也有時臉色也會陰沉起來，這傢伙也是有在擔心的事情吧？

相反的——我則沒有很難過的感覺，雖然我瞭解我應該難過，但在僅僅一個月的同居人消失後，我還是過著跟往常一樣的生活。但這件事讓我有點不爽。

「——式啊……」

幹也一手拿著免洗筷，背對著我開口了。我則不帶感情地說：「幹嗎。」

「嗯，是關於那棟公寓的事情，聽橙子說，好像要被拆掉了。」

「——是嗎，不過不是會有很多的問題嗎？像是住戶。」

「那不需要擔心。他們有這麼一個規定，魔術師的事情要由魔術師來解決，所以協會那邊派人來把一切都處理好了。虛構的住戶也以虛構住戶的身分搬走，地下也全都燒掉，一切都弄得彷彿不曾存在一樣，這就是俗稱的湮滅證據吧？今天上午就要全部拆除了。」

幹也就是為了說這件事情才會來到這裡的吧？

我沒打算去看拆除的過程，幹也應該也不會。

即使如此──幹也還是想在拆除之前，把這件事情告訴我。

「真快啊。」

聽見我這認真的說詞，幹也似乎也同意。就這樣，我們結束了有關公寓的話題。

「不過這樣一來，圍繞式的事情也結束了。雖然我這次沒有深入了解所以不太清楚，但麻煩的事情應該結束了沒錯吧？那麼，再來妳要開始認真去學校了，不好好升級然後畢業的話，秋隆先生可是會傷心的。」

「──那個跟這個是兩回事吧！話說回來，還不是因為你跟橙子那種人扯上關係，所以才會惹來麻煩事。想要讓我改頭換面，應該你先去改頭換面吧。大學輟學的你，有權利說什麼關於求學的事？」

幹也「唔」地一聲沉默了起來，像現在這種時候，這招「大學輟學攻擊」可說是讓這傢伙閉嘴的最終王牌。

「──說什麼沒權利的，太卑鄙了。」幹也碎碎念完後歎了口氣。

對話就到此結束，我終於能悠閒地度過一個早上。

雖然今天是假日，但幹也卻哪也沒去而一直留在我的房裡。

我趟在床上，幹也則是坐在地上不知道在做什麼。

……僅僅一個月前，這副光景是稀鬆平常的。

我，想起了以前在那裡的一個男人。他現在已經不在了，是從一開始就不應該存在的同居人。

光是他的消失，就讓我有些微的後悔。心中的洞無法填補，不管是多小的洞，那空洞的地方就是讓人感到不快。

這時我想，光是那個男人消失就讓我心情這麼糟，要是眼前這個男人真的消失了，我會怎麼樣呢？

從六月醒過來以來，我只有僅僅五個月的記憶。不是以前的兩儀式，而是現在的我所得到的每一天。

雖然那真的儘是些無聊、沒有價值的東西。

但要捨棄也太過可惜，於是我很小心很小心地將它們收藏在心裡。

……在我心中有欠缺的地方，但橙子卻很自以為是地說那些都是可以填滿的。

確實如此，空出來的洞只能拿什麼東西去填滿它。

那麼難道說，累積一些時間和回憶後，現在的我，把這男人當成填補我的東西？

「——喂，黑桐。」

我用以前應該討厭的方式稱呼他。

雖然過去的自己只不過是陌生人，但是我討厭去模仿她。所以藉由這樣做，說不定能讓我與過去的自己有所聯繫。

但是幹也卻連頭也不回。難得我在仔細思考事情，這傢伙卻悠哉悠哉在讀著文庫本，真是不爽。

於是我簡短的說「鑰匙」。而幹也「嗯?」的一聲轉了過來。

我別過頭去，伸出滿是傷痕的手。很突然的——我想到了某件事。

「我沒有你房間的鑰匙，這很不公平吧?」

……一定都是因為那個奇怪的夢的關係。

我知道自己滿臉通紅，一邊像個小孩子般要求那種無聊的東西。

◇

但我想要跟這個太過平和的對象，一起度過這沒有多少變化、有如螺旋的每一天。

季節是冬季。

街上，開始下起四年不見的雪。

跟兩儀式與黑桐幹也相遇的時候一樣，飄落著紅色的雪花——

／矛盾螺旋　完

解說

菊地秀行

從奈須蘑菇的作品當中傳達出來的，是強烈的孤獨。也可以說是對於他人的拒絕。

只不過，拒絕並非意味著否定。並非因為喜歡這個人所以想靠近他、討厭這傢伙所以想排擠他那種隨便的態度，而是無論人類花鳥萬物——都一律從稍微有點距離的地方，用冷淡的眼神進行觀察。

這種態度大概是源自奈須蘑菇本身雖然身為感情比別人加倍豐富的人——包含希望別人接納自己、想要接納他人這樣的感情——卻不容易接納他人，同時也被周圍的人保持距離的緣故吧？

我認為倘若並非如此，是無法創作出這種徹底殘酷且無情的故事。

真令人羨慕。因為對作家而言，那意味著相當傑出的資質。奈須蘑菇並不會無謂偏袒自己創造出來的登場人物，讓故事脫軌。他應該到死都不會說出什麼有某人從天而降，自己只是任由他發揮這種幼稚的藉口吧。

在此先聲明一下，我並非在說奈須蘑菇是個冷酷無情的人。

舉例而言，挖出同班同學的眼睛、結果被折磨個半死的巴，對於拯救了自己的式所說的「喜歡」這句話，是大眾共通的感情。式一定也接受了這份情感。

儘管如此，卻可以在某處感受到這兩人並沒有心靈相通的原因，是因為奈須蘑菇雖然試圖相信這兩人會心靈相通，卻又不相信會有這種事。我可以想見一邊描繪著美麗的事物，卻又在某處嘲笑著這種東西不過是假象的作者。因為奈須蘑菇的視線甚至能看透森羅萬象中不該看見的事物。

彷彿為了彌補這點，這位洞察者的視線，充滿著一般人類對於那樣的自己抱有的——同時對登場人物們所抱持著的強烈哀傷。充斥在整篇《空之境界》當中，構成其基調的主旨，並非什麼哀愁這種天真的情感，而是宛如身體被切割一般的悲痛。

父母殺害小孩、朋友傷害朋友、為了找尋自己而前去殺人——以小說的題材而言，算是隨處可見的各種要素，一旦由奈須蘑菇經手，便伴隨著彷彿從肌膚上流血一般的重傷和痛楚，壓迫著讀者的胸膛。

殺人和懷疑不只存在於小說裡面，也充斥在現實之中的世界。在大叫「到底是怎麼一回事啊！」之前，便被不知從何處冒出的黑手所鎮壓住的世界。我們活在那裡面。

從本書傳達給讀者的那份逼真感來看，魔術和其使用者柯尼勒斯・阿魯巴和蒼崎橙子，也只不過是不起眼的小道具之一罷了。作者創造出來的幻想，無法凌駕作者傳達的現實。

但是，就結果看來，洞察者的視線讓本篇洋溢了極為罕見的硬派詩意。

那也可以說是悲痛所孕育出來的詩。

《空之境界》能夠被眾多讀者所接納的原因，大概也是由於這點。盼望著想要被接納，卻無法實現——或是自己拒絕了一切。在這種怪異又不明確的人性當中，唯一一個閃耀發亮的普遍結晶——那正是本書的詩意吧。

世界確實得到了現代化的作家。

平成十九年十一月某日

一面觀賞著《化身博士（Dr. Jekyll and Mr. Hyde）》

本書於二〇〇一年十二月以同人小說發表，二〇〇四年六月由講談社小說化，
「空之境界 the Garden of sinners（上）（下）」之第四章到第五章文庫化並加筆・訂正。

浮文字
空之境界（中）
（原名：空の境界（中））
作者／奈須蘑菇　插畫／武內崇
執行長／陳君平　榮譽發行人／黃鎮隆
協理／洪琇菁　國際版權／黃令歡
執行編輯／呂尚燁　美術編輯／李政儀
企劃宣傳／陳品萱
發行／英屬蓋曼群島商家庭傳媒股份有限公司城邦分公司　尖端出版
台北市中山區民生東路二段一四一號十樓
電話：（〇二）二五〇〇—七六〇〇（代表號）
傳真：（〇二）二五〇〇—一九七九
中部以北經銷／楨彥有限公司
電話：（〇二）八九一九—三三六九
傳真：（〇二）八九一四—五五二四
雲嘉經銷／智豐圖書股份有限公司　嘉義公司
電話：（〇五）二三三—三八五二
傳真：（〇五）二三三—三八六三
南部經銷／智豐圖書股份有限公司　高雄公司
電話：（〇七）三七三—〇〇七九
傳真：（〇七）三七三—〇〇八七
一代匯集／香港九龍旺角塘尾道六十四號龍駒企業大廈十樓B&D室
電話：（八五二）二七八三—八一〇二
傳真：（八五二）二七八二—一五二九
馬新經銷／城邦（馬新）出版集團　Cite(M)Sdn.Bhd.(458372U)
E-mail：Cite@cite.com.my
法律顧問／王子文律師　元禾法律事務所
北市羅斯福路三段三十七號十五樓
二〇一〇年六月一版一刷
二〇二三年九月一版十八刷

版權所有・翻印必究
■本書若有破損、缺頁請寄回當地出版社更換■

《KARA NO KYOUKAI》
© KINOKO NASU 2007
All rights reserved.
Illustrations by Takashi Takeuchi(TYPE-MOON)
Original Japanese edition published by KODANSHA LTD.
Complex Chinese character translation rights arranged with KODANSHA LTD.

本書由日本講談社授權城邦文化事業股份有限公司尖端出版繁體中文版，版權所有，未經日本講談社書面同意，不得以任何方式作全面或局部翻印，仿製或轉載。

■中文版■

郵購注意事項：
1. 填妥劃撥單資料：帳號：50003021戶名：英屬蓋曼群島商家庭傳媒(股)公司城邦分公司。2. 通信欄內註明訂購書名與冊數。3. 劃撥金額低於500元，請加附掛號郵資50元。如劃撥日起 10～14日，仍未收到書時，請洽劃撥組。劃撥專線TEL：(03) 312-4212 ・ FAX：(03) 322-4621。E-mail：marketing@spp.com.tw

國家圖書館出版品預行編目資料

空之境界 / 奈須蘑菇 著； 鄭翠婷 譯.--1版.
--臺北市：尖端出版, 2010.03 冊 ; 公分.--(浮文字)
譯自:空の境界
ISBN 978-957-10-4253-4(上冊：平裝)
ISBN 978-957-10-4254-1(中冊：平裝)
ISBN 978-957-10-4255-8(下冊：平裝)

861.57 99000796